Guia do namoro falso

Guia do namoro falso

ADIBA JAIGIRDAR

TRADUÇÃO: GABRIELA ARAÚJO

Diretor-presidente:
Jorge Yunes

Publisher:
Claudio Varela

Editora:
Bárbara Reis

Editorial:
Juliana Yoshida
Lui Navarro
Maria Beatriz Avanso
Tamires Mazzo Cid

Suporte editorial:
Nádila Sousa
William Sousa

Marketing:
Renata Bueno
Daniel Moraes
Bruna Borges
Vitória Costa

Direitos autorais:
Leila Andrade

Coordenadora comercial:
Vivian Pessoa

Título original: *Hani and Ishu's Guide to Fake Dating*

© 2025, Companhia Editora Nacional
© 2021, Adiba Jaigirdar

This edition is published by arrangement with Triada US.

Todos os direitos reservados. Nenhuma parte desta obra pode ser reproduzida ou transmitida por qualquer forma ou meio eletrônico, inclusive fotocópia, gravação ou sistema de armazenagem e recuperação de informação sem o prévio e expresso consentimento da editora.

1ª edição — São Paulo

Copidesque:
Thaís Carvas

Revisão:
Gleice Couto
Luiza Cordiviola

Capa:
Mary Cagnin

Projeto gráfico e diagramação:
Juliana Brandt

DADOS INTERNACIONAIS DE CATALOGAÇÃO NA PUBLICAÇÃO (CIP) DE ACORDO COM ISBD

J25G   Jaigirdar, Adiba

Guia do namoro falso / Adiba Jaigirdar ; traduzido por Gabriela Araújo; Ilustração de capa por Mary Cagnin. – São Paulo : Editora Nacional, 2025.
304 p. : il. ; 16cm x 23cm.
Tradução de: Hani and Ishu's Guide to Fake Dating
ISBN: 978-65-5881-246-3

1. Literatura irlandesa. 2. Romance. I. Araújo, Gabriela. II. Cagnin, Mary. III. Título.

2025-60

CDD 828.9915
CDU 821.111(417)

Elaborado por Odilio Hilario Moreira Junior - CRB-8/9949

Índice para catálogo sistemático:
1. Literatura irlandesa 828.9915
2. Literatura irlandesa 821.111(417)

NACIONAL

Rua Gomes de Carvalho, 1306 - 11º andar - Vila Olímpia
São Paulo - SP - 04547-005 - Brasil - Tel.: (11) 2799-7799
editoranacional.com.br - atendimento@grupoibep.com.br

Para todas as crianças bengalis que nunca se viram representadas enquanto cresciam.

AVISO DE CONTEÚDO: ESTE LIVRO CONTÉM OCORRÊNCIAS DE RACISMO, HOMOFOBIA (SOBRETUDO BIFOBIA E LESBOFOBIA), ISLAMOFOBIA, AMIZADE TÓXICA, *GASLIGHTING* E ABANDONO PARENTAL.

1

Ishu

Estou totalmente focada no dever de biologia quando o celular vibra. Uma, duas, três vezes até cair da escrivaninha direto para dentro da lixeira.

— Mas que porra — murmuro sozinha, fechando o livro com um baque e mergulhando a mão no cesto, cheio de lenços demaquilantes e pedaços de papel rasgados.

Eu não sabia que meu celular estava 1) desesperado para virar lixo e 2) tão sensível assim ao recebimento de mensagens de texto.

Tudo bem que eu não estava muito acostumada a receber mensagens, então acho que meu celular também não. Afinal, é um aparelho barato de três anos que leva ao menos um minuto inteiro para carregar um aplicativo.

O celular ainda está vibrando quando finalmente o encontro. Desta vez, é uma ligação, acredite se quiser.

Não consigo me lembrar qual foi a última vez que recebi uma ligação. Provavelmente foi algum telefonema de Ammu ou Abbu para avisar que chegariam em casa tarde ou algo do tipo. Mas agora, porém, a tela do celular mostra o nome de minha irmã mais velha: Nikhita.

— Nik?

— Ishu, graças a Deus! — A voz de Nik soa tão estranha na ligação... bem mais estridente do que me lembrava.

Talvez seja porque faz um tempão desde que falei com ela. Há dois anos minha irmã foi estudar na University College London, entre todos os lugares. Isso que eu chamo de elevar as expectativas ao máximo.

Desde o momento em que se despediu no aeroporto para ir para faculdade, Nik voltou para casa uma única vez, passando férias de duas semanas. E ficou o tempo todo com a cara enfiada nos livros de medicina antes de embarcar depressa no voo de volta com os olhos vermelhos, parecendo que nem tinha tirado férias. É assim a vida de uma estudante de medicina na UCL. Ela quase nunca liga para Ammu e Abbu, mas no geral eles ficam de boa com isso porque Nikhita está dando orgulho à família. Está realizando os próprios sonhos.

— Hã, por que está me ligando? — Só me dou conta de que é uma pergunta meio grosseira depois que as palavras já saíram da boca.

A verdade é que Nik nunca me liga. Tenho certeza de que ela nunca havia me ligado até agora. Ocasionalmente ela me manda mensagens no WhatsApp quando Ammu e Abbu não estão disponíveis, e apenas para perguntar quando eles vão se desocupar. Nunca para conversar comigo nem para saber como estou.

— Nossa, Ishu, eu não posso simplesmente ligar pra minha irmã caçula? Por que demorou tanto pra atender? — Sua voz soa frustrada, mas percebo que tem algo a mais ali.

Um tipo de nervosismo que ela está tentando esconder. Por que razão a Nikhita perfeita estaria nervosa?

— Eu estava estudando. O exame final está quase chegando, sabe?

Não tem como ela já ter esquecido dos exames estaduais que determinam em quais universidades vamos conseguir entrar.

— Ah, sim. É, o exame final. Uau, eu me lembro dessa época. Saudade dos dias que não voltam mais. — Dá para ver que a intenção dela é parecer satírica e sarcástica, mas soa tosco. Como se faltasse intenção verdadeira. — Então, hã, Ammu e Abbu já chegaram?

Viu só?

— Hã, hã, com certeza já. — Viro a cadeira de frente para a janela... Já está bem escuro lá fora. Eu estava tão focada no estudo que não vi a hora passar. O relógio na parede marca oito e trinta e três da noite. — Estão lá embaixo, assistindo à TV, acho.

Ouço o zumbido baixo da televisão, as falas de algum *natok* hindu se infiltrando no quarto pela fresta na porta.

— Tranquilo. Olha, escuta. Preciso que faça um favor pra mim, beleza?

Endireito a postura. Isso de favor é novidade. Não sei ao certo como devo responder. É melhor exigir que ela me conte o que é antes de eu concordar? Ou pedir um favor em troca?

Antes que eu consiga me decidir, Nik já começou a explicar o que precisa que eu faça:

— Basicamente, estou indo passar uns dias aí pra fazer uma surpresa para a Ammu e para o Abbu. Só que deixei a chave com eles da última vez que fui, então você precisa abrir a porta pra mim amanhã depois da escola. De boa, né?

— Você vai fazer uma surpresa para a Ammu e para o Abbu?

Não consigo conceber a palavra "surpresa". Não se "faz surpresa" para pais bengalis a menos que se queira tomar um *thappor* na cara. Não que Ammu e Abbu sejam o tipo de gente que sai por aí distribuindo *thappors* sem mais nem menos... ou sequer alguma vez..., mas ainda assim. Pais bengalis e surpresas não combinam.

— Não fala assim. — Agora Nik parece ofendida.

— Assim como?

Ela solta um suspiro.

— Deixa pra lá. Pode só me ajudar, por favor?

— Você sabe que estamos no meio do ano letivo, né? Por que está vindo pra cá amanhã? Está tudo bem?

— Está tudo bem, sim — responde Nik com uma voz que dá indícios de que está tudo, menos bem. Espero que, quando ela for médica, já tenha aprimorado essa habilidade para não fazer feio na hora de tranquilizar os pacientes. — É que faz tanto tempo que não vejo vocês, e... tenho umas novidades pra contar. Vai me ajudar ou não?

— Bom, não é como se eu fosse fechar a porta na sua cara.

Ouço minha irmã respirando fundo do outro lado da linha, como se estivesse se esforçando muito para conter a irritação, e eu estivesse tornando a tarefa impossível.

— Beleza. Valeu, Ishu. Hã. Então até amanhã.

— Até aman...

Nik já desligou.

Sei que eu deveria me preocupar mais com o que quer que esteja acontecendo com minha irmã, mas imagino que no fim vamos lidar com isso do jeito que lidamos com tudo: cada um por si. Minha responsabilidade é só abrir a porta da frente e deixá-la entrar. Isso com certeza posso fazer.

Além do mais, ainda tenho que fazer anotações sobre um capítulo inteiro de biologia. Então jogo o celular na cama e volto a abrir o livro, tirando Nik da mente.

Ainda bem que passei a noite anterior estudando, porque assim que entramos na sala para ter dois tempos de biologia à tarde, a srta. Taylor anuncia uma prova surpresa. Ela adora uma provinha surpresa, mesmo quando não ensinou toda a matéria que deveria ter abordado. Ao menos uma vez a cada quinze dias, começamos a aula com uma prova... ou às vezes até antes do intervalo de quinze dias. Tenho o pressentimento de que a frequência vai aumentando à medida que o exame final vai se aproximando.

De alguma forma, meus colegas de turma ainda se surpreendem com a prova. Só reviro os olhos, pego a caneta e mando ver.

A maioria das perguntas se refere aos capítulos que eu estava estudando ontem, então estou me sentindo bem confiante. Do outro lado do corredor, Aisling Mahoney está mordendo tanto o lábio que me surpreende ela não ter se machucado. Quando levanta a cabeça e percebe que estou observando, ela me lança um olhar de desdém. Em resposta, abro um sorriso maldoso.

Isso parece irritá-la, porque ela faz cara feia e volta a prestar a atenção à própria prova... que tem mais espaços em branco do que qualquer outra coisa. Talvez se Aisling se empenhasse em focar na aula em vez de ficar usando o Snapchat, saberia algumas das respostas.

Humaira se aproxima de nós ao fim da aula, recolhendo as provas.

— E aí, como foi? — pergunta ela à Aisling.

— Mal. — Aisling me lança outro olhar, como se fosse minha culpa ela não ter ido bem na avaliação. — Eu odeio prova surpresa. Não consigo dar conta de biologia; é muita coisa pra estudar.

— Não se preocupe, eu vou te ajudar, beleza? A gente pode dar uma revisada na hora do almoço — responde Humaira, sorrindo.

Ela é a única garota marrom na turma além de mim (a única outra garota sul-asiática de nossa turma), e como estuda aqui há mais tempo que eu, às vezes acho que esperam que eu seja igualzinha a ela. Só que Humaira é uma pessoa irritante de tão solícita (nunca conheci alguém como ela), então todo mundo ficou decepcionado ao descobrir que eu sou uma pessoa irritante de tão *in*solícita (provavelmente nunca conhecerão alguém como eu).

— Valeu, Maira.

Aisling abre um sorriso para a outra menina, como se não fosse culpa dela mesma não prestar a atenção e não estudar. Percebo que estou com as mãos fechadas em punhos em cima da mesa. Abro as mãos devagar, tentando dispersar do corpo a tensão acumulada nos últimos minutos, e abro o livro de biologia.

Humaira não precisa de minha ajuda nem de minha proteção, não importa o quanto eu queria balançar a cabeça e dizer: "Pelo amor de Deus, para!". Ela está sempre muito ansiosa para oferecer um ombro amigo, para ser a pessoa para quem todo mundo corre na hora de pedir ajuda. Parece não perceber que estão todos sugando tudo dela sem dar nada em troca. Às vezes me pergunto como Humaira ainda continua inteira. Às vezes me pergunto até quando vai continuar inteira.

Mas isso não é da minha conta.

Não é como se Humaira e eu fôssemos amigas.

Quando entrei nesta escola, no segundo ano, Humaira foi encarregada de me mostrar o prédio e de me orientar. Eu não tinha dúvida de que teve a ver com o fato de nós duas sermos marrons, e de que todos presumiram que fôssemos nos dar bem. Só que Humaira e eu não poderíamos ser mais diferentes, mesmo nós duas sendo bengalis.

Humaira se aproxima de mim em seguida e abre um sorriso, o que me deixa surpresa.

— E você, como foi, Ishita?

Não entendo como que ela consegue alternar entre registros de linguagem com tanta facilidade. Como nossos pais são bengalis, temos dois nomes: sou Ishu para minha família e a maior parte dos bengalis, e Ishita para todo o resto. Porém, Humaira tem tantos nomes a essa altura que é difícil ordenar tudo na mente.

— Acho que fui bem.

Dou de ombros. Sendo sincera, tenho quase certeza de que gabaritei. Como gabaritei todas as provas desde que comecei a estudar aqui... e em todas as outras escolas. Só que Aisling está me fuzilando com os olhos, e é capaz de me matar se eu não demonstrar um pingo de humildade.

— Maneiro.

Humaira recolhe minha prova e a enfia na pilha que carrega.

— E você? — pergunto.

Ela abre um pequeno sorriso e dá um tapinha na lateral do nariz antes de seguir para a outra fileira.

Reviro os olhos. Certamente se Aisling tivesse perguntado, Humaira teria feito questão de responder.

Mas dane-se.

2

Hani

Ouvir Abba falar é meio que surreal. A voz dele engole o espaço todo, e embora esteja falando com todos no comício, parece que está falando só comigo. De certa forma, ele não parece em nada com meu Abba. De outras maneiras, são todas as coisas maravilhosas que fazem dele meu Abba.

Ao meu lado, Aisling tira o celular do bolso. O brilho da tela é desconfortável de tão claro. Sinto uma onda de irritação, mas a contenho.

Do outro lado, Deirdre mostra o próprio celular para mim. No canto superior direito está marcando 18h35 da noite. Dee ergue a sobrancelha como se me fizesse uma pergunta. Balanço a cabeça, esperando que sirva de resposta, mas aí ela franze a testa.

Antes que eu me dê conta, ela se inclina para o lado até bater o ombro no meu.

— Achei que tinha dito que às 18h30 a gente podia ir embora? — Ela fala como se a coisa toda fosse um castigo.

— Espere só mais alguns minutinhos... — murmuro, sem desviar o olhar de Abba.

Tentando voltar a atenção ao discurso. Lógico que já ouvi aquilo muitas vezes. É provável que eu mesma conseguisse discursar, se eu não abominasse cem por cento falar em público.

Ainda assim, não consigo ignorar o jeito que Dee se debruça sobre mim e troca um olhar significativo com Aisling. Como se ficar mais cinco minutos ali fosse doloroso demais para as duas.

Mordo o lábio, tentando definir a melhor forma de agir. Por um lado, não quero deixar Abba ali no meio do discurso. Por outro, não quero que Aisling e Dee continuem atrapalhando Abba.

— Vamos — me pego sussurrando enquanto gesticulo para as duas me seguirem.

Em poucos instantes, estamos atravessando o mar de gente do lado de fora da mesquita e saímos pelos portões. Ainda dá para ouvir o zumbido do discurso de Abba daqui, mas está baixo demais para distinguir as palavras.

— Se seu pai ficar chateado, diz que a gente tinha marcado uma programação — sugere Aisling ao olhar para mim.

Como se ela percebesse a tensão em meu rosto e tivesse interpretado errado como medo de que Abba brigasse comigo.

— Ele não vai ficar chateado — respondo, seguindo Aisling e Dee na direção do ponto de ônibus.

— A gente não tem que ir a *todos* os discursos dele, né? — questiona Aisling.

Há certo deboche na voz dela, embora esteja tentando (sem sucesso) evitar que transpareça na expressão facial.

Tenho que conter um suspiro. Fico desejando nunca ter contado à Aisling e Dee sobre isso. Quando elas me chamaram para sair hoje, eu tinha que ter dito que estava fazendo qualquer outra coisa... qualquer coisa que não fosse ajudar Abba com a campanha política.

Mesmo sabendo que o discurso aconteceria na frente da mesquita, aquilo não tinha evitado que Aisling e Dee quisessem ir junto. Até me animei um pouco com a ideia de mostrar a mesquita a elas. Afinal, eu tinha passado tanto tempo da vida ali... para o Eid, e o Jummah nos feriados que não tenho aula.

Só que é nítido que aquilo foi um erro.

— Achei meio interessante — comenta Dee.

Aisling se vira para ela, surpresa. Fica óbvio que não acha possível que alguém consiga ficar interessado na campanha política de Abba, no fato de que ele pode ser o primeiro sul-asiático e o primeiro muçulmano a ser eleito à câmara municipal.

— Papai disse que está orgulhoso de como a política irlandesa está progressista. Que até alguém com um inglês não tão... — Dee olha para mim —... bom tenha chance de ganhar.

Só consigo franzir a testa para Dee.

— O inglês do meu pai é perfeito.

Na verdade, o inglês dele é melhor até que o meu, provavelmente. Ao contrário de nós, Amma e Abba passaram a infância aprendendo a língua inglesa. Às vezes, Abba usa umas palavras tão grandes e obscuras que tenho certeza de que anda memorizando um dicionário no tempo livre.

— É, mas... sabe.

Dee ergue a sobrancelha, como se fosse uma piada interna.

— Eu sei...?

— Ele tem sotaque — explica Dee. — Tipo, um bem forte.

— Todo mundo tem sotaque — contraponho.

Quero insistir no assunto. Abba concorrendo à eleição da câmara municipal é algo importante, afinal.

Só que Aisling e Dee não entendem, e não tenho certeza se conseguirei fazê-las entender.

— Acho que... É. Estava meio chato — concluo.

Cruzo os braços e me recosto no vidro do ponto de ônibus, tentando ignorar a sensação desconfortável no meu estômago.

Momentos depois, o ônibus para na nossa frente, e nós três entramos. Aisling e Dee se sentam no mesmo banco de um lado, e eu me sento no banco da janela do outro. Observo a mesquita passando por nós enquanto o ônibus segue. Um grupo de pessoas caminha em direção à mesquita. Sei que Abba planejou se juntar a todos para a oração do Maghrib* depois do discurso... embora ele raramente ore em casa.

Por um momento, eu me arrependo de não ter insistido mais para ficar até o fim do comício, mas tínhamos combinado de ir embora às seis e meia, e acho que não é culpa nem de Dee nem de Aisling que o discurso tenha demorado mais. Nem que a oração do Maghrib

---

* Nota do Editor (N.E.): Oração do pôr do sol feita pelos muçulmanos.

só vá acontecer depois. Duvido muito de que Aisling e Dee sequer saibam o que é a oração do Maghrib... ainda mais o momento em que acontece.

— Então, quando a gente chegar lá em casa, Dee e eu queremos ver os episódios novos de *Riverdale* — anuncia Aisling.

De início ela tinha sugerido que eu fosse para a casa dela assistir a um filme... como antigamente, quando nós três passávamos os dias uma enfiada no quarto da outra. Só que parecia que não fazíamos aquilo há meses.

— Não sei se quero assistir *Riverdale* — respondo, mas logo me arrependendo quando vejo Aisling franzindo as sobrancelhas.

— Bom, duas contra uma, foi mal — comenta Dee.

Suspiro.

— Sabe... está ficando tarde. Acho que vou descer no meu ponto e ir pra casa.

— Sério? — Aisling cruza os braços e me lança um olhar. — Você falou que ia lá pra casa depois que a gente fosse ao negócio do seu pai.

— Eu disse que estava indo para o negócio do meu pai e que talvez depois fosse pra lá. *Vocês* que quiseram ir ao negócio do meu pai.

Aisling só revira os olhos, como se de algum modo eu a tivesse feito entrar na mesquita contra sua vontade... como se alguém conseguisse forçá-la a fazer algo que não queria.

— Pede aos seus pais para passar a noite lá. *Eu* vou dormir lá hoje — sugere Dee.

— Você sabe que não posso.

Solto outro suspiro, virando o rosto. Não sei dizer quantas vezes tive aquela conversa com Aisling e Dee. Elas continuam insistindo.

— Eu só não entendo — contrapõe Aisling. — Sua mãe sabe quem eu sou. Ela me conhece. Você estará segura e confortável lá em casa. Por que não pode dormir lá?

— Não tem explicação lógica, Aisling. — Estou cansada de ter que ficar explicando isso de novo e de novo. Sobretudo porque fico com medo de um dia Aisling e Dee se cansarem também, e o cansaço delas vai levá-las a não me aceitarem como sou, e a encontrarem alguém que pode fazer todas as coisas "normais" que elas querem fazer. Como dormir na casa delas. — Simplesmente faz parte de ser bengali e muçulmana. É como... as coisas são.

— Então você vai pra casa? — Aisling não parece feliz, a julgar pela forma que aperta bem os lábios.

Odeio quando ela me olha assim. E parece fazer isso com frequência nos últimos tempos; como se nada do que eu fizesse a deixasse feliz. Eu me lembro de quando estávamos no Ensino Fundamental (antes de conhecermos Dee) e fazíamos tudo juntas. Na época, Aisling não se importava muito com o fato de eu não poder ficar até tarde na rua, de não dormir na casa dela ou de não sair para beber (o que, lógico, na época ela não fazia). Agora Aisling parece perceber todas as nossas pequenas diferenças. E odeia todas elas.

— Tenho que ir. Vai... vai escurecer logo, e... é.

A verdade é que Amma não vai ligar se eu for assistir a uns episódios de *Riverdale* com Aisling e Dee e ir para casa umas horas depois. Ela provavelmente nem se importaria se eu dormisse na casa de Aisling. Só que se eu for para a casa de Aisling, com certeza vou perder a hora do Maghrib, e não vale a pena perder a oração para assistir a *Riverdale* com elas. Ir para a casa de Aisling significa que não consigo orar de jeito nenhum, porque em uma ou outra ocasião em que mencionei a oração para Aisling e Dee, elas tinham ficado tão desconfortáveis que aquilo *me* deixou desconfortável. Então é melhor só manter essa parte da vida bem reservada dentro de minha própria casa.

— Mas amanhã você vai, né? — questiona Dee, e olho para ela de novo. Seu sorriso é aberto. — Depois da aula... Traz outra roupa!

— Não sei...

Aisling e Dee me convidaram para ir ao cinema, e já sei que Barry e Colm, os namorados delas, vão também. Não sei se quero passar a tarde inteira de vela enquanto os vejo trocando saliva na sala de cinema. Antes que eu possa dar uma desculpa, Aisling se inclina à frente e me lança um olhar duro.

— Nem ouse dar pra trás! Qual é, Maira. Fomos ao negócio do seu pai. E você prometeu!

É a última coisa que quero fazer depois de passar o dia na escola, mas confirmo com a cabeça.

— Beleza, tudo bem. Eu vou.

No dia seguinte, Aisling ainda parece estar irritada comigo. Tento abrandá-la com sorrisos o dia todo.

Porém, na hora do almoço, quando estou tirando livros do armário, Aisling me olha de um jeito estranho.

— Está tudo bem?

Ela se encosta no armário ao lado do meu e responde:

— É verdade que você é amiga de Ishita Dey?

Encostada ao próprio armário ao lado do meu, Dee para de rolar o *feed* do Instagram de maneira discreta e me olha de cima a baixo depois da pergunta de Aisling.

— Por que está perguntando isso?

Ishita e eu definitivamente não somos amigas. Na verdade, nem amigáveis uma com a outra somos. Na real, nem sei como chamaríamos a nossa interação. De "situação complicada", talvez.

— Ela está nesta foto que você postou no fim de semana passado? — A declaração acaba soando como uma pergunta, embora ela esteja me mostrando a tal foto no celular.

Aisling provavelmente se empenhou bastante na análise da foto, porque só dá para ver Ishita lá no canto, e mesmo assim a imagem não é nítida.

— Ela é... meio que uma amiga da família. Ou como... uma amiga bengali. Não sei. Foi um lance bengali.

Balanço a cabeça. Não sei como me explicar. O lance bengali é diferente de tudo com o que meus amigos irlandeses já tiveram de lidar... não dá para explicar sem entrar nos mínimos detalhes. E mesmo assim, eles não entendem. Ou não querem entender, acho. Não existe um equivalente irlandês para *dawat**.

---

* N.E. Jantar para comemorar ocasiões especiais frequentes nas comunidades indianas e bangladeshi.

— Parece maneiro — comenta Dee, enfiando o celular no bolso superior da roupa e longe dos olhares atentos de professores. — E por que você nunca convida a gente pra suas coisas "bengalis"?

— Hã. — Hesito, sem saber ao certo como responder. "Porque vocês não são bengalis" parece muito direto, mas também é a verdade. Nem sei por que elas iam querer ir. Seria como colocar um elefante no meio de um aviário. — Eu acho que... é uma coisa que... coisa da minha família. Não é muito pra... amigas.

— Ishita não é da sua família — destaca Aisling.

Tenho que conter um suspiro. Também evito esfregar o nariz, frustrada. E ainda preciso maneirar o tom para garantir que a irritação não transpareça.

— É, Ishita é, tipo... uma amiga da família. Então é um pouco diferente. É complicado.

Parece que Aisling e Dee ainda têm um milhão de perguntas para fazer. Perguntas para as quais não tenho resposta. Perguntas as quais não quero responder.

Então fecho o zíper da bolsa, jogo-a por cima do ombro e digo:

— Estou morrendo de fome. A gente pode ir comer, por favor?

Quando o sinal enfim toca, estou exausta. De alguma forma, Aisling e Dee estão o exato oposto de mim. Parecem estar com ainda mais energia por ser sexta-feira à tarde.

— Vamos trocar de roupa lá no banheiro — avisa Aisling. — Você vem?

— Tenho que pegar as coisas no armário primeiro. Encontro vocês lá.

Enquanto estou pegando minhas coisas, percebo Ishita olhando para o próprio armário do outro lado do corredor, como se o objeto tivesse feito algum mal a ela. Pego minha bolsa de educação física na mesma hora que Ishita fecha a porta do armário dela com força. Parece que ninguém mais percebeu o barulho que a porta fez. *O que o armário fez contigo, Ishita?*

— Ei — chamo-a, mesmo sabendo que não deveria.

Ishita não é bem uma pessoa alegrinha, mas não me lembro de tê-la visto com tanta raiva desde o ano anterior, quando tirou 7,5 em um trabalho de inglês. Ela tentou contestar a nota conversando a srta. Baker, mas a professora apenas lhe deu um sorriso fraco e avisou que tinha se decidido e que não mudaria de ideia. Ishita deu um chilique e ficou uma semana de castigo na sala de detenção.

— Que foi?

Ishita desvia o olhar duro para mim.

— Está tudo bem? — Abaixo a voz para ela perceber que nossa conversa pode ser particular.

— Que diferença faz pra você?

— É que você parece... brava? Tirou uma nota ruim?

Ishita fica sem reação ao ouvir isso, como se não fosse para eu ter considerado uma nota ruim como motivo. Embora isso seja literalmente tudo em que Ishita pense.

Ela balança a cabeça.

— Não, não é nada. Deixa pra lá.

Então ela se vira, joga a mochila por cima do ombro e desaparece de vista.

— É, tchau pra você também, Ishita! — murmuro baixinho enquanto fecho a porta do armário. — Tenha um bom fim de semana também, Ishita!

— Com quem está falando? — pergunta Dee ao fazer a curva no corredor, olhando ao redor e constatando que não há mais ninguém ali.

Ela já vestiu uma calça jeans e um *cropped*, e seu cabelo não está mais preso no rabo de cavalo de sempre. Fico surpresa com a quantidade de maquiagem que ela conseguiu pôr no rosto em tão pouco tempo.

— Com ninguém.

Balanço a cabeça, afastando Ishita da mente. Ela não passa de um fardo a se carregar desde que havia passado a estudar ali. Antes de Ishita, eu sabia quem eu queria ser. Depois de Ishita, era como se nossa cultura compartilhada tivesse criado outra imagem sobre nós. Se Ishita fazia algo, Aisling e Dee perguntavam: "Por que ela faz isso?".

Se Ishita dissesse algo, "por que ela diz isso?". Sei que não é culpa dela se as pessoas pensam que nossa cultura é responsável pela forma que nos comportamos e falamos, mas ainda assim.

— Preciso trocar de roupa. Já volto.

Faço o possível para esquecer de Ishita. Tenho outras coisas com que me preocupar.

3

Ishu

> É sério: vou pegar pneumonia e morrer.

Reviro os olhos, embora Nik não consiga me ver... sou só eu revirando os olhos para um objeto não senciente. Faz uma hora que Nik está me mandando mensagem avisando que já chegou em casa e que eu preciso deixá-la entrar. Até quando eu estava no meio da aula! Acho que como Nik passou pouquíssimo tempo pensando em alguém além dela mesma, não lhe ocorreu que não posso abrir a porta de casa enquanto estou na escola. Ela nem se lembrou do horário do fim da aula, embora tivesse frequentado a mesma escola que eu dois anos atrás.

> Ishu!!!

As mensagens estão ficando mais frequentes e mais irritantes. Sinto minha pressão arterial subir. Não é como se eu pudesse fazer alguma coisa aqui do ônibus, e as notificações constantes não mudam o fato de que está caindo um toró, e que ainda faltam uns quinze minutos para eu chegar em casa.

Enfio o celular no bolso da frente da mochila, cruzo os braços e fico olhando para a janela encharcada. Se minha raiva não diminuir a um nível moderado, é provável que eu diga algo para Nik do qual vou me arrepender depois. É melhor não começar a primeira visita dela em meses com o pé esquerdo.

Nik tenta abrir um sorriso ao me ver chegando debaixo do aguaceiro. Dá para ver que não está com vontade nenhuma de sorrir, mas que se dane. Não posso culpá-la... a chuva está *bem* gelada.

— Oi.

Passo por ela e enfio a chave de casa na porta. Giro uma vez só antes de o trinco ceder. Entro e deixo a porta aberta para Nik. Ela me segue, estremecendo de leve, e observando a casa como se a visse pela primeira vez.

— Vocês pintaram as paredes — comenta ela.

Olho para as paredes. Parece que isso aconteceu há tanto tempo; é uma lembrança que já se misturou às outras.

— É, acho que sim.

— Ficou bonito.

Nik levanta o dedo para tocar na parede, como se a sensação também fosse ser diferente.

Nós duas tiramos os calçados, e enquanto minha irmã vai de um cômodo ao outro, analisando tudo o que mudou desde a última vez que esteve aqui, eu a observo. Porque não foi só a casa que mudou; Nik, também.

Seu cabelo está bem mais curto do que era. As mechas pretas grossas que ela deixava crescer com tanto orgulho agora batem na altura dos ombros, e ela até fez luzes castanhas. Também engordou. Antes, Nik era toda magricela, e tenho certeza de que a única coisa que ela consumia regularmente era litros de café. Agora nós duas poderíamos até usar as roupas uma da outra.

Ammu não ficará feliz com isso.

— Quando compramos essa cafeteira toda chique? — pergunta Nik da cozinha.

Solto um suspiro, entrando no cômodo para admirar a cafeteira que convenci Ammu e Abbu a comprarem ao insistir que eu precisava do eletrodoméstico para arrasar no exame final. Tenho que certeza de que Ammu e Abbu comprariam um exército de unicórnios para mim se eu dissesse que me ajudaria a arrasar no exame final.

— Há uns dois meses — respondo.

— Uau, Ammu e Abbu estão te mimando mesmo, hein? A Babu deles.

Reviro os olhos. "Babu" é um apelido que os bengalis às vezes dão ao filho mais novo na família; a tradução significa literalmente "bebê". Só que eu costumava dar um chilique quando alguém me chamava assim, então a coisa nunca tinha vingado. Só Nik usa o termo, para me provocar. Como se ela, a filha perfeita favorita, não tivesse sido mimada por Ammu e Abbu a vida toda.

— Por que você está aqui?

Nik para a análise animada da cafeteira e me lança um olhar de leve desdém.

— Eu não posso vir pra minha própria casa sem ter que dar explicações? — A voz soa irritada.

— Faz mais de um ano que você não vem. Você mal liga.

— Não importa. Eu só queria ver vocês. Ver Ammu e Abbu... — Ela faz uma breve pausa antes de completar: — Bem, tenho uma coisa pra contar a eles.

— Então não podia avisar a eles que estava vindo?

— Como falei, quero fazer uma surpresa. Eles ficarão felizes de me ver assim, sem esperar. — Nik abre um sorriso ao falar, e de repente tudo se encaixa.

Minha irmã não vai apenas fazer uma surpresa para Ammu e Abbu... é uma surpresa ruim que vai deixá-los bravos. Mas se eles estiverem felizes por encontrá-la em casa de um jeito inesperado, será que vão deixar a raiva estragar o momento? Deve ser com isso que Nik está contando... que a felicidade sobreponha a raiva.

A notícia deve ser muito ruim para ela voar até aqui para contar.

— Bem, só pra você saber: eles devem demorar algumas horas para chegar em casa.

— Tudo bem. A gente pode botar o papo em dia, né? Como estão as coisas na escola? Já arranjou um namorado?

Suspiro.

— Preciso estudar.

— Sério? Faz um ano que não vejo você.

Quero responder: "E a culpa é de quem?". Ela é a irmã mais velha. Ela deveria me visitar. Ela deveria passar o Natal e o Ano Novo com a gente. Ela deveria ligar e contar o que tem acontecido em sua vida. Só que minha irmã nunca fez isso.

Não é como se nós duas tivéssemos sido próximas, mas desde que Nik foi embora, é como se tivesse se aberto um vazio na casa. A ausência dela sempre nos afetou.

— Meus professores não vão deixar de aplicar provas por causa da sua visita surpresa.

— É sexta-feira — insiste Nik.

Como se antes ela não tivesse passado as sextas trancada no quarto, estudando para o exame final. Ninguém entra na UCL estudando apenas quando está a fim.

Solto mais um suspiro.

— Sabe o que vai fazer com que Ammu e Abbu fiquem ainda mais felizes ao ver você?

O rosto de Nik se alegra com a pergunta.

— O quê?

— Se eles chegarem e encontrarem uma refeição preparada pelas duas filhas.

Quando Abbu e Ammu chegaram em casa, Nik e eu já tínhamos preparado uma panela de *biryani*. Nenhuma de nós é uma grande chef de cozinha, mas com a ajuda de uma misturinha de Shan Masala, demos conta de fazer uma comida decente. Algo de que Ammu e Abbu sem dúvidas vão gostar.

Quando ouvimos o clique da porta, uma sombra toma o rosto de Nik. É só por um instante, e então ela abre o tipo de sorriso reservado para nossos pais: aquele que diz que ela é a filha excepcional. Termino de pôr a mesa enquanto Nik vai cumprimentá-los.

Enquanto disponho os pratos e sirvo a água, ouço as exclamações de júbilo de Ammu e Abbu ao verem Nik.

— O que você está fazendo aqui? — pergunta Ammu. Faz bastante tempo que não ouço tanta alegria em sua voz. — Você não avisou que vinha!

— Foi uma surpresa... — De um jeito inesperado, as respostas de Nik soam resignadas. — Venham pra cozinha. Ishu e eu fizemos o jantar.

Abbu foca o olhar no meu assim que entra na cozinha.

— Ishu, você sabia que Nikhita estava vindo? E não contou?

Dou de ombros.

— Ela me ligou ontem só... Queria fazer surpresa pra vocês.

Por um momento, fico com medo de que eles briguem comigo por guardar segredo. Em vez disso, Abbu e Ammu abrem sorrisões... que ficam ainda maiores quando eles olham para a mesa posta e a tigela de *biryani* no meio.

— Você fez isso?

Ammu sente o cheiro da comida enquanto se senta, de olhos arregalados. Abbu se acomoda no assento diante dela, já se servindo de *biryani*.

— Ishu ajudou.

Nik bate com o ombro no meu, como se eu devesse agradecer por ela me dar algum crédito. Embora eu não a tenha "ajudado"... Preparamos tudo juntas.

Na verdade, a ideia de fazer aquilo foi minha, para início de conversa. Então, nesse caso, foi mais *ela* que *me* ajudou. Mas tanto faz.

— Está uma delícia — comenta Abbu entre uma garfada e outra.

Até Ammu parece gostar da comida. Tenho a sensação de que eles diriam que estava incrível mesmo que o gosto fosse uma bosta, só porque foi a filha favorita, a rainha Nikhita, que preparou.

Quando me sento para comer, porém, tenho de admitir que não está ruim. Não é tão bom quanto o *biryani* de Ammu..., mas ela teve anos de prática, e Nik e eu, prática nenhuma. Meio que nos superamos.

Estou explodindo de orgulho e de *biryani* gostoso quando Nik lança a bomba.

— Ammu, Abbu... Eu não vim pra casa só pra ver vocês. Tenho uma novidade pra contar.

— Ah, é?

Ammu se inclina para frente. Sem dúvidas, ela espera que seja algo bom: Nik ganhou um prêmio, conseguiu um estágio, vai se formar antes da hora. Algo digno de uma filha excepcional.

Minha irmã respira fundo e continua:

— Vou trancar a faculdade por um ano. Eu... conheci uma pessoa.

De repente, é como se alguém tivesse extraído todo o oxigênio do cômodo.

4

Ishu

— Como assim, você "conheceu uma pessoa"? — pergunta Abbu ao mesmo tempo que Ammu exclama em um gritinho:

— Trancar a faculdade por um ano?

À essa altura, todo mundo já esqueceu do *biryani*. A comida está intocada diante deles.

Bem, eu não *esqueci* do *biryani*, mas não é como se eu pudesse me lambuzar em meio a uma crise familiar.

Nik não olha para nossos pais. Está com o olhar focado no prato, como se o objeto fosse salvá-la do buraco em que se enfiou. De todas as notícias ruins que eu imaginava Nik compartilhando, nunca teria imaginado aquilo.

— Vai ser só por um tempinho — argumentou minha irmã. — A gente... Assim, faz um tempo que a gente está junto. E... bem, a gente quer se casar, e eu não consigo estudar e planejar um casamento ao mesmo tempo. E...

— Você está grávida? — interrompe Ammu. — É isso?

— Não!

Nik enfim ergue a cabeça, e vejo que seus olhos estão marejados. Contar aquilo tudo deve estar sendo muito difícil para ela. Vê-la desse jeito me deixa de coração apertado. Acho que nunca a vi chorar. Talvez quando éramos crianças, mas faz muitos anos. Nik é durona. É invencível.

Ao menos, era isso que eu pensava antes.

— Eu só acho que... — murmura Nik devagar. — Não é isso o que querem de mim? Que eu me case e forme uma família? Não foi o que você fez, Ammu?

Ammu balança a cabeça negativamente, embora tenha sido, *sim*, o que ela fez. Casou-se logo antes do último ano da faculdade, mal conseguindo dar conta de passar nas provas finais. Ela só usou o diploma para ajudar Abbu com a mercearia... nunca para conseguir um emprego. Nossa mãe sempre quis que fizéssemos mais que ela. Tanto Ammu quanto Abbu queriam isso.

— Ainda não — contrapõe Ammu. — Você está na UCL, Nikhita. Está cursando medicina. É seu sonho. Não pode desistir de tudo por um homem que obviamente não quer que você conquiste seus sonhos se está pedindo que saia da faculdade.

— Ele não está pedindo. — A voz de Nik é firme agora. — Eu é que quero tirar um tempo. Eu... eu preciso disso pra mim. Pra nós dois. Vamos nos casar. É um compromisso e tanto. Muita coisa. E não vou ficar afastada dos estudos para sempre. Será apenas por um ano, depois eu volto. Vai ser como se eu nunca tivesse saído. Prometo. — Há um tom de choramingo em sua voz, como se fosse uma criança pedindo um presente de aniversário aos pais, não uma adulta que ao que parece está prestes a se casar.

Merda, Nik está prestes a se casar.

— Quem é esse homem? — pergunta Abbu com um tom exigente. — Um londrino qualquer?

Nik nega com a cabeça.

— O nome dele é Rakesh. Ele também é indiano e se formou em engenharia no ano passado.

Olho para Abbu e Ammu. Com certeza um engenheiro indiano os deixaria satisfeitos, talvez até felizes. Não dá para pedir mais que isso, dá? Nik escolheu o tipo de cara que nossos pais teriam escolhido para ela. Ainda assim, eles estão com expressões idênticas de nojo, como se Nik tivesse acabado de dizer que se casaria com um branquelo sem futuro.

— Eu não acredito que depois de tudo que fizemos para garantir que você entrasse em uma boa universidade, que tivesse a melhor instrução possível... — Abbu para de falar, balançando a cabeça.

Ele se levanta, com os pés da cadeira arranhando os azulejos do piso bem alto. Por um momento, olha para Nik como se tivesse mais coisas a dizer, então se vira e sobe a escada. Ammu o segue um minuto depois.

Nik só fica ali sentada, lágrimas silenciosas escorrendo pelo rosto. Não sei o que dizer nem o que fazer.

Como minha irmã podia ter sido tão... boba? Como ela chega aqui depois de meses e meses e declara que vai trancar a faculdade para se casar? Por que ela trancaria a faculdade para se casar?

— Eles vão... cair em si — consolo, colocando a mão no ombro dela em um gesto que espero que seja reconfortante.

Nik se balança toda, como se o toque a tivesse queimado.

— Não vão, não. Por Deus, não sei por que achei que tinha uma mínima chance de eles entenderem.

— É uma notícia e tanto — argumento na defensiva. — Não dá pra culpá-los por ficarem com raiva. Você se esforçou tanto pra entrar na UCL, e jogar isso fora...

— Não estou jogando fora! Eu falei... falei que voltaria pra terminar o curso. Só... agora não é... não é uma boa hora. Eu preciso de tempo... — Parece que ela está mais tentando convencer a si mesma do que a mim.

— Não dá pra você se casar com ele e terminar o curso? — sugiro. — Tipo, é só um casamento...

— Não posso. — A voz de Nik é decisiva. — Você não entenderia. Você nunca... — Ela balança a cabeça, como se até tentar explicar fosse impossível. — É melhor eu ir. Rakesh reservou um hotel no centro pra gente...

— Ele está aqui?

— Está... Eu achei que seria uma boa ideia apresentá-lo. Mas... talvez não. Não sei. Preciso pensar. Será que você pode... — Ela enfim se vira para mim, com os olhos arregalados e suplicantes. É uma expressão que nunca vi no rosto de minha irmã. —... tentar convencê-los de que estou fazendo a coisa certa?

Como posso fazer isso quando sei que ela definitivamente está fazendo a coisa errada? Mas como posso dizer que não enquanto a vejo chorar?

— Aham, vou tentar — prometo, sem muita convicção.
É o suficiente para Nik, porque ela sorri.
— Valeu, Ishu.

Naquela noite, deixo a porta do quarto entreaberta, ouvindo Ammu e Abbu discutirem sobre o que aconteceu mais cedo. Eles estão sempre tão convictos de que estou ocupada estudando, tão acostumados com minha personalidade reservada, que nunca imaginariam que eu estava escutando a conversa, ou sequer prestando atenção.

— Temos que encontrar uma forma de fazê-la voltar à faculdade — declara Ammu, como se fosse a decisão dela e não de Nik.

Tenho certeza de que eles conseguiriam encontrar uma forma de convencer Nik a voltar. Eles são bem persuasivos.

— Vou conversar com ela. Só eu e ela. Nik é jovem, está apenas deslumbrada e apaixonada. — Abbu parece convicto. — Vai ficar tudo bem.

— E se não ficar? — Ammu parece desesperada. — E o que vai fazer se não conseguir convencê-la? Passamos a vida tentando criar aqueles dois seres humanos, e agora...

— Nik voltará para a faculdade, terminará o curso e se tornará médica. — A voz de Abbu tem um caráter definitivo que me faz ponderar a quem ele está tentando convencer. — E... Ishu... ela está bem. Está no caminho certo, não é?

Endireito a postura, quase derrubando o livro de matemática que eu fingia ler.

— Também achamos que Nik estava no caminho certo. — Ammu suspira como se a decisão de Nik de ficar um ano afastada da faculdade fosse contagiosa de alguma forma. — Nik sempre esteve tão... nos eixos. Não entendo o que pode ter acontecido.

— Vou ligar para ela e tentar descobrir...

Fecho a porta com delicadeza enquanto Ammu e Abbu continuam tentando resolver o problema de minha irmã.

Coloco o livro na escrivaninha e me sento na cadeira, sem saber o que pensar. Sempre pensei que se eu ficasse de cabeça baixa, estudasse, me dedicasse ao máximo e fosse estudar medicina na melhor faculdade também, Abbu e Ammu ficariam orgulhosos de mim. É para isso que nos esforçamos a vida toda. Não só eu, mas eles também. Nossos pais nos trouxeram para cá, para este país, para termos um futuro melhor. Para ter a chance de conquistar tudo o que eles não conseguiram.

Então, só porque Nik está fazendo besteira, significa que talvez eu siga pelo mesmo caminho? Meus pais sempre nos viram como uma só, embora Nik e eu tenhamos poucas coisas em comum. Agora percebo que eles só tiveram duas chances de fazer dar certo, e como Nik está estragando a própria oportunidade, tenho que mostrar a eles que estou disposta a fazer o que for preciso.

Só tenho que descobrir como provar isso.

5

Hani

Não sei por que, mas Ishita e o rosto tenso e raivoso dela atormentam a minha mente durante trajeto. Se Aisling e Dee acham estranho o fato de eu estar calada no ônibus, não comentam nada. Estão ocupadas demais se entreolhando e dando risadinhas. É assim que as coisas são quando fico de vela nos encontros delas.

Quando chegamos ao cinema, encontramos o namorado de Aisling e o de Dee... respectivamente Barry e Colm. E tem um outro garoto lá também. Um que não conheço.

— Esse aqui é Fionn — apresenta Barry com um sorriso.

Pela forma que Dee e Aisling me encaram com os olhos brilhando e sorrisos convencidos, sei que isso foi combinado. Solto um grunhido por dentro, embora abra um sorriso.

— Oi, Fionn.

Fionn tem um cabelo loiro escuro, pele bem branca e olhos azuis vívidos, e embora tenha uns centímetros a mais que eu, tem uma postura tão encurvada que parece mais baixo.

Definitivamente não faz o meu tipo.

Tenho ainda mais certeza disso quando Aisling e Dee se juntam aos parceiros e o que me resta é seguir ao lado de Fionn, que fala da escola, das provas e que seu filme favorito é *Meia-noite em Paris* porque Woody Allen é um diretor genial. Faço um esforço físico para evitar revirar os olhos e sair correndo do cinema.

Em vez disso, junto bem as mãos e respondo:

— Uau, que legal.

Como se eu estivesse mesmo interessada em ouvir falar de filmes de diretores acusados de pedofilia.

Ao longo do filme, fico lançando olhares para Aisling e Dee para ver se capto a atenção delas em um "Me tirem daqui!" silencioso, mas elas estão muito ocupadas trocando saliva com os namorados e não percebem. Em um momento, Fionn tenta entrelaçar os dedos nos meus. É aí que me levanto e falo "banheiro" baixinho antes de sair.

— E aí? O que achou do Fionn? — pergunta Aisling depois que o filme acabou e eu falei (várias vezes) que precisava ir para casa.

Por sorte, elas não me deixaram ir sozinha, embora eu soubesse que prefeririam ter ficado mais tempo se amassando com os namorados. A noite está fresca e límpida, então a caminhada para o ponto de ônibus é até agradável... tirando a conversa sobre Fionn.

— Parece que vocês passaram o filme todo de conversinha — comenta Dee.

Abro um sorriso forçado, sem saber como contar a elas. Fionn realmente passou o tempo todo de conversinha. Tanto que nem sei do que se tratava o filme.

— Ele é de boa, acho.

— De boa? — questiona Dee. — Eu achei que ele pareceu ser bem legal. É um dos melhores amigos do Colm, sabe.

Que engraçado, porque Colm e Dee estão namorando faz um ano e nunca ouvi falar nem vi Fionn antes.

— Acho que a gente não combinou muito — afirmo. — Tipo... a gente não tinha quase nada em comum. Sei lá.

— Ele pareceu gostar de você. — Aisling sorri. — Você pode falar se gostou dele também, sabe.

Ela bate o ombro no meu, como se eu só estivesse tímida demais para admitir os sentimentos por ele em voz alta ou algo do tipo.

— Isso foi combinado, não foi? — pergunto. — Porque não sou muito chegada nisso.

Aisling revira os olhos, e Dee me lança um olhar nervoso.

— Qual é, Maira — argumenta Aisling, como se eu estivesse sendo irracional por não querer ter um encontro aleatório com um cara branco aleatório que jogaram em cima de mim. — Fionn é uma boa opção. E faz uma eternidade que você não namora.

— É por você ser muçulmana? — pergunta Dee baixinho. — Seus pais vão te deserdar ou algo assim se descobrirem que foi a um encontro com um menino?

Evito dar uma resposta que sei que vai pesar o clima, e, em vez disso, suspiro.

— Não, meus pais não se incomodariam... É só que...

Eu nem me lembro quando foi a última vez que gostei de um cara daquele jeito. No momento, todos os homens parecem bastante desinteressantes... com exceção daqueles nas séries da Netflix que assisto. Às vezes, acho que gosto mais dos garotos no conceito do que na realidade. E de garotas mais na realidade do que no conceito.

Passei a maior parte do ano passado tentando descobrir como contar isso à Dee e à Aisling.

— Você deveria dar uma chance ao Fionn — sugere Aisling. — Você está muito resistente. Ele gosta de você, e você... não tentou de verdade. Só dá pelo menos uns amassos nele antes de tomar uma decisão.

A ideia de ter que dar uns amassos em Fionn para me decidir a respeito dele me deixa de estômago embrulhado. Porém, se não for Fionn, aposto que haverá outros caras. Eu não ficaria surpresa se Aisling e Dee já tivessem uma lista de caras com quem querem que eu saia. Faz um tempo que elas estão falando disso, e como não tenho demonstrado muito entusiasmo com a ideia, elas decidiram fazer tudo sem minha permissão. Acho bem difícil que o fim dessa história esteja próximo.

— Acontece que... — começo devagar. — Eu não... não estou muito a fim de garotos agora. Tipo...

— Você é lésbica! — exclama Aisling, olhando para Dee toda contente. — Eu falei, não falei?

Tenho que me beliscar para não dizer algo de que me arrependerei.

— Eu sou... bissexual — concluo. — E, tipo... não sei... acho que no momento não estou achando os garotos grande coisa. Isso faz sentido?

— Não — responde Aisling ao mesmo tempo que Dee confirma com a cabeça e responde:

— Acho que faz.

Elas se entreolham, e não sei ao certo o que isso significa. Então Dee suspira e diz:

— Olha, desculpa por termos jogado Fionn em cima de você sem perguntar antes. Não sabíamos que você era... bissexual. Nós... só achamos que...

— Eu sei. Não fiquei com raiva nem nada. — Embora eu tenha ficado com um pouco de raiva, sim. — Só não estou a fim de namorar agora, sabe?

Aisling suspira.

— Então por que está dizendo que é bissexual em vez de só dizer isso?

— Porque... eu *sou* bissexual. E porque não quero namorar agora.

— Mas você já beijou uma menina? — insiste Aisling.

— Não.

Por infelicidade, já beijei garotos até demais... a maior parte das experiências tendo sido degradável.

— Então como é que você pode dizer que é bissexual? — contrapõe Aisling.

Esfrego as laterais dos braços, embora não esteja frio, antes de responder.

— Isso não significa que não possa saber. Gostar de alguém não tem a ver com beijo. Tipo, você não gosta do Barry só porque ele beija bem, né?

Aisling dá de ombros, como se talvez a razão fosse só aquela mesmo. Então eu fico me sentindo um pouco mal por Barry, embora eu quase nem goste dele.

Dee fica observando o chão em vez de olhar para qualquer uma de nós. Não sei de que lado ela está... embora pareça que não seja do meu, porque está deixando Aisling seguir tagarelando.

— Eu só não sei como que você pode dispensar caras como Fionn quando nem sabe o que sente por meninas. E quando você já beijou uns caras que nem são tão bonitos quanto ele.

Ela diz isso como se Fionn fosse um partidão, como se ele não tivesse passado metade do filme venerando Woody Allen.

— Eu sei, sim, o que sinto por meninas — insisto, porque parece ter mais relevância do que o lance com Fionn.

Ele é só um cara aleatório, afinal. Se não fosse ele, seria qualquer outro... embora, idealmente, alguém com um gosto menos problemático quando se tratava de diretores de cinema.

Aisling revira os olhos, como se não acreditasse nadinha em mim, mas então não diz mais nada por uns minutos.

Dee é o tipo de pessoa que gosta de preservar a paz, então ela nos permite continuar caminhando em silêncio. Logo chegamos ao ponto de ônibus. De acordo com o painel eletrônico, o ônibus vai chegar dali a meros cinco minutos.

— Olha... — digo quando paramos. No geral deixo as coisas para lá, mas isso parece algo importante. Tirando meus pais, nunca contei para ninguém que sou bissexual... até agora. Aisling não pode simplesmente fingir que não sou porque nunca beijei uma menina. — Seria bom se me dessem um espaço em relação a isso. Ainda estou tentando entender as coisas, como contar às pessoas, e como me sinto de verdade e...

— Como você pode ter tanta certeza e ainda estar tentando entender as coisas? — interrompe Aisling, cruzando os braços e arqueando a sobrancelha.

Como se todo mundo que tem *certa* noção de algo já tivesse entendido todas as coisas.

— Porque...

— Aisling, eu acho que você está sendo meio insensível — declara Dee enfim, cortando-me. Aisling dá um passo para trás, arqueando a sobrancelha para Dee. Como se esperasse que se Dee fosse ficar do lado de alguém, fosse do dela. — Mas... Maira, você tem que admitir que Aisling tem um pouco de razão, mesmo que tenha dito de forma meio errada. Parece que você está confusa e nem sabe o que ou quem você quer. Não dá pra jogar a frustração disso em cima da gente.

— Eu não estou...

— Eu sei. — A voz de Dee é gentil, como se ela estivesse falando com uma criança malcriada. — E entendo. Mas... talvez seja melhor não sair por aí dizendo pras pessoas que é bissexual quando ainda não teve nenhuma experiência. Pô, até eu já beijei uma menina, e sei que não sou gay. É só um pouco ofensivo se...

— Na verdade, eu já beijei meninas. Uma menina, no caso. — Por um momento, nem sei quem falou aquilo. Só percebo que fui eu por causa das expressões espantadas nos rostos de Dee e Aisling. As palavras simplesmente saem de minha boca, e Dee e Aisling com certeza ouviram. Não faço ideia de onde elas saíram. — Eu... na verdade estou saindo com uma pessoa. — Dessa vez, falo mais devagar. Escolhendo o que dizer. Sem deixar que o coração (ou melhor, a raiva) fale por mim. — É só que... é tudo novo, então... a gente não contou pra ninguém ainda.

A expressão de Aisling passa de choque à raiva.

— E quem é a garota?

Vasculho o cérebro atrás de um nome. Se for alguém que elas não conhecem, alguém cujo perfil não podem checar no Instagram, vão saber que estou mentindo, e aí volto à estaca zero.

Antes que eu possa pensar muito a respeito, minha boca responde:

— Minha namorada é Ishita Dey.

— Você está chegando em casa cedo, considerando que é sexta — comenta Amma quando entro pela porta naquela noite. — Pensei que ia ao cinema com suas amigas.

— Eu ia... eu fui. Não estava me sentindo muito bem, então voltei — murmuro, tirando os sapatos e pendurando o casaco.

Estou prestes a subir para o quarto quando Amma estica a mão e me faz parar. Ela me analisa, franzindo a testa.

— Está tudo bem, Hani?

Chegar em casa e ouvir a voz de minha mãe me chamando de Hani depois de passar um dia inteiro sendo chamada de Maira sempre parece estranho. Como se eu despisse uma pele que é minha, mas que não se encaixa muito bem. Hani é o nome pelo qual Amma e Abba me chamam desde que me entendo por gente. É o nome que combina *comigo*. Humaira é só o nome em meu passaporte, em minha certidão de nascimento. O nome anunciado a pessoas que não são família, que não são bengalis. E Maira... é do que Aisling resolveu me chamar quando nos conhecemos quando criança. E o nome pegou.

— Está tudo bem, Amma.

— Você brigou com suas amigas? — questiona ela. Não sei como adivinhou. Deve ser sexto sentido materno. — Vou fazer um *cha* e a gente conversa, pode ser?

Isso é algo que Amma e eu fazemos às vezes. Quando uma de nós duas está mal, preparamos *cha*, nos embrenhamos debaixo das cobertas e conversamos sobre o que está nos incomodando. Ou às vezes nem falamos de nada.

— Tudo bem. Vamos tomar *cha*.

Depois de vestir os pijamas, Amma e eu nos embrenhamos em minha cama, com as xícaras de *cha*. Abba já está dormindo porque tem uma reunião amanhã cedo e vai ter que madrugar. Ele tem trabalhado tanto para ser eleito à câmara que sinto que mal o vejo.

— Então... vamos conversar ou não conversar? — indaga Amma, bebericando o chá e me envolvendo em um abraço. — Porque a gente pode só tomar o chá em silêncio, se quiser.

Suspiro. Confio minha vida à Amma. Mesmo que eu diga à Aisling e Dee que elas são minhas melhores amigas, na verdade Amma é minha melhor amiga. Ela parou de trabalhar quando estava grávida de mim... e nunca mais voltou. Garante que não se arrepende. Em vez de trabalhar, passa os dias liderando a Associação de Pais e Mestres, e diz fazer isso porque quer me manter por perto.

Mas se eu contar à Amma que menti para minhas amigas sobre estar namorando Ishita, é provável que ela diga que tenho de contar a verdade a elas. Que tenho de consertar as coisas com sinceridade e integridade. Uma bobagem que com certeza não quero ouvir... nem fazer.

Dou um gole lento no chá antes de pigarrear.

— Eu fui ao cinema com Aisling e Dee, mas elas ficaram tentando me juntar com um cara aí que os namorados delas conhecem.

Amma coloca uma mecha de meu cabelo atrás de minha orelha com delicadeza.

— E por isso ficou chateada?

— Um pouco, eu acho. Tentei explicar a elas que não quero namorar nenhum garoto agora... e aí a coisa toda de ser bissexual veio à tona... e a reação delas foi meio estranha.

— Talvez elas só precisem de mais tempo? — sugere Amma. — Às vezes as pessoas precisam de um tempinho para assimilar tudo.

— Você e Abba não precisaram de tempo pra assimilar nada. Só me abraçaram e disseram que me amavam e que tinham orgulho de mim e...

— Nós precisamos, sim, de um tempo para assimilar, Hani — contrapõe Amma devagar. — Só que fizemos isso por conta própria, não na sua frente.

— Então... vocês ficaram chateados quando contei?

Eles foram tão acolhedores... como se nunca tivessem esperado que eu fosse qualquer coisa se não bissexual. Eu não havia imaginado que reagiriam assim.

— Não ficamos chateados, mas... tivemos que mudar um pouco a perspectiva das coisas.

— Como assim?

— É que... tínhamos uma ideia na cabeça de como as coisas aconteceriam para você, para nós, ao longo do tempo, e tivemos que alterar essa noção e dar espaço a outras.

— Como... em vez de um marido no futuro, talvez eu tenha uma esposa?

— Sim, tipo isso. E... e como daríamos essa notícia a outros membros da família. Como eles reagiriam. Mas... queríamos lidar com isso juntos. Assimilar tudo, um com o outro, para que você não precisasse se preocupar.

Nunca imaginei que Amma e Abba teriam parado para ter conversas como aquela. Que seriam afetados por eu revelar minha identidade em nossa comunidade e para nossa família.

— Nós conseguimos assimilar tudo porque somos adultos e temos três filhos. Agora sabemos como as coisas funcionam. Talvez suas amigas precisem de um pouco mais de tempo para entender. Só... dê tempo e espaço a elas. Elas vão cair em si.
— Está bem.
Confirmo com a cabeça. Afinal, se meus pais bengalis um tanto conservadores podem ficar de boa com minha bissexualidade sem fazer muitas perguntas, por que minhas amigas brancas irlandesas, não?

6

Ishu

No sábado de manhã, acordo com um "ding" alto do celular.

Lembrando a mim mesma que preciso começar a colocá-lo no silencioso (considerando que Nik resolveu que agora precisa de uma irmã), eu me inclino para a frente e pego o aparelho da mesa de cabeceira.

A aba de notificação na parte superior mostra que recebi uma mensagem no Instagram. Eu me sento na cama, esfrego os olhos e olho para a tela com mais atenção.

Nem me lembro de ter Instagram no celular. Tenho certeza de que a última foto que postei lá foi no ano passado, se não antes. Não uso o aplicativo porque não ligo para todas as fotos *aesthetic* que o pessoal posta lá.

Abaixo a aba de notificação meio que esperando ver que foi um fake que conseguiu atravessar os filtros que o aplicativo tem e chegar até mim, mas em vez disso vejo uma mensagem de Humaira Khan, de todas as pessoas.

Mairasonhadora:
oi, tudo beleza?

Fico olhando para a mensagem por mais tempo que o necessário. Tentando assimilar o fato de que Humaira me mandou uma mensagem. E que foi *aquela* a mensagem enviada. Mal nos falamos. Definitivamente não somos amigas, nem nada que chegue perto disso.

Estou com um pressentimento ruim mesmo aceitando a solicitação de mensagem.

> Hum, e aí... |

Antes que eu consiga terminar de digitar, aparece a solicitação de ligação de Humaira. Ela tinha ficado ali me esperando visualizar a mensagem? Por que está me ligando?

Fico com o dedo pairando acima do botão verde, aí pairo o dedo sobre o botão vermelho... então de volta ao verde.

O rosto de Humaira enche a tela de meu celular.

— Oi! — A voz dela soa alegre demais... como se fosse uma encenação.

E ela está sentada perto de uma janela, então a luz do sol se infiltrando pelo vidro a faz brilhar demais. Ela parece um anjo, com a luz formando uma auréola pelo cabelo preto que cai em cascatas.

— O que você quer, porra?

Esfrego os olhos de novo, contendo um bocejo. Não quero nem imaginar a impressão que Humaira tem de mim agora. Estou de pijama e com o cabelo desgrenhado.

— Bom dia, flor do dia — responde ela, franzindo a testa. — Já te falaram que, pra uma bengali, você fala muito palavrão?

Lanço um olhar duro a ela.

— E o que é que tem? Bengalis também podem falar muito palavrão. E mais, também sou irlandesa. Talvez eu fale a quantidade certa de palavrão pra uma pessoa irlandesa, já considerou isso?

Humaira revira os olhos, mas dá para ver que está achando graça porque os cantinhos de sua boca tremem.

— Estou ligando porque eu... — Ela coloca uma mecha de cabelo atrás da orelha e foca o olhar na lateral de minha cabeça. —... preciso de sua ajuda.

— Bem, isso é óbvio. Ajuda com o quê? Foi mal na prova de biologia?

— Não! — Ela enfim foca o olhar no meu. — A gente ainda nem recebeu a nota, mas tenho quase certeza de que fui bem.

— Então você precisa de ajuda em qual matéria?

Dessa vez Humaira abre um sorriso mesmo.

— Você acha que tudo sempre envolve a escola? Tem algum outro hobby além de estudar?

— Estudar não é hobby. E se quer minha ajuda, não está fazendo um bom trabalho para me convencer. Aliás, ainda nem sei que ajuda seria.

Ela suspira. Por um momento, acho até que desistiu de me pedir ajuda, porque só fica olhando ao redor. Como se tentasse ganhar tempo, ou achar uma desculpa ou algo do tipo. Estou prestes a dizer para ela andar logo e desembuchar ou encerrar a droga da ligação quando Humaira enfim começa a falar:

— Olha. Antes de contar, quero que saiba que é uma situação esquisita e só pensei em você porque... falei com você lá na frente do armário no outro dia, e... no momento, eu não consegui *mesmo* pensar em mais ninguém.

— Beleza...

Tenho de admitir que ela despertou minha curiosidade, mesmo que eu esteja um pouco ofendida pelo quanto ela enfatizou o "não consegui *mesmo* pensar em mais ninguém".

Ela respira fundo e continua:

— Então... ontem eu me assumi pras minhas amigas.

— Ah.

Com certeza não era isso que eu esperava. Ela não parece muito contente de contar isso para mim também. Está esfregando o braço e de cabeça baixa.

— É... não correu tão bem quanto eu esperava. Elas foram bem... indiferentes. Falei que era bissexual, e basicamente elas disseram que eu não podia ser porque, bem, nunca beijei uma menina.

— Beleza...

— Bem, então. Aí eu tive que dizer que já tinha beijado uma menina, porque... sabe.

— Entendi...

Minha curiosidade virou uma baita ansiedade. Porque estou com a assustadora sensação de que realmente entendi aonde Humaira quer chegar com essa história.

— Aí eu falei pra elas que nós estamos juntas — finaliza depressa. — Elas já estavam achando estranho o fato de que a gente estava meio que se falando na aula de biologia, e acho que metade do seu rosto apareceu com uma qualidade bem ruim em uma de minhas fotos no Instagram do final de semana passado no *dawat*, então foi tipo... a conclusão natural, e agora...

— Você quer que a gente finja um término? — sugiro, já sabendo que não é isso que ela está me pedindo.

— É mais como... fingir um namoro elaborado, seguido por um término?

Ela está me olhando com tamanha esperança cintilante que eu quase (quase) me sinto mal pelo fato de que vou ter que destruir seus planos.

— Você sabe que essa seria a coisa mais complicada do mundo, né? Já considerou as ramificações disso? A gente teria que se assumir na escola, para as nossas famílias, para a comunidade toda. É um pedido e tanto, Humaira.

— Pode me chamar de Maira.

— Eu não quero te chamar de Maira. — Suspiro. — Olha, sinto muito que suas amigas sejam umas escrotas, mas... não posso te ajudar. Eu ainda não me assumi para os meus pais.

— Eu não sabia que você era...

— É. Porque você não pensou em mim, nem em como fingir estar em uma relação queer me afetaria, né?

Humaira ao menos tem o bom senso de parecer constrangida. Então balança a cabeça e responde:

— Desculpa. Eu devia ter... pensado melhor. É que eu fiquei meio... — Há um tremor em sua voz. — Meus pais foram tão acolhedores quando contei, e minhas amigas foram... péssimas. Acho que isso me afetou muito. Eu não pensei...

— Que seja — interrompo. Humaira é o tipo de garota que com certeza acha que vai conseguir o que quiser se colocar o sistema lacrimal em ação.

Afinal, as amigas dela são feministas brancas. — Se era só isso, tenho que ir. Ainda nem tomei café.

— Tudo bem... tchau. Tenha um bom...

Desligo antes que ela termine de falar. Eu me deito de novo e solto o tipo de suspiro profundo de alívio que faz até a cama reverberar. Namorar Humaira Khan, ou até fingir, teria sido... demais. Nem sei por que as amigas dela acreditariam por um único instante que é verdade. Nós duas somos tão diferentes.

Diferentes demais.

7

Ishu

Ammu e Abbu passam o fim de semana todo em um silêncio raivoso. Sei que deveria abordar o assunto Nik e o namorado (noivo?) com eles, sobretudo porque minha irmã fica me mandando mensagem o dia todo para saber como está a situação. Só que depois de ver a raiva dos meus pais, resolvo deixar o assunto de lado por ora. Talvez dali a alguns dias eles tenham se acalmado o bastante para eu tentar falar a favor dela. Embora eu nem tenha certeza do que eu poderia dizer para fazê-los aceitar a ideia de que, ao desistir da universidade, a filha preferida deles estava indo contra tudo pelo que batalharam.

A única coisa boa que saiu disso tudo foi que, de repente, Abbu e Ammu passaram a prestar mais atenção em mim. Os dois folgam no domingo para que possamos almoçar juntos.

— Tenho certeza de que a novidade de Nik fez você começar a pensar — comenta Ammu enquanto comemos a refeição composta por arroz, curry de frango e dahl. Eu sabia que aquilo aconteceria, mas isso não impede meu coração de palpitar de tanto nervoso. Ammu fala devagar, como se estivesse escolhendo as palavras a dedo. — Só queremos que você saiba que às vezes... as pessoas cometem erros como esse.

— Quando são jovens e pensam estar apaixonadas. — Abbu suspira como se a mera ideia do amor fosse um disparate. — Há coisas mais importantes que o amor, Ishu. Ou o que jovens pensam que o amor é.

— Não dá para sobreviver de amor — acrescenta Ammu. — Sobrevivemos graças à segurança, a dinheiro, um bom emprego. E com isso o resto também vem: felicidade, amor e família.

— E o mais importante é manter o foco nos objetivos futuros — declara Abbu com firmeza. Ele mantém o olhar no meu de um jeito duro. — Entendeu?

Confirmo com a cabeça.

— Aham... Quer dizer, estou no caminho certo! Estou tirando boas notas, e com certeza vou conseguir entrar em uma boa faculdade de medicina...

— Sim... — Ammu assente, embora minha excelente performance acadêmica não pareça satisfazê-la tanto assim. — Sua irmã também tirava boas notas. Ela foi monitora, lembra?

Abbu acena com a cabeça, com carinho, e seu rosto se suaviza. É como se ele saboreasse uma lembrança antiga, embora Nik seja apenas três anos mais velha que eu.

— Era para ela ter sido Líder Estudantil. Talvez tivesse entrado em uma universidade melhor. Cambridge, Oxford... Talvez então ela seria...

Não sei bem se ser Líder Estudantil teria mudado a trajetória da vida de Nik. Por outro lado, acho que nunca dá para saber ao certo, né?

Ammu e Abbu parecem tão desolados, como se estivessem de luto por algo enquanto mastigam o curry de frango e o arroz devagar.

Não sei por que falo; as palavras só escapam de mim:

— Vou ser Líder Estudantil.

Minha declaração chama a atenção dos dois. Ammu com os olhos brilhantes, Abbu com um toque de desconfiança.

— Eles só escolhem Líderes Estudantis mais para o fim do ano letivo — diz Abbu.

— É... Mas... tenho quase certeza de que vai ser eu. Tipo... porque eu tenho a melhor performance e todo mundo gosta de mim? Com certeza sou uma das candidatas com mais chances.

Ammu abre um sorriso grande que faz tempo que não a vejo dar.

— Por que não contou antes? — Ela se inclina para frente e aperta minhas mãos por um momento antes de olhar para Abbu. — Não precisamos nos preocupar com nossa Ishu. Falei para você.

Meu coração se infla todo, uma mistura de orgulho e culpa. Orgulho por Ammu enfim me ver como a filha que pode ser excelente... que pode concretizar as esperanças e sonhos dela. Mas a culpa? Vai ficando mais forte ao longo dos minutos. Porque a possibilidade de eu ser Líder Estudantil é quase nula.

Os formulários de candidatura para monitores e Líderes Estudantis estão na secretaria. Estavam lá desde semana passada, e eu nem tinha considerado pegar um. Por que o faria?

Ser Líder Estudantil não é sobre performance acadêmica nem estudos, no geral é um concurso de popularidade. Não acho que estou prestes a ganhar um negócio desse nem tão cedo.

Mas se eu não for escolhida como Líder Estudantil (se eu nem conseguir ser monitora), isso vai ser outro baque para as expectativas de Ammu e Abbu. Mais uma coisa que não conseguimos fazer por eles, apesar de tudo o que eles fizeram (e ainda fazem) por nós.

Pego os dois formulários na secretaria na hora do almoço. A secretária da escola, Anna, me lança um olhar curioso ao entregá-los. Como se já soubesse que não sou muito querida pelas minhas colegas de turma.

Talvez eu possa reverter a situação? Não pode ser assim tão difícil. Se Aisling Mahoney pode ser popular, por que não eu? Só tenho de sorrir e jogar charme.

Eu consigo.

Acho.

Tento fazer isso enquanto sigo para nossa sala de aula com os formulários enfiados na mochila. Coloco um sorriso no rosto, o mais alegre possível, e entro.

Ninguém repara em mim. Como não temos um refeitório na escola, a maior parte das garotas de nossa turma se junta ali na sala na hora do almoço e nos intervalos. A sala está dividida em diferentes grupos de amigos, cada um amontoado em volta de mesas. A mistura da risada e da conversa preenche o ar. A coisa toda está me dando dor de cabeça, mas estou determinada a tentar esse lance de ser sociável.

Chego perto de um grupo de meninas sentadas na frente da sala: Hannah Flannigan, Sinéad McNamara e Yasmin Gilani. Nunca falei com Sinéad nem Yasmin, mas Hanna tem sentado do meu lado na aula de economia neste ano.

— Oi! — cumprimento com a voz mais alegre possível.

Soa um tanto estridente demais. Tento ignorar isso. As três se viram quase ao mesmo tempo, a confusão estampada em seus rostos.

— Hã, oi — responde Yasmin em um tom que não muito simpático.

Mas estou disposta a deixar isso passar.

— Aquele trabalho de economia foi difícil à beça, né, Hanna? — questiono, encostando-me na mesa em um gesto que espero que soe casual.

Hanna troca um olhar com Yasmin e Sinéad.

— É... acho que sim — responde ela em um tipo de chiado.

— Então, hum... posso me sentar aqui com vocês pra almoçar?

Elas se entreolham outra vez.

— Na verdade, não tem espaço — responde Sinéad, embora tenha uma cadeira vazia bem ao lado dela.

Quando lanço um olhar significativo para o assento, Hanna complementa:

— Estamos guardando lugar pra uma pessoa. Foi mal, Ishita.

— Beleza, não importa. — Reviro os olhos, mas então me lembro que estou tentando ser popular. É melhor não fazer isso. — Hum. Quem sabe outro dia?

Sorrio, embora eu saiba o quanto minha voz soou desesperada.

— Aham, quem sabe — responde Yasmin em um tom que deixa nítido que definitivamente não vai haver um dia em que eu vá me sentar junto com elas no almoço.

Eu me viro para o resto da turma, separada em panelinhas: não me encaixo em nenhum grupo, e não vejo como isso pode mudar no futuro.

Estou prestes a me virar e seguir para o lugar em que costumo almoçar (um canto escuro perto dos armários) quando vejo o grupo no fundo da sala: Humaira, Aisling e Deirdre estão pertinho umas das outras, conversando aos sussurros.

A conversa esquisita que tive com Humaira na manhã de sábado havia quase me escapado da mente por completo, apesar da estranheza do pedido. Mas então me recordo de tudo. Do desespero de Humaira.

Talvez o desespero dela seja exatamente o que eu precise agora. Geralmente eu faria uma lista de prós e contras antes de tomar uma decisão como essa, mas vendo as três ali, engajadas na conversa, sei que não tenho tempo para um processo de tomada de decisão tão meticuloso.

Antes que eu possa me convencer do contrário, estou indo até o fundo da sala, torcendo para que Humaira ainda não tenha contado a verdade para as amigas.

— Oi, Humaira — cumprimento. As três erguem a cabeça e me olham. — Hum... podemos conversar um segundo? Hã, em particular?

— Ah... — Por um momento, Humaira olha para as amigas, então se vira para mim com um sorrisão que toma todo o rosto. — Lógico! — Num piscar de olhos ela está de pé, quase como se estivesse me esperando. — Já volto!

8

Hani

Ishita me leva para fora da sala em direção a um canto deserto do corredor ladeado por armários.

— Então... — começa ela, cruzando os braços, como se eu tivesse a arrastado para lá e não o contrário.

— Então...

— Já contou a verdade pras suas amigas?

— Ainda não. — Suspiro. — Desculpa... Tipo. Eu ia contar agora.

Aquilo não devia ter soado muito melhor, considerando que dei um pulo da cadeira assim que Ishita apareceu.

— Não conta. — A voz dela é severa. — Tipo, olha. Eu estava pensando, e talvez a gente possa tentar seu plano.

Ishita dá de ombros, e sua voz soa tão casual que me deixa desconfiada.

— E por que mudou de ideia?

— Só mudei. Quero ajudar você.

Ela me olha como se estivesse me fazendo um grandessíssimo favor.

Se fosse qualquer outra pessoa, eu teria acreditado que estava fazendo aquilo por pura bondade. Mas Ishita?

— Aham. — Faço um som de deboche. — Desembucha logo. Anda. O que você ganha com isso?

Enfim ela deixa os braços penderem ao lado do corpo e responde:

— Eu preciso ser Líder Estudantil.

É algo tão inesperado que por um minuto inteiro fico sem reação.
— Quê?
— Líder Estudantil. Quero ser Líder Estudantil.
— Desde quando? Você nunca ligou pra isso.
— É, bom. Agora eu ligo. E... as pessoas... gostam de você. — Ela franze a testa, como se não entendesse bem por que gostam de mim, mas estivesse disposta a conceber a ideia. — Você é, tipo, amiga de todo mundo. Então, se a gente fingisse namorar e você falasse bem de mim por aí...?
— E você vai fingir na frente das minhas amigas?
— Vou. — Ishita confirma com a cabeça. — Total. Tipo... o que você... Bom. — Ela para de falar antes de concluir a frase. — Não o que você quiser. Coisas razoáveis, óbvio.
— Você sabe que vai ter que fingir que gosta de mim, certo? E... se quer ser Líder Estudantil, também vai ter que fingir que gosta de outras pessoas.
Ishita faz uma careta como se estivesse com dor.
— Sim — responde com um grunhido. — Estou sabendo.
Quero fazer mais perguntas, porém duvido de que Ishita vá responder. Ela mal parece estar a fim de ter esta conversa comigo agora.
— Então... eu vou pra sua casa depois da aula? A gente pode pensar na logística da coisa e...
— Não — interrompe Ishita. — Quer dizer... talvez eu possa ir pra sua? Você disse que se assumiu pros seus pais, né?
— Você sabe que a gente só vai conversar, né? Ver como isso vai funcionar? Não...
— Só me passa seu endereço.
Ishita já está sacando o celular do bolso da camisa. Então me olha com expectativa.
Suspiro, perguntando-me por um instante se esse plano vale a pena. Ishita Dey não é bem a alegria em pessoa. Estamos tão longe de sermos amigas que não sei como vamos dar conta de fazer isso juntas.
De todo modo, passo meu endereço para ela.
Talvez essa seja a única forma de convencer todo mundo de que sei quem sou e o que quero.

— Ishita Dey vem aqui em casa hoje — conto à Amma assim que passo pela porta. — Tem... problema?

Amma está sentada na sala de estar, mexendo no celular. Ela franze a testa e me observa devagar. Como se precisasse de um momento para assimilar a informação.

— Ishita... no caso, a filha de Aparna e Dinesh? — Sua voz soa bastante confusa.

Nem a culpo. Ishita nunca veio a nossa casa sem os pais antes, e mesmo quando veio com eles, eu e ela não ficamos exatamente de papinho.

— Sim, essa Ishita.

— Isso tem algo a ver com o fato de que você está evitando suas amigas? — pergunta Amma.

Balanço a cabeça, talvez um pouco rápido demais, e digo:

— Nós duas estamos apenas... saindo.

Dou de ombros, embora eu saiba que Amma consegue ver meu coração. Ela sabe que estou mentindo. Porém, não me pressiona. Com certa indiferença, pergunta:

— Ela vai jantar com a gente?

— Não sei...

— Ela vai jantar com a gente. — A voz de Amma é firme. — Vou ligar para Aparna e avisar.

— Ok, ok.

O problema dos bengalis é que eles não deixam você sair da casa deles sem aceitar algum tipo de comida. Visitar alguém e não comer é basicamente um dos maiores insultos que existem na nossa cultura.

Quando subo as escadas, vejo que meu quarto está uma bagunça. Faz uma semana que eu não o limpo e, nesse tempo, acumulei no chão uma quantidade de roupa suja suficiente para encher a máquina de lavar duas vezes. Uma pilha gigante – que tem quase metade da minha altura – de livros não devolvidos e não lidos da biblioteca ocupa minha mesa. E minha penteadeira tem tantos frascos, embalagens e pincéis que eu provavelmente poderia começar minha própria linha de maquiagem.

Empilhei todas as roupas no meu guarda-roupa e enfiei os livros e a maquiagem nas gavetas que ainda têm espaço. O cheiro do quarto está um pouco estranho, provavelmente por causa de todas aquelas roupas, então abro a janela antes de tirar o uniforme.

A campainha toca enquanto estou vestindo a calça. Desço correndo, na esperança de chegar antes de Amma para cumprimentar Ishita. Não dá certo; quando chego lá, Ishita já entrou. Ela está sorrindo para Amma, e o sorriso é tão estranho que parece que a garota está com dor.

— Oi, você veio! — Tento não deixar transparecer que estou ofegante por ter descido correndo.

Ishita ergue a sobrancelha.

— Eu vim.

Dá para ver pela expressão dolorosa em seu rosto que ela está tentando ser simpática... mesmo que não esteja tendo muito sucesso nisso.

— Bom, hum. Vamos subir?

Revezo o olhar entre Ishita e Amma... porque Amma está me encarando com uma expressão perplexa.

— Vocês duas fazem alguma aula juntas? — pergunta minha mãe.

— Não! — respondo ao mesmo tempo em que Ishita diz:

— Fazemos.

— Digo... — Lanço um olhar breve à Ishita. — A gente faz as matérias básicas... óbvio. Então... hum.

Amma confirma com a cabeça, como se o que falei na verdade fizesse algum sentido. Então se vira para Ishita e diz:

— Liguei para sua Ammu e avisei que você vai ficar para jantar.

— Ótimo, obrigada, *Tia*.

Ishita abre outro sorriso educado antes de me seguir escada acima.

— Mas o que foi isso? — sussurra ela quando estamos longe de Amma.

— O que você estava fazendo? — rebati. — Por que não ficou calada e me deixou lidar com as coisas?

— Hum, talvez porque você ficou como uma zebra na frente de um leão, caralho. E temos, sim, uma matéria juntas. Biologia, lembra?

Paro no topo da escada, lançando um olhar duro a ela.

— Nada de palavrão na minha casa, Ishita.

Ishita revira os olhos.

— Você não pode estar falando sério.

— Se não fosse sério, eu não diria, não é mesmo?

Por um momento, acho que ela vai continuar argumentando. Em vez disso, fecha os olhos, respira fundo e responde:

— Está bem. Nada de palavrão na sua casa.

Sorrio. Na verdade, eu não esperava que ela cedesse tão fácil. Estamos falando de Ishita Dey, afinal.

Eu a levo para o meu quarto, e ela analisa tudo, estreitando os olhos. Mesmo com a bagunça escondida da vista dela, quase consigo vê-la engolir o comentário que faria.

— Seu quarto é... legal. — Ishita fala isso como se fosse um martírio proferir a palavra "legal".

— Valeu... Pode se sentar.

Enquanto ela se senta na beirada da cama como se não quisesse tocar em nada, eu me acomodo na cadeira confortável diante da escrivaninha, de frente para ela.

— Então.

— Então. — Ishita mantém o olhar no meu por um bom tempo antes de virar o rosto e dizer: — Primeiro, você tem que contar pra sua mãe que estamos juntas.

— Quê?

Mentir para Amma é a última coisa que quero fazer, e isso já tem virado um hábito nos últimos dias.

— Do contrário, você vai estragar tudo — contrapõe Ishita. — Sua atuação lá embaixo foi um horror. Sua mãe com certeza desconfia de que tem alguma coisa acontecendo. É mais fácil falar que a gente está namorando, né?

Será que Amma acreditaria nisso? Ela me conhece melhor do que ninguém e... Ishita não é bem meu tipo. Embora imagino que Amma não saiba disso. Eu nunca trouxe uma garota para cá.

— Você não foi muito melhor, não — retruco. — Não devia ter tocado a campainha. Podia ter me mandado uma mensagem pra eu abrir a porta...

— Você nem me deu seu número.

E sei que é verdade, mas o fato de que sou em parte culpada pelo desastre lá de baixo me deixa ainda mais irritada com ela.

— Bom, você não pediu. — Minha voz soa mais como um rosnado do que outra coisa.

O som até me surpreende. Não ouço esse nível de raiva em minha própria voz (nem senti este nível de irritação) desde antes de meu irmão Polash ir para Londres.

Ishita ergue as mãos diante de si, como se estivesse se rendendo.

— Não é assim que casais agem, só pra você saber.

— E você lá sabe como casais agem? — As palavras saem de minha boca antes que eu possa contê-las.

Ela estreita os olhos para mim por um momento antes de balançar a cabeça e se levantar.

— Beleza, é óbvio que isso tudo é uma perda de tempo. É melhor eu ir pra casa e encontrar outra pessoa pra me namorar de mentira. Ainda não me comprometi com ninguém.

Tenho uma sensação desesperadora no peito que vai crescendo à medida que ela se afasta. E ela está dando passinhos tão minúsculos, como se não quisesse mesmo ir embora.

Eu me lembro da expressão presunçosa de Aisling no almoço hoje, e as palavras que Dee falou na sexta ainda ecoam em minha cabeça. Aquilo me ajuda a engolir a raiva.

— Desculpa — falo, e Ishita para de andar. Mordo o lábio, desejando não precisar fazer isso. — Eu... preciso de você. Mais do que você precisa de mim, acho.

Ishita se vira para me encarar. Algo que não consigo identificar passa pelos olhos dela.

— Desculpa, também. — Suas palavras me deixam surpresa. Ishita Dey se desculpando em vez de se gabar por ganhar uma discussão? — Acho que precisamos uma da outra pra fazer isso funcionar. Então... temos que tentar fazer dar certo. Né?

Mantenho o olhar no dela por um instante antes de respirar fundo e concordar com a cabeça.

— É. Desculpa. Eu devia ter te dado meu número.

— Devia mesmo. — Há um tom convencido na voz de Ishita enquanto ela volta a se sentar.

Ali está a Ishita que conheço.

— Então... acho que consigo mentir pra Amma — concluo. Vai ser difícil, porém Amma com certeza vai descobrir o que está rolando se eu não fizer isso. — Mas... aí meus pais vão acabar sabendo de você. E o pessoal da escola também. Não tem problema?

Ishita dá de ombros.

— Não existe problema se sou eu me assumindo, sabe. Contanto que não chegue aos meus pais... e não vai chegar... por mim, de boa.

— Beleza... Então... é melhor você me chamar de Maira daqui em diante. É assim que minhas amigas me chamam. Ninguém me chama de Humaira.

— Não vou te chamar assim. — Ishita faz um som de escárnio. — É uma deturpação do seu nome. Por que você deixa que elas te chamem assim?

— É difícil falar "Humaira".

— É literalmente uma sílaba extra. E além disso, elas falam "Maira" errado. Falam como se fosse *Máire,* que é um nome diferente!

Não consigo conter o sorriso. Não me lembro de ver alguém ficar tão irritado por causa de um nome antes.

— Olha... você não pode continuar me chamando de Humaira. É... estranho — insisto. — Ninguém me chama assim. Talvez você possa me chamar de Hani.

— Está bem — responde Ishita, como se fosse o último termo pelo qual ela quer me chamar. — Então, eu acho que... pode me chamar de Ishu.

— Fofo.

Meu sorriso se alarga. Ishita com certeza não é uma Ishu.

— Cala a porra da boca. — Ishita revira os olhos, mas vejo que está tentando não sorrir porque os cantinhos da boca tremem. — Minha família me chama assim, beleza?

— Nada de palavrão aqui.

— Desculpa.

Ela se desculpou outra vez. A palavra saindo da boca de Ishita (de Ishu) parece até uma blasfêmia. Contenho a surpresa o mais rápido possível. Se eu disser algo, é provável que ela retire o que disse. Então apenas mudo de assunto.

— Se você quer ser Líder Estudantil, vai ter que fazer coisas que provavelmente não quer, sabe. Ir a eventos da escola, festas, conversar com gente, ser... um ser humano agradável.

Ela franze a testa, mas confirma com a cabeça.

— Sim. Eu consigo. Eu fui agradável com sua mãe lá embaixo.

— Você parecia estar com prisão de ventre. Acho que ninguém quer uma Líder Estudantil com prisão de ventre.

— Minha prisão de ventre não me impediria de fazer um bom trabalho, então essa porra é... Merda... Caralho.

Ishita coloca a mão na boca, arregalando os olhos ao me ver. É tão adorável o quanto ela parece horrorizada (do jeito mais não Ishita que já vi na vida) que não consigo evitar e caio na risada.

Um momento depois, ela começa a rir também, e nossos risos se mesclam em uma gargalhada alta.

Se alguém tivesse me dito que Ishita Dey e eu estaríamos morrendo de rir em meu quarto hoje, eu jamais teria acreditado.

9

Hani

Depois que paramos de rir, o silêncio envolve Ishita... Ishu... e a mim. Não é estranho, mas também não é confortável.

Pego o laptop na prateleira de cima da mesa e abro. Se vamos fazer isso, temos de fazer direito.

Entro no Google Docs e crio um documento. "Documento sem título" fica me encarando na tela brilhante.

Eu me viro e vejo que Ishu está me olhando, confusa.

— Se escrevermos nossas mentiras, ninguém vai descobrir nada — explico.

Nunca menti para Amma nem Abba e não quero começar a fazer isso agora, mas acho que não tenho muita escolha. Então, se vou mentir, é melhor eu garantir que estou fazendo direito.

Digito "Guia do namoro falso - por Hani e Ishu" no espaço do título, contendo um sorrisão satisfeito por ter pensado na frase sozinha.

— Então... como tudo começou? — pergunto.

— O quê?

— Sabe... — Eu me viro para ela devagar. — Como a gente começou a... namorar?

Ishu dá de ombros.

— Isso é da conta de alguém?

Solto um suspiro. Eu devia ter imaginado que Ishu agiria desse jeito.

— Você *não* pode responder às pessoas assim. Nem eu. Vai parecer que a gente está na defensiva.

"Nem todo mundo é tão ríspido como você, Ishu", quero dizer, mas guardo o pensamento para mim.

— Inventa alguma coisa. Eu vou na onda.

Fico irritada com a displicência dela. Estreito os olhos.

— Você disse que a gente tinha que fazer isso dar certo, Ishi... Ishu.

Quase consigo vê-la conter o próprio suspiro. Então muda de posição, e a cama range sob seu peso.

— Talvez... a gente tenha começado a conversar em um dos *dawats* bengalis? Suas amigas vão ficar tão confusas com o conceito de um *dawat* que é provável que nem perguntem mais nada.

Sorrio, lembrando de Aisling e Dee confusas sobre as festas bengalis no outro dia. Se eu tivesse dito a palavra "dawat", nem sei como elas teriam reagido... com expressões ainda mais confusas, aposto.

Olho novamente para o laptop e para a página em branco diante de mim.

Começo de namoro: conversas durante dawats bengalis.

Franzo a testa para a frase por um instante antes de me voltar para Ishu.

— Há quanto tempo estamos juntas?

Ishu faz uma careta de leve, como se fosse a última pergunta que queria responder. Tenho que conter o sorriso. Na escola, ela parece sempre tão controlada. Toda composta. Acho que nunca a vi... se soltar. Ou à vontade. Com certeza nunca a vi fazendo uma careta como essa antes.

— Não pode ter muito tempo... — responde ela enfim, devagar. — Porque... Tipo, isso seria suspeito, né?

— É...

Começamos a namorar há duas semanas: depois de conversar nos dawats bengalis.

— É melhor a gente criar algumas regras — afirmo. Então digito "REGRAS" em letras garrafais gritantes.

— Que tipos de regras?

— Tipo... a gente não pode contar a verdade pra *ninguém* — declaro, focando o olhar no dela. — Nem para os nossos pais, nem para nossas melhores amigas. Ninguém.

Ishu dá de ombros.

— Não é como se eu tivesse alguém pra quem contar.

REGRAS:

1. Hani e Ishu não podem contar a ninguém a verdade sobre o plano.

2.

Quase no mesmo momento que paro de digitar, Ishu pigarreia e afirma:

— Precisamos estabelecer alguns limites.

— Que tipo de limites?

— Bem... quanto tempo a relação vai durar? Quando vamos terminar? Quem termina com quem?

Balanço a cabeça porque deveria ser óbvio, né?

— Terminaremos quando o objetivo for alcançado. Quando você virar Líder Estudantil e... quando Aisling e Dee entenderem que sou o que sou.

Ishu está me observando, quase sem piscar. Há algo desconfortável naquele olhar atento. Quase a sinto me julgando. Eu me remexo na cadeira, evitando o olhar. Fico esperando que ela diga algo condescendente ou cruel sobre o que acabei de falar.

Só que ela enfim responde:

— Beleza. Acho que faz sentido. Mas é melhor eu terminar com você.

Faço um som de deboche, semicerrando os olhos para ela.

— Quê? Por quê?

— Porque se *eu* terminar contigo, as pessoas vão me achar maneira. Além disso, suas amigas vão ficar com pena de você.

Eu a observo, sem reação.

— Ah. Acho... que isso faz sentido também.

REGRAS:

1. Hani e Ishu não podem contar a ninguém a verdade sobre o plano.

2. Hani e Ishu vão terminar quando Ishu for Líder Estudantil e...

Faço uma pausa, sem saber como terminar a frase.

2. Hani e Ishu vão terminar quando Ishu for Líder Estudantil e as amigas de Hani a aceitarem como ela é.

Um nó inexplicável está se formando em minha garganta, mas engulo em seco e continuo tentando.

3. Ishu vai terminar com Hani quando os objetivos forem alcançados.

— Beleza. — Viro a cadeira toda dessa vez para olhar para Ishu. — Mais alguma coisa?

Ishu parece pensar na pergunta por um momento. Ela olha para a coberta azul-claro na cama, retirando um fiapo dali.

— Sabe, eu nunca namorei ninguém.

Se eu não a conhecesse, acharia que Ishu até soou... insegura? De repente ela parece menor... como se admitir aquela coisinha sobre si mesma tivesse, de algum modo, diminuído a... sua intensidade. Embora eu já tivesse presumido que ela nunca namorou ninguém. E sei que ela sabe que presumi isso.

— Não tem nada demais. Namorar é tipo... — Eu me recosto na cadeira e olho para o teto como se tivesse passado uma eternidade analisando as complexidades do namoro. Na verdade, tive um relacionamento com um garoto que era meio horrível. E fui a alguns encontros que não deram em nadinha. — Não... não é nada demais. Quando está namorando alguém de verdade, digo. É só diversão, né? É estar com alguém que faz a gente feliz.

— E se eu fizer algo errado? — Pelo vinco pequeno que aparece na testa de Ishu, sei que ela não está brincando.

Ela está realmente preocupada com a possibilidade de namorar *errado*. Não sei se isso é possível.

— Você não vai fazer nada errado — garanto. — É por isso que temos esse documento pra nos ajudar. — Aponto para o arquivo aberto no laptop. — Para nos ajudar a acertar nas coisas.

Eu me inclino na direção do laptop e clico em alguns botões até digitar o e-mail de Ishu.

Ouço o bipe baixo do celular dela. Ishu saca o aparelho do bolso e faz um som de deboche.

— Que título fofo. Nadinha óbvio.

Reviro os olhos e abro a boca para responder, mas a voz de Amma emana escada acima e interrompe meus pensamentos.

— Hani! Desça com Ishita para jantar!

— Está bem, já vou! — respondo, esperando que ela ouça apesar de a porta do quarto estar fechada.

Eu me viro para Ishu.

— Você não fala *sylheti**, fala?

Ishu nega com a cabeça.

— Mas acho que consegui entender. É comida, né?

Sorrio, confirmando com a cabeça, e uma sensação agradável e estranha que não compreendo borbulha no meu estômago.

— Você vai contar pra sua mãe, não vai? — indaga Ishu, levantando-se da cama.

— Contar...

— Que a gente está namorando — completa Ishu, como fosse óbvio.

— *Agora?* — Minha voz soa mais estridente do que eu tinha previsto.

— Quando mais?

— Vou contar a ela... depois. Depois que você for pra casa.

Ela ergue a sobrancelha, como se estivesse duvidando de mim.

— Você vai amarelar.

— Não vou amarelar. Prometo que vou contar a ela. Só tenho que... me preparar. Vamos jantar, está bem?

Ishu ainda está com cara de quem não acredita que vou contar à Amma, mas me segue escada abaixo em silêncio mesmo assim.

---

* N.E. Dialeto bengali falado no nordeste de Bangladesh.

10

Ishu

A viagem de ônibus para casa parece estranhamente tranquila, embora ter concordado com essa coisa toda de namoro de mentira devia, *sim*, estar me deixando em pânico. Afinal, é uma grande enganação. E vai envolver passar muito tempo com Hum...Hani e as amigas.

Ainda assim... jantar na casa dela foi meio pacífico. *Tia* Aditi fez curry de frango, e foi o melhor frango que já comi *na vida*. Até melhor do que o de Ammu... embora eu obviamente nunca vá dizer isso a ela. Já me vejo acostumada com a comida de *Tia* Aditi... com ficar sentada na mesa diante de Hani, que abriu um sorrisão quando elogiei a comida da mãe dela...

Ainda estou pensando no curry de frango quando saio do ônibus. No horizonte, vejo o sol adormecendo. O céu é uma cascata de cores, ficando mais e mais escuro conforme me aproximo de casa.

Vejo Nik quando estou a alguns minutos de distância ainda. De repente, sinto que fui transportada de volta para a tarde de sexta-feira. Só que hoje ela não está com aquela energia impaciente.

— Você me ligou? — pergunto quando me aproximo, sacando o celular para checar. Só por via das dúvidas. Mas Nik nega com a cabeça.

— Eu estava aqui por perto...

— Faz quanto tempo que está aí esperando?

Ela suspira.

— Um tempinho. Eu só queria ver como Abbu e Ammu estão.

Passo por ela e abro a porta. Ela entra na casa depois de mim, e existe uma diferença tão distinta entre a forma que entra hoje e a que entrou na sexta que sinto uma pontada de preocupação. Na sexta, Nik só parecia Nik, minha irmã mais velha que vem me ofuscando a vida toda. Hoje, Nik parece pequena. Derrotada. Como alguém que nem conheço.

— Acha que eles vão querer conhecer meu noivo? — pergunta ela. — Era pra gente voltar pra Londres na semana que vem, mas...

— Eles ainda estão chateados — interrompo. — Não acho que isso vá mudar da noite pro dia... Nik, eu não entendo. Por que você não volta pra faculdade e adia o casamento até terminar o curso? Não falta tanto tempo assim.

— Dois anos é muito tempo, sim, Ishu. — A voz de Nik é pesada. Ela está decidida, percebo. Nada que eu faça a fará mudar de ideia. — De todo modo, eu já entreguei a papelada. Não posso mudar de ideia. Não até daqui a um ano, ao menos.

— Se ele te amasse, ele esperaria até...

— Ishita. — A voz dela é séria.

É uma censura.

Ergo as mãos para mostrar que não estou falando por mal.

— Só estou tentando entender sua lógica. Estou tendo dificuldade de absorver tudo.

— Você falou com Ammu e Abbu sobre Rakesh e eu?

— Tem sido difícil — respondo. Ainda assim, sinto a culpa me envolvendo. Estive tão preocupada comigo mesma que nem pensei muito em Nik. Por outro lado, é mesmo para eu me sentir culpada? Nik é minha irmã desde sempre, e em todo aquele tempo ela nunca me priorizou acima de si mesma. Então não sei por que ela espera que eu priorize a ela e o noivo. — Ammu e Abbu estão descontando a frustração em mim, sabe. Como se pensassem que se não me derem a atenção devida, vou acabar fazendo merda também. — Paro de falar, percebendo o olhar de Nik. — Quer dizer...

— Eles acham que estou fazendo merda, é? Ou é sua opinião?

— Não é a minha opinião — respondo rápido demais.

Nik balança a cabeça.

— Ishu, um dia você vai perceber que... nossa vida toda não pode ser só atender às expectativas mirabolantes de Abbu e Ammu.

— E isso quer dizer o quê, porra?

Quanto mais ela fala, menos Nik parece minha irmã. Se alguém me dissesse que a verdadeira Nik tinha sido abduzida por alienígenas e substituída por aquela versão ali, eu acreditaria na hora. Ou talvez fosse mais um caso de clone. Qualquer explicação que não fosse a de Nik ser aquela pessoa que estava na minha frente. Que tinha dito aquelas palavras. Tão diferente da irmã que conheço a vida toda.

— Significa que... — Ela suspira e balança a cabeça como se eu não fosse digna de ouvir a opinião dela. — Deixa pra lá. Eu tenho que ir.

— Você não vai esperar pra falar com Ammu e Abbu?

Checo o relógio; são sete horas, o que significa que ao menos um deles deve chegar em breve. A mercearia sul-asiática que temos no centro costuma fechar às seis em dias de semana.

— Hoje não — responde ela.

Por um momento, enquanto Nik paira perto da porta, preparando-se para sair, percebo que ela parece envelhecida. Como se os últimos dias, depois de ter contado a Ammu e Abbu o seu plano, a tivessem feito envelhecer rapidamente. Como se tivessem tirado algo dela.

Por um instante, eu me pergunto se contribuí com aquilo. Ao focar em mim mesma em vez de tentar ajudá-la. Eu me pergunto se deveria contar a ela que vou (de alguma forma) encontrar um jeito de fazer Ammu e Abbu caírem em si. Se deveria prometer manter a palavra desta vez.

Em vez disso, digo:

— Beleza... Então, acho que até mais.

Ela mantém o olhar no meu por um bom tempo. Então murmura:

— Até mais, Ishu.

E desaparece pela porta.

11

Hani

> A gente devia sair em um encontro
> Tipo... um de mentira...

Na manhã seguinte, assim que acordo, eu me deparo com as mensagens de Ishu me encarando, bem vívidas, na tela do celular.

São seis horas da manhã, uma hora antes do horário que costumo acordar para ir para a escola, então estou um pouco mal-humorada enquanto me sento e aperto o botão da chamada de vídeo no Instagram.

— Oi! — Ishu parece pronta para começar o dia, já de uniforme e com o cabelo penteado. — Bom dia.

Ela abre um sorriso meio amarelo, o que já é melhor do que o de ontem... então, é um avanço.

— Você sabe que são seis da manhã, né? — Tento ajeitar o cabelo. — Tipo... madrugada.

O sorriso de Ishu se alarga ainda mais.

— Desculpa. Eu não queria te acordar. Seu cabelo está todo desgrenhado.

Desligo a câmera e saio da cama.

— Como assim, um encontro? Quando?

— Tipo... hoje? Depois da escola? As pessoas têm que saber que estamos juntas, né?

— E como vão saber que teremos um encontro?

Apoio o celular em cima da pia e começo a escovar os dentes.

— Tipo, teríamos que expor. Com foto e tal. — Ela dá de ombros. — Não é isso que as pessoas fazem?

Parece ser uma pergunta genuína da parte dela, como se Ishu realmente não soubesse o que as pessoas fazem.

— *Acho que sim...* — respondo com a boca cheia de pasta de dente.

De algum modo, Ishu parece me entender, embora revire os olhos.

— Então...? O que acha de irmos a um restaurante chique, ou algo do tipo?

— E você vai pagar a conta? — questiono.

— Eu falei que era um encontro de mentira, Hum...Hani. — Ela se corrige de imediato. — Se eu for pagar, então vamos ao McDonald's.

Suspiro.

— Beleza, a gente pode ir a um lugar "chique", mas tipo... considerando um limite e que seja um lugar com opções vegetarianas, por favor.

— Você é... vegetariana?

Ishu estreita os olhos, como se o vegetarianismo fosse algo inédito no mundo.

— Não exatamente.

Não me lembro da última vez que alguém me perguntou a respeito disso. Eu me acostumei a dizer que sou vegetariana porque é bem mais fácil do que ter de explicar sobre *halal* e *haram**. Quando mencionei isso à Aisling, ela começou a tagarelar sobre crueldade animal e como a religião não era justificativa para matar animais de maneiras tão cruéis. Ela se recusou a me ouvir, não importando quantas vezes eu tentasse explicar que a forma que os muçulmanos matam animais para conseguir carne *halal* não é mais cruel do que a forma que os não muçulmanos fazem isso.

---

* N.E. *Halal* é tudo aquilo permitido e que está dentro das leis islâmicas. É o que é bom, lícito, puro, apropriado. Esse conceito se estende para a alimentação. O oposto de *halal* é o *haram*, que na cultura árabe significa coisas que são inaceitáveis, proibidas ou ilegais segundo a lei islâmica.

— Eu como *halal*. — finalmente revelo. — *Halal* é como...

— Eu sei o que é *halal* — diz Ishu. — Eu sou bengali, lembra?

— Sim, mas você não é muçulmana.

— Também não sou ignorante — retruca Ishu. — Você poderia simplesmente ter dito que deveríamos ir a algum lugar que fosse *halal*.

— Não há muitas opções *halal* em Dublin.

Ishu dá de ombros.

— Não me importo... não quero que nosso encontro seja em um lugar que você não goste...

— Certo...

— Quero dizer... — acrescenta Ishu. — Estou tentando parecer uma pessoa legal. Se preocupar se sua namorada pode comer a comida do restaurante que vocês vão é... um gesto de gentileza, certo?

Reprimo um sorriso.

— Eu definitivamente diria que isso se enquadra na categoria de gentileza.

— Ótimo! — Ishu sorri, sentando-se ereta com os ombros para trás, como se estivesse orgulhosa de si mesma por ter descoberto sozinha esse gesto mínimo de gentileza. — Então... posso pesquisar alguns lugares para irmos e... nos encontramos no seu armário às três horas. Ok?

— Ok.

— Você já contou à *Tia Aditi*?

Eu sabia que ela me faria essa pergunta. Eu pretendia contar ontem à noite, depois que Ishu tivesse ido embora e Amma estivesse morrendo de curiosidade. Como ela não me fez nenhuma pergunta, decidi deixar a situação como estava. Mas se Ishu e eu vamos tornar isso oficial em todos os nossos perfis de mídia social, então definitivamente preciso contar a Amma antes.

— Vou contar a ela hoje.

— Vê se não vai amarelar. — A voz dela é firme, como se fosse uma professora me dando bronca.

— Não vou amarelar! Por que você acordou tão cedo, aliás? Teve pesadelos com a possibilidade de não ser eleita Líder Estudantil?

— Eu costumo acordar nesse horário. Acordo cedo pra estudar. As manhãs são, tipo... a hora em que me concentro melhor.

— Ah.

Por um instante me pergunto se Ishu faz alguma coisa além de estudar, porque é só disso que a ouço falar. Ela deve ter alguns hobbies, né? Algum interesse além do estudo constante? Mesmo que, no quesito amizades, ela esteja meio desfalcada...

Antes que eu possa perguntar (ou sequer formular uma pergunta), Ishu checa o relógio no pulso e declara:

— E é melhor eu ir. Conte pra *Tia*. E até mais tarde. Tchau!

Então a tela fica escura.

— Acordou cedo hoje — comenta Amma assim que desço a escada.

Tem um tom de interrogação na voz dela, embora não faça a pergunta em si.

— Pois é. — Escolho as palavras devagar, porque não sei bem como dizer isso. Mentir para Amma com certeza não é algo fácil para mim. — Ishita ligou e me acordou.

— Ah... eu não sabia que vocês eram tão amigas assim — responde Amma, levantando a sobrancelha.

Respiro fundo.

— Na verdade, a gente não é. A gente não é nem amiga. Quer dizer... a gente é, mas tipo... não amiga como... como... — admito, e Amma está me olhando como se soubesse o que estou prestes a dizer. Então apenas solto: — Ishita e eu estamos meio que saindo. — As palavras saem em um rompante.

De alguma forma, Amma parece me entender, porque parece espantada. Então talvez ela não soubesse que eu estava prestes a dizer aquilo, afinal.

— Ah — murmura ela depois de hesitar. — Isso não é... isso não é bem o que eu esperava, mas... fico feliz. Estou feliz por você!

Ela soa feliz, mas de um jeito forçado e falso. Abaixo a cabeça, olhando para baixo em vez de continuar olhando para seu sorriso falso.

— É só, tipo... recente. Desculpa por não ter contado antes. Eu estava meio que... assimilando as coisas?

— Hani. — De repente, Amma me abraça. Sinto o cheiro do xampu de coco e do perfume doce com aroma de rosas. — Estou feliz por você. Muito feliz mesmo. — Dessa vez, parece sincera. Ela suspira quando nos separamos. — É só que Ishita é... bem, bem interessante. Bem intensa.

— Ela é... legal. — Estremeço depois de falar, porque de todas as palavras que se poderia usar para descrever Ishu, "legal" não é uma delas. Até Amma sabe disso. — Quer dizer, ela é intensa, *sim*. Mas... eu gosto disso. E, sabe, ela me entende. E ela é, tipo... hum... uma boa influência? Com todo esse foco nos estudos e tal.

— Você sabe que não acho que precisa se matar de estudar como as Dey — argumenta Amma. — Eu não quero que ela convença você que esse comportamento nocivo em relação aos estudos é algo a se inspirar.

— Isso não vai acontecer. Mas... eu... gosto dela. — Não sei se soa convincente.

Deve soar, porque Amma confirma com a cabeça.

— Bem, que bom. Fico feliz por você. Pode dizer à Ishita que ela sempre será bem-vinda aqui.

— Ah, mas a *Tia* e o *Tio* não sabem sobre ela — acrescento depressa enquanto começo a me servir de cereal. — Então a gente tem que guardar segredo, sabe.

— Ok, entendi — concorda Amma.

Simples assim.

Às vezes, fico abismada com como Amma e Abba facilitaram todo o lance da sexualidade para mim. Com a facilidade que consigo ser eu mesma com eles. Com a facilidade que eles aceitam tudo a meu respeito e a prontidão deles em conversar sobre as coisas.

Hoje é um desses dias, com certeza.

E por essa razão, a culpa me corroendo por dentro é ainda mais intensa.

Aisling e Dee não mencionam Ishu durante o dia todo na escola, mas há uma espécie de tensão pairando sobre nós. A tensão está ali desde que Ishu me chamou de canto no almoço ontem. Como se algo implícito sob a forma de Ishu estivesse entre elas e eu.

Ainda assim, Aisling começa a falar de como foi mal na prova de biologia como se tudo estivesse normal. E Dee passa a maior parte do tempo se derretendo toda porque Colm comprou ingressos para o show da banda favorita dela de presente de aniversário. Ela fica tagarelando sem parar a respeito disso, como se o próprio Colm tivesse inventado o romance ou algo do tipo.

No fim do dia, enquanto estamos guardando os livros nos armários, Ishu se aproxima de nós, hesitante. Aisling e Dee logo ficam com o corpo tenso, e o silêncio toma conta do ambiente. É como se a mera presença de Ishu bastasse para deixá-las desconfortáveis.

— Oi — cumprimenta Ishu, e dá para ver que está tentando ser agradável, apesar do tom forçado. — Aisling, Deirdre... — Ela acena com a cabeça para as duas, e o gesto é sério demais para ser considerado amigável. Então se vira para mim. — Está pronta, Humaira?

— Vou precisar de uns minutinhos.

Trouxe na bolsa de educação física uma muda de roupas (um vestido e *leggings*). Até trouxe a nécessaire de maquiagem, embora eu não saiba ao certo qual deveria ser o protocolo nesta situação. Só sei que com certeza não quero ir a um restaurante chique usando o uniforme verde-vômito da escola.

— Beleza... — murmura Ishu, ainda pairando ali perto do armário. Ela está usando uma calça jeans desbotada e um moletom rosa-bebê com um gato desenhado. Isso me faz acreditar que o dress code é bem casual. — Te vejo lá fora, então. Me encontra lá?

— Beleza.

Com um aceno breve de cabeça, Ishu se vira e some, fazendo a curva no corredor.

— Vocês não estão mesmo juntas — diz Aisling. É uma declaração, não uma pergunta. — Tipo... não pode ser.

— Por que eu diria que estamos juntas se não fosse verdade?

Jogo a bolsa de educação física por cima do ombro, evitando olhar para ela.

— Vocês nem... Quer dizer...

— Eu gosto da Ishita. — A declaração de Dee faz Aisling e eu nos virarmos tão depressa que quase torço o pescoço.

— Gosta? — Aisling faz parecer que gostar de Ishita é tão impensável quanto a possibilidade de viver para sempre ou se aproximar do sol.

— Ela é interessante! — argumenta Dee, como se Ishu fosse um prodígio. — Nunca conheci ninguém como ela. Quer dizer... não a conheço muito bem, mas... — Ela dá de ombros. — Somos parceiras no laboratório de química e ela tem um foco absurdo. É incrível.

— Eu não sabia nem que você a conhecia — comento.

Tirando biologia, não faço nenhuma outra aula com Ishu. Ela faz as matérias mais difíceis, porque seu plano é entrar na melhor universidade possível. Além disso, sei que faz uma matéria extra fora da escola também. Para se fazer parecer ainda mais impressionante do que já é, acho.

Dee dá de ombros de novo.

— Sabe, você pode levar Ishita na minha festa de aniversário no sábado.

— Vou levar! — As palavras escapam de minha boca depressa.

Eu estava pensando em como sugerir levar Ishu sem Aisling ficar brava. Aisling ainda parece brava com a ideia de que talvez Ishu vá, mas considerando que é o aniversário de Dee e ela fez o convite sem eu nem sugerir, Aisling não pode falar nada, pode?

Ishita está me esperando perto dos portões da escola quando enfim saio. Estou usando um vestido verde musgo que Aisling me deu no meu último aniversário. Tem uns desenhos de flores brancas. Até consegui colocar um delineador. O efeito todo do traje, porém, nem faz diferença para Ishu, porque ela mal olha para minha roupa.

— Vem, vamos pegar o VLT.

Ela se vira e começa a andar, com os tênis fazendo barulho no pavimento úmido. Tenho que correr para acompanhar o ritmo.

Pegamos o VLT no sentido do centro da cidade, e um silêncio estranho nos cerca ao longo do trajeto. Sinto que estou em um primeiro encontro de verdade, em vez de em um de mentira.

— Aonde a gente está indo? — pergunto quando Ishu começa a me conduzir por ruas que conheço e para dentro de becos em que nunca estive.

— Confie em mim, eu conheço um lugar muito bom que é halal. Você vai amar.

Eu me pergunto como ela sabe que vou adorar o restaurante, já que mal nos conhecemos. Acho que só de ser um lugar halal já é um bom começo.

Passamos por mais alguns becos, e fico feliz por estarmos perto o bastante do verão para a luz do dia durar até as oito da noite. Com certeza eu não ia querer estar zanzando por esses lugares duvidosos depois de escurecer.

Finalmente, Ishu para em frente a um restaurante minúsculo, espremido entre um pub e uma banca de jornal. O nome do estabelecimento está escrito em letra cursiva elegante no topo: As Sete Maravilhas.

— O lugar é minúsculo — comento.

— Mas legal — rebate Ishu. — Vem. Eu fiz reserva, óbvio.

— Óbvio.

Tiro uma foto para postar no Instagram, embora pareça errado. Mas estamos aqui para registrar o "encontro" mais do que qualquer coisa.

O lugar deve ser um achado raro. Talvez por isso se chame As Sete Maravilhas, porque é uma maravilha em si. Só tem mais ou menos uma dúzia de assentos apinhados pelo espaço, que é tomado por uma bela decoração. Há fotos de maravilhas pelo mundo nas paredes: cachoeiras caudalosas, florestas e selvas exuberantes, prédios antigos transbordando história. Cada um dos sofás booth é separado do outro com uma cortina de contas que tilintam quase em harmonia. A música (árabe, pelo que parece) consegue ser melodiosa e relaxante ao mesmo tempo.

— Como encontrou este lugar? — Eu me inclino para sussurrar para Ishu.

Não sei por quê, mas parece errado fazer algo que não seja sussurrar ali.

Ela dá de ombros.

— Eu tenho meus métodos.

— Mesa para duas? — cumprimenta a garçonete, sorrindo.

Ela usa um colete preto e uma calça que parece meio fora de contexto aqui.

— Sim, temos uma reserva. Dey.

— Ah... por aqui.

De modo surpreendente, a garçonete nos conduz para longe das mesas apinhadas no salão e em direção a uma escada lá na extremidade. A escada fica quase completamente escondida. Lá embaixo, o restaurante é ainda mais tranquilo e silencioso. A garçonete nos leva a um sofá booth bem nos fundos e nos entrega cardápios assim que nos sentamos.

— Uau — murmuro, abrindo o cardápio e analisando as opções.

A culinária é toda do Oriente Médio.

— Tipo, tinham vários restaurantes indianos quando eu estava procurando lugares halal, mas... acho que a gente já come muito disso em casa — explica Ishu. — Não que seja possível enjoar de, tipo... um *biryani* muito bom, mas você entende.

Ishu está atrapalhada com o cardápio quando olho para ela. Abre e fecha a encadernação, e seu pé fica fazendo *tec tec tec* no chão. Percebo que, na verdade, ela está um pouco nervosa, e não sei muito bem o porquê. Talvez por que tenha ficado encarregada de encontrar o lugar? Talvez não saiba ao certo o que achei?

O que sei com certeza é que desde que a conheci, nunca vi Ishu nervosa. É estranho. No geral, ela se porta com uma confiança inabalável.

— Eu gostei muito daqui — revelo.

Ishu olha para mim, e uma sombra de sorriso aparece em seus lábios.

— Bem, ainda não dá pra você saber. Tem que provar a comida primeiro.

Depois que fazemos os pedidos, peço para Ishu se sentar ao meu lado. Sacando o celular, ajeito o cabelo olhando na câmera.

— Que foi? — pergunto quando a percebo me olhando e comprimindo os lábios.

— Nada. — Ela balança a cabeça. — É só esquisito... fingir.

— E olha que ainda nem começamos.

Ela respira fundo e diz "vai valer a pena", o que faz parecer que está tentando convencer a si mesma em vez de convencer a mim.

Eu me aninho na curva do braço de Ishu e ergo a câmera do celular. Ela se afasta de mim quando me aproximo dela.

Então franzo a testa.

— Que foi?

— Nem parece que a gente se gosta — respondo. — Ninguém vai acreditar que a gente está namorando se você ficar sentada aí assim.

— Como você quer que eu me sente? — questiona, como se ela realmente pensasse que casais de namorados se sentassem com uma fenda do tamanho de um oceano os separando quando iam tirar foto.

— Bom, pra começar, você podia ficar sentada do meu lado em vez de aí do outro lado desse espaço enorme aqui entre a gente.

— Mal tem espaço! — Ishu ergue um pouco a voz.

— Dá pra outra pessoa adulta se sentar aqui. Talvez até duas.

Ela revira os olhos e chega um pouco mais para perto.

— Também seria bom se você não fizesse essa cara de nojo ao ficar perto de mim — sugiro.

— Minha cara normal é de poucos amigos, não consigo evitar.

Ela dá de ombros, indiferente. Estico o braço e cutuco seu ombro. O gesto faz seu rosto mudar de morta-viva e entediada para algo mais expressivo... embora não seja bem um sentimento de felicidade.

— Eu já vi você sorrir — argumento. — Você estava sorrindo agora mesmo.

Ela sorri como se alguém estivesse com uma arma apontada para sua cabeça, obrigando-a.

— Acho que vou apenas contar às pessoas que estou namorando um robô e que as expressões faciais humanas ainda não foram atualizadas.

Ela solta um grunhido e respira fundo.

— Está bem, está bem. Vou agir como se eu estivesse apaixonada, ou algo assim.

Ishu revira os olhos como se estar apaixonada fosse a ideia mais descabida com que já se deparou na vida.

Seu sorriso é, sim, um pouco mais suave, e ela até passa o braço em volta dos meus ombros.

Embora, entredentes, diga:

— Tira logo a foto antes que meu sorriso despenque.

— Isso nem tem como acontecer.

Reviro os olhos, mas chego mais perto dela. Tão perto que sinto seu perfume: o aroma terroso de jasmim misturado com o cheiro doce de baunilha. Inspiro o aroma só por um minuto antes de clicar três vezes e me afastar. Colocando o máximo de distância possível entre nós.

O cheiro de Ishu é doce como o mel, e tenho que lembrar a mim mesma que ela é tudo, menos doce.

Ela me lança um olhar curioso, com uma sombra de sorriso ainda.

— Que foi? — pergunto.

— Eu posso ver as fotos, ou é propriedade particular sua?

— Pode...

Antes que eu consiga mostrar as imagens, a garçonete volta, equilibrando três pratos de maneira perigosa. Enquanto a mulher os coloca na mesa, Ishu volta para o assento do outro lado. Depois de tirar mais algumas fotos (da comida, do sofá booth, de Ishu parecendo querer estar em qualquer lugar que não seja aqui), começamos a devorar tudo.

12

Ishu

Não consigo tirar os olhos de Hani durante todo o jantar. A princípio porque estou com medo de que ela odeie a comida que pedimos. Ela pode ser muçulmana, mas pessoas bengalis não são as mais abertas quando se trata de culinária de outros lugares. E a comida do Oriente Médio é bem diferente da bengali. No entanto, mesmo depois de me certificar de que Hani amou a comida, continuo observando-a porque nunca vi alguém tão expressiva enquanto come. Ela faz uma nova expressão facial a cada mordida, como se cada uma despertasse uma sensação diferente.

— Você nunca comeu antes? — pergunto quando ela já devorou metade do prato, ainda saboreando cada mordida como se pudesse ser a última da vida.

Ela abaixa o garfo e me olha, quase fazendo biquinho. Um biquinho inibido.

— É que eu gosto de desfrutar das minhas refeições. Nunca comi nada do Oriente Médio antes.

— Sério? — Minha voz fica um pouco estridente, embora não seja minha intenção. — Quer dizer... sério?

Ela suspira.

— Meus pais não são muito de comer fora. Eles gostam de pedir pizza e frango frito de vez em quando. Também não têm um paladar muito diversificado. E... Dee e Aisling não gostam muito... — Ela faz uma pausa, olhando para o prato enquanto considera as palavras que está prestes a dizer. —... de comida étnica.

Paro para pensar, mastigando o *kabsa* devagar.

— "Étnica" é um termo que suas amigas usam?

Hani me lança um olhar.

— Isso importa?

Balanço a cabeça.

— Eu não entendo por que você é amiga da Aisling e da Deirdre.

— Elas são boas pessoas. — Hani já está na defensiva. — São minhas amigas.

— Amigas que debocham de você por ser bissexual?

— Elas não debocharam de mim. — Há uma leve lamúria no tom de sua voz. — É... complicado. Mas agora, vai ficar tudo bem. Elas só precisavam de... tempo. E de um outro ponto de vista.

— Beleza. — Aceno com a cabeça, principalmente porque percebo que Hani e eu estamos prestes a entrar em outra discussão e sem dúvidas não quero fazer uma cena no restaurante. Em vez disso, pergunto: — Você... vai se candidatar pra ser monitora?

— Ah, hum. Acho que não. — Hani pega outro pedaço de kafta. — Acho que não é minha praia.

— Você devia tentar.

Ela me olha, comprimindo os lábios.

— É?

— É... Tipo, vai parecer estranho se não tentar.

Ela só fica me olhando.

— Estranho como?

— Como se estivéssemos manipulando a situação, sabe. Vai ser melhor se você quiser ser monitora e eu, Líder Estudantil. Como se nós... apoiássemos uma à outra. Além do mais, todo mundo te ama, e se você se candidatar como monitora, vão querer te apoiar, e, por consequência, você pode pedir que me apoiem.

— É. — Ela confirma com a cabeça. — Acho que você tem razão. Eu não tinha pensado assim. Aisling e Dee sugeriram que eu tentasse ser a monitora internacional.

— Ah, é? — Tenho que me segurar para não revirar os olhos. Lógico que Aisling e Dee achariam que uma pessoa não branca só consegue ser monitora de outras pessoas não brancas... nada mais. Elas provavelmente não se importam com o fato de que Hani nasceu aqui e que provavelmente não vai saber muito como sanar as dúvidas que alunos imigrantes possam ter. — Eu acho que você pode ser monitora do que quiser. — Saco o formulário de monitora que peguei na secretaria e deslizo o papel pela mesa na direção dela. — Peguei um pra você, e um formulário de Líder Estudantil pra mim.

Hani fica observando o formulário por um bom tempo antes de pegar e enfiar na mochila.

— Vou pensar — responde ela.

Depois de comermos e de pedirmos baclavas e café de sobremesa, eu me sento do lado de Hani de novo para decidirmos quais fotos postar no Instagram e com quais legendas. Vai ser uma declaração para a escola: Hani e Ishu são um casal. Então tem que ser boa.

Meio que parecemos mesmo um casal nas fotos. Estamos com cara de felizes e perto o suficiente para ser um casal, mas...

— Precisa ser mais óbvias — comenta Hani enquanto passa as fotos. — Parece que somos apenas muito amigas.

— Bem, ao menos isso já é melhor que inimigas.

Hani se vira para mim e sorri.

— Você acha que nós somos inimigas?

— Não... — Paro de falar, evitando encará-la. — Eu só quis dizer que... nós não somos bem amigas, então...

— Então nós só podemos ser inimigas? — Ela parece mais estar achando graça do que achando ruim.

Como se estivesse me zoando.

Trombo o ombro no de Hani até ela se inclinar na beirada do assento.

— Cala a boca. Dá pra gente tirar a foto logo?

— Não sei. Dá pra você fazer cara de que não é minha inimiga? — questiona ela, erguendo o celular de novo.

— Cala a boca, Hani.

Reviro os olhos, mas não consigo evitar o sorriso. Hani chega tão perto de mim que consigo ouvir sua respiração, e mechas de seu cabelo preto comprido roçam em meu rosto.

— Hani.

Tiro parte do cabelo da minha cara, tentando não me engasgar com as madeixas.

— Desculpa.

Ela puxa o cabelo para o outro lado, longe de mim, o que faz emanar o aroma do xampu. Tento ignorar o cheiro de coco. Tão bengali.

Hani olha para mim e morde o lábio.

— Que foi?

— Eu posso, hum, segurar sua mão? Por causa da foto — adiciona depressa.

Como se eu fosse achar que havia outro motivo.

Levanto a mão e entrelaço nossos dedos.

— Pronto.

Ela abre um sorriso e tira a foto, fazendo questão de destacar as mãos unidas.

— Bem melhor! — Ela adiciona filtros à foto. — Beleza... hora da legenda.

Hani me olha com expectativa, como se eu fosse especialista em legenda ou algo do tipo.

— Hã... "Eu & mozão"?

Ela inclina a cabeça para o lado e me analisa como se fosse a primeira vez que me visse.

— Tem certeza de que você tem dezessete anos?

— Não tenho. Só faço dezessete em agosto, na verdade.

— Como que você é mais nova do que eu e acha que ainda é de boa usar a palavra "mozão"? — Ela balança a cabeça e clica na tela do celular algumas vezes. Então, se aproxima de mim (uma proximidade quase desconfortável) e me mostra a imagem. — Viu?

Realmente parecemos um casal na foto. Hani até adicionou uns corações só para garantir. É brega, mas passa a mensagem. A legenda é a letra de uma música que não conheço, mas é melosa o suficiente para parecer real, junto a um monte de emojis de beijos.

— Tem certeza de que as pessoas vão entender? — pergunto. — Quer dizer...

— Elas vão entender. Confia em mim.

Sei que já tinha falado para Hani que cada uma pagaria sua parte no restaurante, mas levando em conta toda a situação, parece um pouco injusto fazê-la pagar quando está cuidando da parte toda do Instagram sozinha. Tipo, não é como se eu pudesse fazer isso, considerando que tenho três seguidores, e um deles é Hani.

Quando a conta chega, logo entrego o cartão de crédito. Hani me lança um olhar, embora dê para ver que é inofensivo. Parece mais achar graça do que qualquer outra coisa.

Está chovendo lá fora quando saímos e, embora ainda estivesse cedo, o tempo horrível fez o céu ficar sombrio e escuro.

— Talvez... seja melhor a gente tomar outro café? — sugiro, olhando a chuva torrencial que caía na pequena varanda do lado de fora do restaurante.

— Não parece que a chuva vai parar tão cedo.

Hani suspira, sacando um guarda-chuva da mochila. Parece tão frágil que eu ficaria surpresa se ela conseguisse abri-lo.

Estou prestes a dizer isso quando um guarda-chuva maior e mais robusto aparece acima de nós, como se conjurado por Deus.

E quando me viro, dou de cara com minha irmã.

13

Hani

— Nik? — A surpresa na voz de Ishu me faz virar para trás.

Ela está encarando um casal: uma garota parecidíssima com ela e um cara que tem a pele um tom mais escuro que a nossa e parece desnorteado. Ele reveza o olhar entre Ishu e a garota ao lado dele, como se não soubesse ao certo o que está acontecendo.

— Ei, Ishu, que engraçado encontrar você aqui. Quem é sua amiga? — A voz da garota soa alegre de um jeito que parece falso.

— Hum. É a Humaira. Uma colega da escola. O que você está fazendo aqui? — A voz de Ishu soa determinada, mas ela está trocando o peso de um pé para o outro, sem olhar nos olhos da garota... de Nik.

— Oi! — Desisto de abrir o guarda-chuva (não estava adiantando mesmo) e estendo a mão. — Pode me chamar de Hani. É meu *dak nam**.

— Sou Nikhita...ou Nik. Irmã da Ishu.

Ela aperta minha mão com firmeza.

— Certo.

Quando a observo com atenção, ela parece bem familiar. Não só por causa da semelhança com Ishu (os olhos grandes e a mandíbula acentuada), e sim porque já a vi na escola e em *dawats* bengalis. Ela estava a algumas turmas na nossa frente e deve ter se formado ao menos há uns dois anos.

---

* N.E. Apelido.

— Esse aqui é o Rakesh. — Nick aponta para o homem ao seu lado, que ergue a mão em cumprimento. — Meu noivo.

— Uau! Parabéns! — Agora vejo o anel de noivado cintilante no dedo dela. Não sei como não tinha reparado. Bato o ombro no de Ishu. — Por que não me contou que sua irmã vai se casar?

Ishu solta um som gutural que não parece de todo humano e cruza os braços.

— Sabe, eu acho que a gente estava na mesa ao lado da de vocês lá dentro. A comida estava bem gostosa, né? — Nik está sorrindo e parece simpática, mas há uma nuance nas palavras que não entendo bem.

— Eu gostei bastante, sim — respondo, embora Ishu esteja fuzilando a irmã com o olhar.

— É melhor a gente ir — declara Ishu, e antes que eu consiga responder, ela me pega pela mão e me puxa em direção à chuva torrencial.

Nós duas ficamos ensopadas em cinco minutos. Ensopadas não só no sentido de as roupas ficarem molhadas. Ensopadas a nível de eu sentir água dentro de minhas meias e minhas mãos ficarem dormentes por causa da chuva gelada.

— Mas que droga, Ishu! — Tenho que gritar por causa do barulho da chuva no concreto.

Ishu só acena com a mão para indicar que me ouviu e continua andando.

— A gente pode entrar numa cafeteria que tem logo ali, e então te explico tudo.

— É melhor a explicação ser boa — murmuro, mais para mim mesma do que para Ishu, considerando que ela não deve conseguir me ouvir.

A cafeteria está lotada. Provavelmente todos que estão ali também estão tentando fugir do toró. Ainda assim, Ishu e eu conseguimos achar uma mesa vazia no canto, de frente para a rua.

Ishu, ao menos, tem consideração o suficiente para comprar chocolate quente para nós. Assim que as bebidas chegam, envolvo a caneca com as mãos, desfrutando do quentinho reconfortante.

— Nossa, não precisa ter um orgasmo com o chocolate quente também, cacete.

Lanço o olhar mais nocivo que consigo a ela, e Ishu até abaixa a cabeça e murmura:

— Desculpa.

— Dá pra explicar por que a gente teve que fugir da sua irmã e do noivo dela?

Ishu dá um gole generoso no chocolate antes de colocar a caneca na mesa e pigarrear.

— Nik falou que estava na mesa ao lado da nossa.

— E daí?

— E daí que... — A voz de Ishu é pura frustração. — Isso significa que ela ouviu... alguma coisa. Ela sabe de alguma coisa. E vai usar isso contra mim.

Tenho que puxar na mente o tempo que passamos no restaurante. Não foi como se tivéssemos ficado falando de nossos esquemas mentirosos. Sequer falamos de estar em um relacionamento, na verdade. Por que a irmã usaria aquilo contra ela?

Balanço a cabeça.

— Eu não entendo. Você acha que ela sabe dos nossos planos? Acha que sabe que você é queer? Por que ela usaria isso contra você?

— Você não tem irmãos, tem?

Ishu fica me olhando como se eu não conseguisse compreender o suplício de ter irmãos.

— Eu tenho dois irmãos. O que é um irmão a mais que você. — Minha voz sai mais na defensiva do que era minha intenção. — Eu acho... — adiciono depois de pensar melhor.

Ela inclina a cabeça para o lado, me analisando.

— E seus irmãos nunca... usaram nada contra você? Nunca tentaram tirar vantagem? Nem te intimidaram?

Dou de ombros.

— Eles são bem mais velhos. São casados, moram fora e...

— Isso explica tudo — interrompe Ishu e revira os olhos. — Nik é só alguns anos mais velha que eu. Infelizmente, passamos a vida toda juntas e isso não serviu para nos aproximar.

— Então... você acha que ela vai te chantagear com o que descobriu ouvindo nossa conversa?

— Esse é o meu medo. — Ishu suspira. — Minha irmã e eu... nós não somos amigas. Na verdade, é meio que por causa dela que estou fazendo tudo isso.

— Você está fingindo namorar comigo por causa da sua irmã? — Tenho que perguntar devagar, porque não sei se estou entendendo direito.

O que eu tenho a ver com Nik?

— Não... estou fingindo namorar com você porque quero ser Líder Estudantil, mas quero ser Líder Estudantil por causa da minha irmã. Nik é, tipo... perfeita. Durante toda a minha vida, ela foi perfeita aos olhos dos meus pais. Eu sempre fui ofuscada por ela.

É difícil imaginar Ishita sendo ofuscada por alguém. Ela é a pessoa mais determinada que já conheci. Emana autoconfiança de um jeito que não sei se outra pessoa no mundo inteiro faz. Talvez a Beyoncé, mas só. Embora a irmã dela também não pareça ser insegura.

— Bem, agora minha irmã fez merda, e é minha vez de me destacar e ser exatamente o que meus pais querem que eu seja — explica Ishu.

— Você não acha que isso é meio... problemático? Tipo... ela é sua irmã. Se ela está com um problema, não era pra você estar ajudando?

— Ela não está com problema nenhum. — Ishu dá de ombros. — Ela só... finalmente fez alguma coisa errada.

Então Ishu abre um sorriso malicioso que ao mesmo tempo me deixa apavorada e, para ser bem honesta, me faz sentir um aperto estranho na barriga. Só balanço a cabeça e dou um golão no chocolate quente. A chuva parece estar diminuindo, e quero chegar em casa antes que escureça de vez. Com certeza não preciso me envolver ainda mais em qualquer que seja o drama em que Ishu está metida.

14

Ishu

Não fico surpresa ao encontrar Nik na porta de nossa casa quando volto do "encontro" com Hani.

— Você ficou mesmo esperando aqui na chuva? — pergunto, tentando passar por ela para abrir a porta.

Só que ela não abre caminho. Fica ali no mesmo lugar.

— Ammu e Abbu estão lá dentro — responde minha irmã. — Então ainda não quero entrar.

— É, bem. Eu moro aqui, então...

Tento passar de novo, mas acho que Nik é mais forte que eu, porque ela me empurra para o lado e para mais longe da porta.

— Eu só quero conversar — afirma ela.

— Ainda não falei com Ammu e Abbu, se é isso que você quer me perguntar. E não sei se vou fazer isso, nem se vai fazer alguma diferença se eu falar. E...

— Eu falei com eles — interrompe Nik. — Ontem. Nós quatro fomos jantar.

— Vocês quatro...

— Sim, nós quatro. Eles conheceram o Rakesh.

Pelo jeito que ela diz isso, sei que a coisa não deve ter ido bem. Tenho que perguntar mesmo assim:

— E...?

— Nada do que eu disser vai fazer com que eles concordem com a minha decisão. Rakesh e eu vamos voltar pra Londres amanhã de manhã. Eu só queria ver você antes de ir.

— Você já me viu — ressalto, embora eu não queira fazer referência ao nosso breve encontro na frente do restaurante.

— Você está saindo com aquela menina? Tipo... está namorando com ela? Você é... gay?

— Não sei do que você está falando. — Não consigo evitar o tremor na voz.

E não consigo evitar que o meu coração esteja disparado. Bate tão alto que tenho certeza de que Nik consegue ouvi-lo. Essa é a pior coisa que ela podia ter descoberto a meu respeito. Com isso, ela pode fazer Ammu e Abbu me odiarem.

— Beleza. — Nik dá um passo para o lado, como se tivesse resolvido me deixar passar. O gesto não diminui meu nervosismo. — Ela... ela parece legal, e... se Ammu e Abbu descobrirem e pegarem no seu pé, me liga. Tudo bem?

— Quê?

Quando encontro seu olhar, Nik parece estar sendo sincera. Como se estivesse oferecendo ajuda em vez de usar a informação em benefício próprio.

Minha irmã dá de ombros.

— Nós não somos mais crianças disputando uma com a outra, Ishu — declara ela, como se tivesse ficado toda adulta naqueles dias em que estava ali. Como se fosse uma pessoa totalmente diferente da irmã que conheci a vida toda. — Eu sei que você acha importante impressioná-los, mas quando... se... as coisas derem errado, pode conversar comigo. Só quero que saiba disso. Tudo bem?

— As coisas não vão dar errado. Porque... eu não faço ideia do que está falando.

Nik confirma com a cabeça devagar, embora dê para ver pela expressão dela que não acredita em mim.

— Beleza, você quem sabe. Só... eu só quero que se lembre disso.

Ela continua me olhando por um bom tempo antes de se virar e sair na chuva.

O post no Instagram de Hani é um sucesso. Quando acordo na manhã seguinte, já tem mais de trezentas curtidas, e nem sei quem é toda essa gente. Algumas pessoas são da nossa escola, outras de escolas dos arredores, e gente que não reconheço.

Hani até postou stories do nosso "encontro". Fotos do restaurante que nem me lembro de ela tirar. Fotos da comida. Até tem uma foto minha enquanto estou olhando para o nada, toda contemplativa, enfiando uma garfada de arroz na boca.

Ela colocou as fotos em nosso "guia" com o título: *O primeiro encontro de verdade de Hani e Ishu*, e fico ponderando a ironia de usar o termo "de verdade". Cada uma das fotos tem uma legendinha embaixo, como "Restaurante Sete Maravilhas! Nossa comida... estava deliciosa!".

O plano está funcionando. Provavelmente vai dar certo com a ajuda de Hani.

Porém, por algum motivo, o pensamento não me enche de alegria como deveria. Em vez disso, sinto um vazio estranho deitada ali na cama, olhando as imagens. Até parecemos um casal de verdade. Parecemos felizes. Como se pudéssemos estar apaixonadas. Só que tudo não passa de encenação. Não sei por que isso me deixa mal.

Por um momento, eu me pergunto se Nik já chegou em casa com o noivo. Ou se está pegando o voo agora.

Nem sei onde ela mora. Nem sei o sobrenome do noivo dela, nem como ele é. Não sei quando vão se casar, nem onde, nem se vou ser convidada.

Nada disso deveria importar, porque estou prestes a ganhar essa competição de popularidade. De me tornar Líder Estudantil. De virar a menina dos olhos dos meus pais e conquistar meus sonhos.

Meu celular apita com uma mensagem. É de Hani.

> Preenchi o formulário de monitora...
> Nosso plano está de pé!

15

Hani

As pessoas na escola reagem de forma estranha à minha foto com Ishu. Acho que, tecnicamente, somos o único casal "assumido" aqui, embora eu tenha certeza de que deve haver alguns no armário.

Ouço os murmúrios enquanto entro na escola, e recebo olhares enquanto sigo para o armário. Eu me pergunto se nosso plano está fadado ao fracasso por ser uma relação queer. Afinal, estamos em uma escola católica só para meninas. Apesar do fato de termos conquistado o casamento igualitário alguns anos atrás, há algo desconfortável em ser queer aqui. Da mesma forma que há algo desconfortável em ser muçulmana aqui.

No entanto, quando checo o Instagram mais tarde naquele dia, vejo comentários de meninas da escola mandando emojis com carinhas apaixonadas e dizendo que somos um casal fofo. Não consigo evitar sorrir enquanto rolo os comentários.

Ishu e eu realmente parecemos um casal fofo na foto. De algum modo, ela conseguiu disfarçar a cara de poucos amigos, e seu sorriso faz transparecer que está mesmo feliz. E o meu também. Se eu não soubesse a verdade, juraria jurandinho que éramos um casal real a julgar pela foto.

Na hora do almoço, Amanda Byrne se aproxima de nossa mesa.

— Eu não sabia que você estava namorado a Ishita! — Ela está com um sorrisão, como se adorasse falar da minha vida amorosa. — Vocês formam o casal mais fofo de todos!

— Valeu.

Nunca me disseram que formo um casal fofo com alguém antes, então não sei bem se "obrigada" é a resposta apropriada. Só que é a única que tenho. De todo modo, Amanda parece satisfeita enquanto se dirige até o grupo de amigas na mesa oposta à nossa.

— Bethany Walsh veio me perguntar hoje como a gente começou a namorar — informa Ishu quando me encontra perto do armário no fim do dia. — Tipo... ela queria mesmo conversar comigo sobre isso.

— E... você está contente ou irritada? — questiono, porque a expressão e a voz de Ishu não denunciam nada.

Ela solta um suspiro longo e se encosta no armário ao lado do meu.

— Sabe, vai ser difícil abrir mão da reputação que lutei tanto pra cultivar aqui, mas...

— Com certeza você pode recuperá-la depois que for Líder Estudantil.

— Ah, esse é o plano.

Ela abre um sorriso.

— Aliás, é aniversário da Dee no sábado. Ela vai fazer uma festa e convidou você.

— Sério?

Ishu endireita a postura, abrindo um sorriso ainda maior.

— Não achei que você fosse ficar tão animada com uma festa.

Arqueio a sobrancelha, olhando para ela.

— E não fiquei — rebate Ishu com um tom em que não acredito muito. — Mas é um sinal de que... o plano está funcionando.

— Ainda tem tempo de a gente estragar tudo, então não vamos ficar nos gabando. A festa é seu momento de brilhar. Você vai poder conversar com algumas pessoas e... ser simpática.

— Eu consigo fazer isso — afirma Ishu com a voz menos convincente da vida.

Ainda assim, se ela conseguiu ter toda uma conversa com Bethany Walsh, uma das garotas mais ligadas no 220 de nossa turma, talvez ela consiga bater papo com todo mundo na festa.

Quando chego em casa na sexta à tarde, Abba se encontra na sala de estar trajando o panjabi mais pomposo.

Espio pela porta.

— Vai pra mesquita de novo?

Abba abaixa o volume do noticiário de Bangladesh na televisão e se vira para mim, com um pequeno sorriso.

— Só para a oração do Maghrib mais tarde.

Levo um momento para digerir a informação. Não me lembro da última vez que Abba foi à mesquita com o objetivo específico de orar o Maghrib.

— Por quê? — A pergunta me escapa antes que eu consiga evitar. Abba não parece se incomodar, porém.

— Eu só acho que é importante ir à mesquita nesses momentos. Para mostrar que sou parte da comunidade.

Não sei ao certo se aparecer na mesquita para uma oração de Maghrib vai mostrar isso, quando no geral Amma e Abba só vão à mesquita para as orações de Eid* duas vezes ao ano... e olhe lá.

— Posso ir?

Eu só consigo ir à mesquita para a oração de Jummah** no período de férias escolares.

O rosto de Abba se alegra.

— Lógico!

Algumas horas depois, estamos saindo do carro dele no estacionamento da mesquita.

O sol está baixo, e fico um pouco emocionada com a imagem que a mesquita forma à luz do crepúsculo. O minarete com a lua crescente quase se mescla ao céu que escurece, mas há algo lindo nas formas abobadadas que compõem o edifício. Todos os símbolos islâmicos en-

---

* N.E. Na tradição islâmica, as orações de Eid são orações sagradas de feriados.
** A oração de Jummah é uma oração congregacional realizada pelos muçulmanos toda sexta-feira.

tremeados na arquitetura. Uma sensação de paz toma conta de mim com a imagem.

— Encontro você na frente do portão depois das orações, tudo bem? — diz Abba enquanto tranca a porta do carro.

— Uhum.

Acho que "depois das orações" significa provavelmente depois que ele passou tempo o bastante apertando a mão de todo mundo e fazendo networking.

Nos separamos assim que passamos pelos portões, enquanto Abba sobe a escada da frente e eu sigo pela lateral para ir à seção feminina da mesquita. Tiro os sapatos diante das portas duplas que dão para a sacada e entro.

O tapete felpudo sob meus pés descalços passa uma sensação de conforto e familiaridade. É tão familiar para mim quanto o piso de madeira de nossa casa. Esse espaço parece a coisa mais pacífica do mundo. Há algo inexplicável de tão maravilhoso em visitar a mesquita. No fato de todo mundo aqui se unir graças a uma coisa: nossa fé. Algo inexplicável no azan*, em orar o namaz** em comunhão. Todos nós juntos na oração... mas também separados.

Encontro um espaço para me sentar diante da sacada. Se eu olhar lá para baixo, vejo os homens abaixo de nós. Já é possível ouvir parte dos murmúrios baixinhos deles, que flutuam até nós. A seção masculina no geral fica bem cheia na hora do Maghrib. A seção feminina...

Olho ao redor e vejo pouco mais de dez mulheres espalhadas pelo espaço. Há uma mulher de burca e nicabe com as mãos unidas diante do rosto. Está murmurando orações com a boca encostada às mãos e se balançando para a frente e para trás.

Do outro lado da sacada, duas garotas (que não devem ser muito mais velhas que eu), usando jeans e camisetas, tentam puxar os lenços de cabeça sobre o cabelo molhado. É evidente que elas acabaram de fazer a ablução.

Sinto o celular vibrar no bolso. Hesito por um momento antes de pegá-lo. Pode ser algo importante.

---

* N.E. Chamada para a oração islâmica.
** Oração islâmica diária.

Há várias mensagens diferentes na conversa do grupo que tenho com Dee e Aisling. Silenciei as duas antes de entrar aqui, mas recebo uma solicitação de videochamada. Rejeito-a e rolo pelas mensagens.

> **Aisling**
> Que vestido pra festa amanhã??
> **Aisling**
> [foto 1]
> **Aisling**
> [foto 2]

> **Dee**
> Hum... com certeza o segundo!

> **Aisling**
> Maira??

> **Dee**
> Eu também tenho umas opções diferentes de vestido...

O debate de diferentes vestidos e acessórios parece prosseguir por umas cem mensagens.

O azan começa, então verifico se o celular está no silencioso e o guardo de novo no bolso.

Fico esperando no ar frio do lado de fora por vinte minutos até Abba enfim sair. Ele está envolvido em uma conversa com um homem trajando um panjabi cor de creme e um kufi com desenhos brancos. Depois de uns instantes, aperta a mão do homem e se aproxima de mim.

— Desculpe por ter me atrasado — diz ele, embora não pareça nada arrependido.

Na verdade, está com um sorriso largo nos lábios.

— Quem era aquele?

Se era um *Tio* bengali, com certeza nunca o vi.

Abba nos conduz até o carro, ainda sorrindo.

— Ele pode ser meu passaporte para a vitória na eleição.

— Então... é alguém importante? Ele é bengali?

— Ele é um *Tio*. Faz muito tempo que está aqui na Irlanda... bem mais tempo do que muita gente.

— Então, ele conhece gente importante.

Entramos no carro, e Abba dá partida, dirigindo para fora do estacionamento. Está quase deserto. Ainda falta um tempo até a oração do Isha.

— Se ele falar bem de mim, com certeza vou ganhar muitos apoiadores. Ele é influente. É por isso que é importante fazer os contatos certos, Hani. Lembre-se disso. — Ele fala aquilo como se eu tivesse aspirações políticas.

Nem Abba estava muito interessado em entrar na política até pouco tempo atrás... até ele ter se aposentado antes da hora da empresa na qual tinha trabalhado pelo tempo de carreira todo, praticamente.

— Então, acha que ele vai te ajudar? — Não consigo evitar a pergunta.

Abba murmura "hum", pensativo.

— Acho que ele vai precisar de um pouco mais de persuasão. Vamos ter que conversar mais. Ele é uma pessoa muito devota e tem muitas aspirações para os muçulmanos em nossa comunidade, então preciso convencê-lo de que tenho a melhor das intenções para nós.

Não sei ao certo como Abba vai convencê-lo disso, mas não tenho dúvidas de que ainda vou ver esse *Tio* algumas vezes.

Eu só dou uma olhada no celular quando estou me deitando na cama. Além de dezenas de mensagens no grupo, tenho uma mensagem de Aisling no privado.

> Você sumiu o dia todo!
> Onde você estava?

Suspiro, sem saber como responder. Óbvio que seria mais fácil falar a verdade, dizer que resolvi ir à mesquita com Abba... porque gosto de ir à mesquita sempre que posso. Só que não sei como Aisling vai reagir à essa informação.

> Eu estava ajudando meu pai com coisa da campanha.

Os três pontinhos indicam que Aisling está digitando de imediato. Como se tivesse estado com o celular do lado me esperando responder.

> Esse tempo todo????

> Aham.

> Ainda vai na festa amanhã, né?

> Com certeza.

Aisling deve ter ficado satisfeita com a resposta, porque para de mandar mensagem. Não pergunta da campanha do papai. Não pergunta o que eu estava fazendo ao certo que demandou todo esse tempo.

O que é bom, lógico. Não tenho respostas para aquelas perguntas. Porém, não consigo afastar a sensação desconfortável que cresce em mim enquanto me cubro até a cabeça.

No sábado de manhã, Amma entra no quarto com um jarro de óleo de coco. É nossa tradição semanal.

Primeiro, ela penteia meu cabelo e aplica o óleo. Depois faço o mesmo com o cabelo dela. Enquanto isso, atualizamos uma a outra dos acontecimentos da semana.

Agora, Amma está sentada atrás de mim na cama, penteando meu cabelo devagar e com delicadeza. Fecho os olhos, desfrutando da sensação. É meu momento favorito da semana inteira.

— Como foi sua semana? — indaga Amma, como sempre faz.

— Foi... complicada?

Mordo o lábio, sem saber o quanto quero contar.

— Ah, é? Complicada como?

— Ishu é complicada. Eu... conheci a irmã dela. E a Ishu agiu de um jeito superestranho.

— Estranho como?

Mordo os lábios, um pouco arrependida de abordar o assunto quando não sei como compartilhar isso com Amma. Acho que ela deve perceber minha hesitação, porque abaixa a escova e muda de posição até ficar de frente para mim. Está com as sobrancelhas franzidas enquanto me olha.

— Tudo bem... Qual o problema? O que aconteceu?

Suspiro.

— Bem... a Ishu e eu saímos no outro dia...

— E?

— Estava tudo muito bem até a gente encontrar a irmã dela.

— Nikhita — afirma ela. Não sei como Amma puxa o nome da memória. — Por que Ishita está escondendo a relação da família?

— Não... porque... a Ishu disse que a irmã dela usaria aquilo pra chantageá-la. Foi a primeira coisa que ela achou que a irmã faria. Isso não é estranho? Nik é da família dela!

Amma sorri.

— Sabe, quando Polash e Akash eram pequenos, eles faziam essas coisas o tempo todo. — Ela fala como se recordasse de uma boa lembrança. — Akash pegava algo de Polash e, a menos que Polash concordasse em fazer tudo o que Akash pedisse, Akash não devolvia.

— Era uma brincadeira. Coisa de criança.

— Era, sim. — Amma confirma com a cabeça. — Mas não é como se eles não tivessem grandes desavenças atualmente. Você mesma não teve uma briga feia com Akash na última vez que o viu? Você o chamou de escroto machista, se me lembro bem.

— Porque ele fez uma piadinha de "lugar da mulher é na cozinha". Uma piada super batida, Amma. — Apesar de Akash ser bem mais velho que eu, ele ainda tenta me provocar com piadinhas desse tipo, e sempre odeio. — De todo modo... é diferente. Akash é, *sim*, um escroto machista — afirmo com naturalidade, e Amma abre mais o sorriso. — Mas ele nunca me chantagearia com algo assim.

— Família é coisa complicada, Hani. Cada um tem a própria relação com a família.

Ela se inclina à frente e toca minha bochecha com a palma da mão. Suas mãos são macias e quentinhas, e imediatamente começo a me sentir melhor. Amma sempre consegue fazer isso. Não entendo como, mas sou grata.

— Se você vai ficar com Ishu, o máximo que pode fazer é dar o seu melhor para ouvi-la e apoiá-la — aconselha ela.

Por um instante eu me pergunto o que Amma diria se eu contasse a verdade. Como reagiria. O que pensaria de mim.

Confirmo com a cabeça.

— É. Acho que só fiquei surpresa. A irmã dela foi tão legal.

— As pessoas nem sempre são o que parecem.

Infelizmente, sei muito bem disso.

16

Ishu

Eu nunca havia sido convidada para uma festa branca irlandesa. Já fui a *dawats* bengalis, festas de Eid e casamentos desi, mas é fácil escolher o que vestir nessas ocasiões porque basta usar um *salwar kameez* chique. Para *dawats*, os mais simples. Para casamentos, os mais caros e brilhantes.

Só que não dá para usar um *salwar kameez* para uma festa de aniversário irlandesa sem se destacar como uma espinha inflamada.

Não sei como comecei a preferir essa forma de comunicação, mas faço uma chamada de vídeo para Hani quase sem pensar. Ela atende no segundo toque. Está diferente. Desmontada. Não com cara de acabei-de-acordar como na manhã em que conversamos, nem com uma aparência angelical como da primeira vez que me ligou. Ela parece ela mesma, com o cabelo enrolado na toalha.

— Oi. — Hani sorri para a câmera. — Eu meio que estou me arrumando.

— Eu também. — Suspiro. — Não sei o que as pessoas usam pra ir à festa de aniversário.

— Roupa — responde Hani na lata.

— Eu sei. — Reviro os olhos. — Vestido? Calça jeans? É casual? Semiformal? É...

— Com certeza não é semiformal. Mostra as opções.

— Agora?

— É. — Hani aponta para o guarda-roupa atrás de mim. — É só abrir ali e me mostrar o que você tem.

— Está meio bagunçado — murmuro, indo até lá.

Faz um bom tempo que não organizo o meu guarda-roupa. Quando abro as portas do móvel, Hani arqueia bem as sobrancelhas.

— Isso é estar bagunçado? — questiona.

— Bem, sim.

Olho lá para dentro. As peças não estão combinando porque fui jogando tudo ali sem me atentar a coordenar cores nem nada.

— Beleza. Você nunca vai ver meu guarda-roupa — murmura Hani. — Vamos dar uma olhada no que tem aí de opções.

Pego minha camisa de flanela favorita. Hani logo censura a escolha dizendo:

— Não, a menos que você queira ser cem por cento o estereótipo lésbico.

— Eu nem sou lésbica.

Hani dá de ombros.

— Por isso que falei estereótipo. Além do mais, considerando a reação das minhas amigas quando falei que era bi, acho que a maioria das pessoas nesta festa vai ser do tipo que enfia o pessoal em caixinhas — explica ela.

Evito falar em voz alta: *como eles veem fazendo nossa vida toda*. Talvez Hani tenha escolhido esquecer das minhas primeiras semanas na escola quando as amigas delas nos forçaram a andar juntas. Aposto que elas devem estar satisfeitas agora nos vendo como um casal. Como se sempre tivessem esperado isso. Temos culturas similares e, portanto, somos feitas uma para a outra. Não importando as enormes diferenças entre nossos idiomas e crenças religiosas. Para a maioria das pessoas brancas, ter pele marrom significa que somos todos a mesma coisa.

Analisamos mais algumas peças que Hani censura e chegamos a um denominador comum: um vestido preto simples e, graças à minha insistência, uma calça *legging*.

— Já é quase verão, sabe — comenta Hani. — Dá pra mostrar um pouquinho de pele.

— É, mas não quero.

Hani só dá de ombros e deixa para lá. Percebo que é uma das coisas que gosto nela. Ela não fica insistindo nas coisas... com exceção de quando estamos discutindo.

— Então... te vejo na festa? Que horas vai chegar? — pergunta ela.

— Sei lá. Quando eu estiver pronta, acho.

— Está nervosa? Porque parece nervosa.

— Está tão óbvio?

Deve estar, a julgar pelo olhar cheio de compaixão no rosto de Hani.

— É só uma festa de aniversário. E todo mundo vai estar focado em si mesmo, nem vão ficar reparando em você.

Sei que ela diz aquilo como uma tentativa de me tranquilizar, mas a ideia de que estou me esforçando tanto para ir em uma festa em que as pessoas nem vão prestar atenção em mim me faz sentir pior.

— Se estou indo a essa festa, quero que reparem em mim. Nós duas vamos lá pras pessoas *repararem* na gente. Você quer que suas amigas saibam que não está só fingindo ser bi. Eu quero que as pessoas me vejam como alguém que pode ser a Líder Estudantil delas.

— Certo. — Hani confirma com a cabeça. — Então você deveria ir sem a *legging*... — Ela para de falar, arqueando a sobrancelha. Por um instante, parece que Hani está flertando comigo de verdade. O pensamento me causa um frio na barriga do qual não gosto nadinha. Um momento depois, ela balança a cabeça e continua: — Na verdade... isso só funcionaria se você estivesse se candidatando à Líder Estudantil na escola dos meninos. Te vejo daqui a algumas horas?

— Espera... — chamo antes que ela encerre a ligação.

— Hum?

— Acha que... eu posso ir pra sua casa e me arrumar com você? E depois... talvez pudéssemos ir juntas? Eu só... não quero chegar lá antes de você. Aisling e Deirdre não são bem minhas amigas.

— Elas vão te tratar bem — argumenta Hani, embora não pareça acreditar muito nas próprias palavras tranquilizadoras. Depois de um instante, concorda com a cabeça. — Tudo bem... pode vir.

Meia hora depois, Hani e eu estamos no quarto dela de novo. Eu, usando o vestido preto e a calça *legging*. Hani, com um vestido roxo que tem mangas de renda compridas.

Ela me faz sentar à escrivaninha e começa a pentear meu cabelo.

— Sabe, não dá pra fazer muita coisa com cabelo curto — comento, mesmo que ela pareça determinada a transformar o cabelo em alguma coisa.

— É por isso que corta tão curto? — indaga ela, um pouco perto demais de minha orelha.

Eu me afasto de leve, embora seja difícil quando Hani está me fazendo de refém com o auxílio da escova.

— Mais ou menos. Tipo... nosso cabelo requer uma baita manutenção, né?

— Como assim?

Quero revirar os olhos. Parece o tipo de conversa ingênua que ela teria com as amigas brancas porque quer manter a farsa de ser igualzinha a elas. Mas o cabelo de Hani chega quase à cintura e ela tem que prendê-lo em uma trança grossa para lidar com as madeixas.

— Você sabe do que estou falando — respondo, tentando conter o sarcasmo que vem a mim com muita naturalidade. — Você tem um cabelo grosso e supercomprido. Deve dar um trabalhão mantê-lo assim.

— Bem... é só pentear e passar óleo e xampus e condicionadores especiais.... E às vezes passo henna... mas... acho que todo mundo faz isso?

Dessa vez, tenho que me virar para ver se ela é realmente tão ingênua assim.

— Hani, você sabe que a Aisling e a Deirdre não fazem tudo isso no cabelo.

Aisling tinha cabelo castanho, e mesmo na época era ralinho. Agora, ela pintou de um louro superclaro que a faz parecer ainda mais insuportável que antes. O cabelo dela nunca foi grosso como o de Hani... nem chegava perto. O cabelo de Deirdre, apesar de intocado por descolorantes ou tinta, é liso e na altura do ombro. O cabelo irlandês não é igual ao cabelo bengali.

— Talvez tenham algumas diferenças — responde Hani, como se não estivesse muito disposta a admitir estar errada. Ela me vira na cadeira de novo e volta a repuxar meu cabelo com a escova. — Mas confia em mim: o cabelo delas também dá muito trabalho. Não somos as únicas que têm que cuidar do cabelo.

— Eu simplesmente odeio tudo isso. Ter que passar tanto tempo penteando de manhã, depois da escola, antes de dormir. Prendendo, fazendo penteados diferentes. Pondo óleo e um monte de xampu e condicionador.

— Bom... cabelo curto combina com você.

— Não é como se você fosse dizer que o cabelo curto me deixa feia.

Ela sorri e pega uns grampos na escrivaninha. Então começa a prendê-los em meu cabelo para que assim fique um pouco menos bagunçado que o normal. Na verdade, parece até meio sofisticado quando ela termina.

— Se seu cabelo te deixasse feia, eu diria, sim — afirma Hani ao terminar. — Eu não tenho nada a perder dizendo a verdade a você. Então... pode acreditar quando digo que você fica bem bonita de cabelo curto.

Não consigo evitar o rubor nas bochechas com o elogio inesperado. Não me lembro da última vez que alguém disse que eu estava bonita. Talvez ninguém nunca tenha dito; talvez seja a primeira vez que alguém tenha me chamado de bonita.

Tudo o que consigo fazer é evitar encarar Hani e murmurar, entre gaguejos, um "obrigada".

17

Ishu mexe as pernas para cima e para baixo e para cima e para baixo durante todo o caminho de carro até a casa de Dee. Dee mora a uns 25 minutos de distância, então não é uma viagem insuportável. Na verdade, é meio fofo ver Ishu nervosa com alguma coisa. Com o cabelo e a maquiagem, trajando o vestido preto, daria para confundi-la com uma garota fofa comum nervosa antes da primeira festa.

— Me liga quando a festa acabar? — pede Amma. — A menos que esteja pensando em dormir lá?

— Não vamos dormir lá, não, *Tia* — responde Ishu antes que eu possa abrir a boca. — Vamos ligar pra senhora. Obrigada pela carona.

— Divirtam-se... e dê feliz aniversário à Deirdre por mim! — Depois de falar, Amma vai embora.

Observamos o veículo desaparecer na rua antes de nos virarmos para a casa. Ishu está com o rosto meio verde, como se estivesse prestes a vomitar ali nos arbustos.

— É só ficar perto de mim, beleza?

Aperto os dedos dela de leve antes de bater à porta.

Só leva um minuto para Dee abrir. Ela se joga em cima de mim de imediato, gritando:

— Oi, você chegou!

— Feliz aniversário! — murmuro, tentando cuspir os tufos de cabelo ruivo que entraram em minha boca.

Quando se afasta, ela me olha com um sorriso alegre antes de se virar para Ishu com um sorriso mais tenso. Dee convidou Ishu. Eu me lembro disso com muita nitidez. Eu nem precisei pedir.

— Oi, Ishita — cumprimenta ela com a voz neutra.

— Oi. Feliz aniversário.

Ishu tenta sorrir, mas aparecem muitos dentes e pouca emoção nos olhos.

— Todo mundo já chegou? — Mudo de assunto, entrando e acenando para Ishu me seguir. — Não ouço muito barulho.

— A maioria já. Na verdade, é uma festa mais modesta do que era o plano original.

— E Aisling ficou de boa com isso?

Aisling nunca havia sido modesta com nada na vida. Ela tentou contratar uma limusine na última festa de aniversário e só mudou de ideia porque uma outra menina da turma fez isso primeiro e Aisling não queria copiar ninguém.

— É *meu* aniversário.

Dee sorri.

— Você está bem bonita — elogio.

E está mesmo. Prendeu o cabelo no alto, e o vestido é brilhante e rosa como de uma princesa. Esse é meio que o estilo característico de Dee. Com o rosto redondo e os olhos reluzentes, ela bem que poderia ser uma princesa da Disney... sobretudo Ariel com o cabelo ruivo.

— Obrigada! — Dee abre mais o sorriso. — Você também está bonita. E você também, Ishita.

Ishu sorri de verdade dessa vez.

— Obrigada... Hani me ajudou a me arrumar.

— Hani?

— Ah, é só um apelido — explico.

— Como um apelido de casal?

— Não exatamente... — Não sei como explicar o conceito de *dak nams* bengalis e *nams bhalo** para as pessoas. — É só um apelido que as pessoas bengalis usam comigo.

---

* N.E. Nome que se recebe ao nascer.

— Mas seu apelido é Maira.

Dee franze a testa, como se a ideia de dois apelidos fosse um tanto difícil para ela compreender.

— É melhor a gente entrar — sugiro, mudando o assunto.

Por sorte, o rosto de Dee se alegra.

— Aham, vamos lá pra sala!

Mesmo do corredor, ouvimos o barulho de murmúrios vindos da sala de estar.

— Eu estava esperando mais barulho — sussurra Ishu. — Devo tirar o sapato?

— Gente branca não tem esse costume — explico. — Acho que a Dee está pensando em fazer um festão pro aniversário de dezoito, não de dezessete.

— Acho que faz sentido — responde Ishu.

Dee entra na sala, sem prestar atenção para ver se estamos a seguindo ou não. Ishu para à porta, o rosto pálido de um jeito que nunca vi.

— É só uma festa, Ishu.

— Eu sei. — Ela respira fundo e abre um sorriso dolorido. — Vamos entrar...?

E entramos.

A sala de estar está cheia de gente. Os sofás e poltronas estão lotados de pessoas. Uns sentados, agachados, inclinados. Tem até gente no chão, o que é uma blasfêmia para pessoas brancas, até onde sei. Tem uma música tocando ao fundo, mas está baixa demais para sobrepor a conversa... Só dá para ouvir o baixo.

— Pronto, galera! — Aisling acena de onde está no sofá, basicamente no centro da atenção de todo mundo. — Ainda bem que você chegou. Agora podemos finalmente começar a festa.

— Vocês podiam ter começado sem a gente. Não tem mais ninguém pra chegar? — pergunto.

— Um ou outro, mas nós não faríamos nada sem você, Maira — responde Aisling com a voz mais doce possível.

É assim que sei que ela está planejando alguma coisa. E é provável que tenha a ver com Ishu. Elas nunca se deram bem, afinal.

Aisling acena com a cabeça para algumas pessoas chegarem para o lado e abrirem espaço para nós. Então dá batidinhas no assento ao seu lado. É um sofá minúsculo feito para duas pessoas, mas de algum modo Ishu e eu conseguimos nos espremer ali. Eu me sento no meio. Não acho que pôr Ishu ao lado de Aisling seja uma boa ideia.

— Vamos jogar Círculo da Morte! — anuncia Dee, sacando algumas garrafas que com certeza já vi trancadas em um armário em cima da pia da casa antes.

Duvido de que os pais dela saibam que a filha resolveu usar as bebidas na festa, e por certo não vão gostar quando descobrirem (porque vão descobrir). Essa ideia com certeza tem o dedo de Aisling.

— Que jogo é esse? — pergunto.

— É um jogo de bebida. — Aisling abre um sorriso. — As regras são meio complicadas, mas você pega o jeito.

— Por que a gente não escolhe um jogo divertido? Tipo "Eu nunca"? — indaga uma das meninas, revirando os olhos para a ideia de brincar de Círculo da Morte.

— Porque "Eu nunca" é chato e clichê — responde Aisling, com um tom mais grosseiro do que o necessário, mas ninguém nem se abala.

Dee distribui as doses de bebida para todo mundo enquanto Aisling nos separa em dois times. Nós três e Dee ficamos no mesmo.

Ishu bate o ombro no meu enquanto Aisling explica as regras.

— Hum, quer que eu fale pra elas que você não bebe? — sussurra ela, chegando perto de mim, o que faz um arrepio descer por minha coluna.

Nego com a cabeça. Definitivamente não quero que Ishu tenha de lidar com isso. Eu mesma não quero ter de lidar. No entanto, minhas opções aqui estão bem limitadas. Óbvio que não vou beber por causa desse jogo, mas também não quero me destacar como a estranha no meio da festa.

Mordo os lábios, analisando as opções. Se Dee ou Aisling percebem meu desconforto, nada dizem. Não sei como elas não percebem, ou como não se tocam de que esse não é um jogo apropriado para me pedir para jogar. Elas sabem (há muito tempo) que não bebo. Quando se enfiam debaixo do cobertor na escuridão da noite ou aproveitam a privacidade de um campo esportivo para beber às escondidas, não vou com elas. Ou, nas raras ocasiões que faço isso, é só para conversar. O que elas achavam que minha recusa em beber era?

— Beleza, todo mundo entendeu? — questiona Aisling quando termina de explicar as regras. A maior parte das pessoas parece não ter a menor ideia do que é para fazer. Aisling parece não se importar com isso. — Vocês pegam o jeito enquanto a gente joga.

— Aisling, acho que você vai precisar de outra pessoa pro time — afirmo.

Espero que ela e Dee encontrem outro jeito de formar os times em vez de chamar atenção para mim, mas Aisling vira a cabeça e estreita os olhos em minha direção.

— Por quê?

Não sei se ela está sendo obtusa de propósito ou se não sabe mesmo. Talvez ela já tenha tomado umas, embora não pareça pela nitidez de seu olhar e de sua voz.

— Porque... eu não posso jogar.

— Você tem que jogar — intervém Dee. — É meu aniversário. Não pode não jogar um jogo que eu quero jogar no meu aniversário!

Agora todo mundo no sofá se virou em direção a nós três. Exatamente o que eu estava tentando evitar.

Sinto Ishu ficar tensa ao meu lado, e espero que não diga nada. Isso só pioraria ainda mais as coisas.

— Vocês sabem que não posso. — Minha voz sai baixa, e odeio o tom. Derrotado. Triste. Quase como quem pede desculpa.

— Por que não? — insiste Aisling.

Não sei se ela é uma excelente atriz ou se não sabe mesmo.

— Sou muçulmana... Eu não bebo.

Há um momento de silêncio, como se essa fosse a primeira vez que todo mundo ali percebesse que sou muçulmana.

— É, mas você não é esse tipo de muçulmana — afirma Dee depois de um momento de silêncio. — Você nem usa o...

Ela faz um gesto circular ao redor da cabeça. Em referência a um hijab, imagino.

— Bem, eu não sei que tipo de muçulmana sou, mas eu não bebo — insisto, tentando engolir o nó na garganta. — Desculpa...

Aisling sorri, e embora seja uma expressão amigável, há certa crueldade camuflada ali.

— Tudo bem. A gente encontra outra pessoa pro time... Hannah? Pode trocar de lugar com a Maira?

Trocar de lugar com Hannah parece algo vergonhoso. Como se fosse uma espécie de punição por não participar do jogo. Todo mundo fica olhando enquanto trocamos de lugar, o silêncio palpável na sala. E enquanto isso acontece, estou tentando conter as lágrimas.

Hannah estava na ponta do cômodo, e enquanto todo mundo se junta para jogar, parece que estou ainda mais deslocada. Como se todos tivessem entrado em um círculo, e eu sou a única ali à margem.

Todos esquecem de mim assim que troco de lugar. Todos... exceto Ishu.

Ela abre um sorriso para mim. Não aquele forçado e estranho que dá às pessoas quando está tentando ao máximo ser simpática.

Mas um sorriso verdadeiro e genuíno.

É a única coisa que me faz aguentar a hora seguinte.

18

Quando o jogo acaba, todo mundo meio embriagado, menos eu. Mais pessoas chegam enquanto brincamos do jogo ridículo de Aisling. A música fica mais alta. A festa, mais cheia e mais descontrolada. Enquanto isso, Hani fica à margem de tudo, parecendo absolutamente infeliz, mas se esforçando ao máximo para esconder esse sentimento.

Quase na mesma hora que o jogo acaba, o pessoal se divide em diferentes cômodos. Deirdre liga para a Domino's para pedir pizza, e Aisling aumenta tanto o volume da música na sala de estar que mal dá para se ouvir os próprios pensamentos, e por conta disso metade da galera sai dali.

Passo por eles, pego Hani pela mão e saímos com a multidão até acharmos um cantinho isolado no corredor. A música ainda está tão alta que temos de ficar bem perto uma da outra para conversar.

— Você está bem?

Hani dá de ombros.

— Óbvio, por que não estaria?

Ela abre aquele sorriso, que é ridículo de tão falso.

— Você sabe que Aisling e Deirdre planejaram aquilo, não sabe?

Hani estremece e se afasta, como se ouvir a verdade lhe causasse dor física.

Ela balança a cabeça.

— Por que elas fariam isso? São minhas amigas.

— Porque são umas escrotas? — sugiro.

Hani balança a cabeça novamente. Não sei a quem ela está tentando enganar, porque nós duas sabemos que o que aconteceu lá na sala não é o jeito que amigas tratam umas às outras.

— É melhor a gente voltar pra festa — afirma ela. — Você não vai conseguir ser Líder Estudantil se ficar aqui no canto falando comigo.

A última coisa que quero fazer é voltar lá para dentro e conversar com o pessoal, ou ficar perto de Aisling. Só que Hani tem razão. Não vim aqui para tentar fazê-la acreditar que ela merece mais que aquelas amigas escrotas. Vim aqui para tentar convencer as pessoas de que estou apta para ser Líder Estudantil. Interagir. Fazer amizade.

Esse problema é da Hani, não meu.

Ainda assim, sinto uma pontada de culpa quando aceno com a cabeça.

— É, é verdade... É melhor a gente ir e... conversar com a galera.

— Bora.

Desviamos da sala de estar, onde Aisling afastou as mesas e empurrou os sofás até encostarem na parede para criar uma pista de dança improvisada. Na cozinha, o pessoal está bebendo e comendo uns biscoitinhos salgados. Estão esperando a pizza, imagino. Minha barriga ronca só de pensar. Não como nada desde o café da manhã. Estou morrendo de fome.

— Oi, pessoal!

Hani acena para umas garotas no canto da cozinha. Reconheço-as como colegas de turma: Gemma Young, Aoife Fallon e Meg Hogan. Elas se viram para nós, abrindo sorrisos estáticos.

— Oi, Hani — respondem elas em um uníssono desconfortável.

Ou Hani não percebe ou não quer perceber o desconforto delas.

— Estão curtindo a festa? — pergunta ela, sorrindo.

— Aham. O jogo do Círculo da Morte foi bem legal. — A frase de Gemma tem um tom crítico.

Hani joga uma mecha de cabelo para trás, mas não deixa Gemma afetá-la.

— Pareceu divertido, sim. Mas ainda tem muita festa pela frente. — Ela balança a cabeça e se vira para mim. — Vocês conhecem a Ishita, né?

— Aham. — Aoife abre um sorriso para mim que não transparece nos olhos. — Oi, Ishita.

— Oi! — Minha voz soa estridente demais. Hani até abre um sorriso de tão estranho que é. — Hummm... Estou animada pra, hum, pizza.

As três sorriem de novo para nós. Estão tão juntas que nem abriram espaço para nós duas acessarmos o círculo que formam ali. Não sei se vão.

— Você precisa de um tipo especial de pizza, Maira? — indaga Gemma.

A voz dela transborda um tom de pena coberto de crueldade. Quero levar Hani para longe delas. Para longe da festa. É por isso que não participo dessas coisas.

Hani não se acovarda. Só ergue a sobrancelha e responde:

— Você não precisa de um tipo especial de pizza, Gemma? Sendo vegetariana e tal. E Meg, você nem pode comer pizza, pode? Contou isso pra Dee?

Meg, que tinha ficado calada até então, parece assustada por ter sido arrastada para a conversa. Arregala os olhos e nega com a cabeça.

— Comi antes de vir — declara com timidez.

— Bem, posso achar alguma coisa sem glúten pra você mesmo assim. Posso perguntar pra Dee. Acho que não tem problema; ela também não vai se incomodar.

Hani abre outro sorriso para elas antes de dizer "Já volto", então me pega pela mão e me leva para longe das meninas.

— Mandou bem, hein — sussurro enquanto passamos por mais pessoas. — Mas sabe, você não...

Paro de falar quando de repente sinto o vento gelado. Já é quase verão, mas fica nítido que o clima ainda não se tocou disso, porque ainda está frio o suficiente para precisar de casaco. Eu não trouxe, mas Hani nem liga enquanto vai me rebocando para o jardim escuro dos fundos, na direção de um banco encostado na cerca.

Ela se senta, e eu me sento ao lado. A única coisa iluminando o espaço é uma faixa de luz vinda da cozinha.

Hani solta um suspiro profundo, e logo sei que a noite não vem sendo fácil para ela. Talvez tenha sido ainda mais difícil para ela do que foi para mim.

— Desculpa — diz ela. — Isso não está dando certo.

— Está terminando comigo? — brinco.

Só que Hani me lança um olhar que indica que talvez esteja, *sim*, terminando comigo.

— Sei que queria que eu fingisse namorar contigo porque faria todo mundo gostar de você, mas... é óbvio que não consigo. A Aisling não gosta de você e fez questão de espalhar isso pra todo mundo.

— Então é por isso que o pessoal está agindo desse jeito? Por minha causa?

Não sei por que não pensei nisso antes. A festa está do jeito que está porque estou aqui. Se eu não tivesse vindo, é provável que Hani estivesse lá gargalhando com as amigas. Dançando com as amigas. Comendo com as amigas. E se divertindo horrores. Por minha causa, ela está sentada aqui fora toda infeliz.

— Por causa da Aisling. Eu não acho que isso vai dar certo — afirma Hani. — Desculpa não conseguir te ajudar.

— Você está ajudando. Tipo... tem mais gente que sabe quem eu sou por sua causa. Com certeza algumas dessas pessoas vão votar em mim.

Hani se vira para mim com um sorriso discreto. Ver isso faz meu peito vibrar. Depois de passar a noite toda com uma cara triste, é legal vê-la sorrindo de novo. Eu quase me esqueci de como o sorriso ilumina todo o rosto dela.

— Não sabia que você é otimista.

— Eu definitivamente não sou otimista — rebato. — Sou... oportunista. E sem você, com certeza não vou ser Líder Estudantil. Com você, ao menos tenho chance. Além disso, você também precisa de mim, não é mesmo? Ou vai começar a fazer uns testes pra encontrar uma namorada de mentira que suas amigas não odeiem?

Hani balança a cabeça, e por um momento fico com medo de que ela vá colocar um ponto-final no nosso plano. Então responde:

— É. Talvez... talvez isso ainda funcione. Não sei.

Não é um voto de confiança em si, mas acho que é o máximo que posso esperar deste desastre em forma de festa.

19

Hani

Não ficamos na festa por muito tempo. Tentar ignorar os comentários maliciosos das pessoas é bem difícil quando se está lidando com isso o tempo todo. Dee e Aisling nem sequer falaram comigo pelo resto da noite... como se eu não fosse a melhor amiga delas há anos.

Quando Ishu e eu vamos embora, escapando com discrição pela porta da frente e deixando a batida alta da música para trás, o bolo ainda nem foi cortado.

Ninguém parece notar quando saímos. Ninguém parece se importar.

Muito menos Aisling e Dee.

— É melhor eu ligar pra Amma.

Tiro o celular do bolso. Antes que eu toque na tela, Ishu coloca a mão em cima da minha, tapando o aparelho.

— A noite está bonita, sabe. Talvez a gente pudesse andar... Minha casa não fica longe.

— Mas...

— Você pode dormir lá, se quiser.

Ishu dá de ombros, como se não fizesse diferença se eu for ou não... o que não é a melhor forma de ser convidada para dormir na casa de alguém. Ainda assim... Dá para ver que ela quer mesmo que eu durma lá pela maneira que curva os ombros e desvia o olhar, como se tentasse não parecer ansiosa demais.

— Tudo bem. Acho que não teria problema.

É legal ser convidada para ir a algum lugar depois do fiasco que foi esta noite.

Ishu sorri, e eu perco o ar. É tão raro vê-la sorrir que cada sorriso (os verdadeiros que a iluminam por inteiro) parece um presente. Como algo particular que ela reserva para mim.

— Então vamos, vem comigo.

Ela se vira e começa a ir na frente. Nós duas estamos de salto, usando vestidos delicados. Embora o clima tenha ficado surpreendente bom (límpido e fresco), não estamos com roupas apropriadas para fazer uma caminhada.

Quando nos afastamos o bastante a ponto de não ouvir mais a festa e nos cercamos pelos sons noturnos (o silêncio sendo rompido pelo sibilar suave do vento e o farfalhar das folhas), Ishu enfim fala alguma coisa.

— Posso fazer uma pergunta?

— Acho... que sim.

Estou com um pouco de medo de ouvir a pergunta, sobretudo porque ela está com o rosto virado para a frente em vez de olhar para mim.

— Por que... você nunca fala palavrão?

Não sei que tipo de pergunta eu esperava, mas sem dúvidas não é essa. Não consigo evitar a risadinha que me escapa. Ishu olha para mim e arqueia a sobrancelha, com um olhar de quem acha graça.

— É uma pergunta séria. Fiquei curiosa.

— Bem... porque... eu sou muçulmana — explico depois que a risadinha cessa.

— Quê? — Ishu parece um pouco surpresa.

Considerando tudo o que aconteceu na festa horas atrás, não acho que ela deveria estar chocada com a minha resposta.

— É... — confirmo devagar. — É importante pra mim. Como ir à mesquita para o Jummah nos dias que não tem aula e ler o Alcorão todo fim de semana.

— Imagino que suas amigas não sabem dessas coisas em relação a você. — Ishu fala mais como um fato do que uma pergunta.

Um sentimento de vergonha me acerta fundo no peito, mas tento afastar a sensação.

— Não... elas não precisam saber.

— Por quê? — Ishu soa curiosa de verdade.

Ela se aproxima até nossos dedos quase se tocarem enquanto andamos. Como se não quisesse deixar passar nenhuma palavra que eu disser.

— Bem... eu não... quero ser demais, sabe?

Ishu fica me olhando, piscando devagar.

— Eu não consigo imaginar você sendo... demais.

Rio outra vez.

— É, tipo... eu não quero ser... muçulmana demais. Não sei até que ponto posso ir sem acabar exagerando. Depois que se ultrapassa esse limite, as pessoas começam agir como se você fosse diferente e esquisita, e aí você vira a excluída.

— Como o que aconteceu hoje? — Há um tom empático na voz de Ishu que me deixa desconfortável.

Esfrego os cotovelos com as mãos, embora não esteja mais frio.

— É, acho que sim.

— Sabe, você deveria poder ser você mesma com suas amigas. Se ser muçulmana é importante pra você... seria legal poder compartilhar isso com elas — afirma Ishu.

— Não é assim tão fácil.

Balanço a cabeça. Ishu não entende. É o tipo de pessoa que não liga para o que pensam dela. É por isso que estamos aqui, fingindo namorar. Porque Ishu precisa fingir que se importa com o que os outros pensam dela, porque nunca teve que se esforçar, mudar a si mesma, se moldar, para se encaixar em um lugar a qual não pertence.

— Você acredita em Deus? — pergunto em vez disso.

Considero um tema mais fácil de conversar.

— Deus me livre, não.

Ishu faz um som de escárnio.

Tenho que rir.

— Você percebe como isso foi irônico, né?

Ishu abre aquele sorriso de novo.

— Você acredita?

— Óbvio.

— Eu não entendo bem — confessa ela. — Isso de acreditar em Deus... Meus pais nunca foram de grandes crenças. Acho que meus avós, maternos e paternos, sim... eles acreditavam muito. Costumávamos celebrar as datas comemorativas principais com um puja quando eu era pequena. Mas desde que nos mudamos pra cá...

Ishu dá de ombros.

— Não é pra todo mundo...

— Você pode falar comigo sobre isso, se quiser... — Ishu para de falar, como se não estivesse muito certa da proposta que faz. — Tipo... — Ela me lança um olhar rápido. — Considerando que você não pode falar sobre isso com suas amigas... ainda.

A ideia de conversar com qualquer um que não seja muçulmano sobre religião parece estranha, mas a proposta de Ishu ainda me faz sentir um quentinho por dentro.

— Obrigada, eu acho.

Nunca tinha estado na casa de Ishu. É uma casa geminada que parece pequena. As paredes têm uma cor bege sem graça, e há pouquíssimas coisas ali dentro para além da mobília necessária.

— Que... bonito.

Caminho pelo espaço, espiando os cantos. Fico esperando ver a *Tia* e o *Tio* a qualquer momento, mas nem sinal deles. Dentro da casa está ainda mais silencioso que o lado de fora.

— Ammu e Abbu não estão em casa — explica Ishu, observando-me com uma expressão de quem acha graça. Sinto o rubor correr por meu corpo com o olhar dela. — Eles foram pra uma festa.

— Ah... tem um *dawat*?

— Aham... É uma festa indiana, na verdade. Não é bengali. Eles não vão muito a essas, mas... — Ishu dá de ombros. — Vamos, meu quarto é por aqui.

Subimos a escada para o quarto dela, e não fico surpresa ao ver que o cômodo é a imagem da perfeição. Não tem uma coisinha fora de lugar. Não tem roupa na cama nem no chão. Nem livros na prateleira. A cama está impecavelmente arrumada.

— Uau. — É tudo o que consigo dizer enquanto observo. — Eu sabia que você era perfeccionista, mas isso é...

— Não sou perfeccionista — contrapõe Ishu na defensiva. Ela olha ao redor como se visse o quarto pela primeira vez. — Eu só... gosto de deixar as coisas... organizadas.

— Tendi.

Abro um sorriso, dando um passo à frente e me jogando na cama, o que faz um baque abafado. Ishu até estremece ao ver isso, o que me faz abrir mais o sorriso. É meio fofo o quanto Ishu é fissurada pela perfeição. Como é meticulosa. Tipo, fofo quando não estou namorando com ela de verdade, ou sequer sou amiga dela, acho. Imagino que a coisa toda pode acabar ficando maçante.

Ela se senta ao meu lado na cama com delicadeza. Com tanta delicadeza que a cama mal é perturbada nem faz barulho.

— Então... posso fazer uma pergunta? — questiono, olhando para ela.

Ela me olha de volta... tendo que curvar um pouco o pescoço. É engraçado porque o jeito que está sentada, na ponta da cama, a faz parecer deslocada ali. No próprio quarto e na própria cama. É o lugar que mais devia deixá-la à vontade.

— Você já me perguntou da coisa de Deus — aponta Ishu.

— Beleza... posso fazer outra pergunta?

— Acho que sim — responde, dando de ombros.

— Por que você quer tanto ser Líder Estudantil?

É a pergunta que vem martelando em minha mente desde que essa história toda começou. Não é como se a posição de Líder Estudantil fosse supercobiçada. Lógico que é impressionante ser escolhida para a liderança da turma toda. Também vem com muitas responsabilidades... como ter que organizar a festa de formatura, as fotos de turma, a cerimônia de graduação, os moletons com o emblema da escola. Não dá para chamar tudo isso de divertido, sobretudo para Ishu.

Ela suspira. Dessa vez a cama se mexe, sim. Acho que é de tanto que o suspiro é profundo. Ishu se deita ao meu lado, com o cabelo preto se espalhando ao redor da cabeça.

— Minha irmã não foi Líder Estudantil — responde ela depois de um momento. — E... quero que meus pais vejam que não sou minha irmã. Que estou... focada no objetivo.

— Qual é o objetivo?

Ishu se vira até ficarmos cara a cara.

— Entrar na melhor universidade possível. Virar médica. Fazer tudo... valer a pena.

— Tudo?

Ishu fecha os olhos e respira fundo.

— Meus pais vieram para este país sem nada... Agora eles têm uma loja minúscula. Quando a gente chegou aqui, meu pai dirigia um táxi e a gente morava em um apartamento de um quarto. Eles não puderam ir aos velórios dos meus avós maternos e paternos. Fizeram tudo isso pra que a gente pudesse... sabe, ser a melhor versão de nós mesmas. Pra que a gente tivesse a melhor vida. A vida que eles tiveram que sacrificar... pra que a gente tivesse uma oportunidade. Não quero que meus pais pensem que fizeram tudo isso em vão.

— Eles não pensariam isso.

Não consigo imaginar Amma e Abba pensando que eu não fiz valer todos os sacrifícios que fizeram só porque minha vida não é exatamente como eles tinham imaginado. Principalmente desde que Amma me contou que tiveram que mudar a própria perspectiva após eu me assumir bissexual.

— Eu só... não quero decepcioná-los. — Ishu balança a cabeça com firmeza, como se aquilo resumisse tudo, antes de bocejar tão alto que o gesto desmonta sua aparência de perfeição. — Ops.

Ela cobre a boca e olha para mim. Eu só sorrio. Eu me pergunto quem são as pessoas com quem Ishu se permite ser ela mesma. A irmã? Os pais? Ela tem algum amigo fora da escola? Sinto que não posso perguntar nada disso, porém.

— Acho que é melhor a gente ir dormir, né?

— Vou pegar um pijama pra você.

Ishu pula da cama e vai até o guarda-roupa, vasculhando lá dentro até pegar dois pijamas. Ambas as peças parecem tão impecáveis que fico com um pouco de medo de vesti-las e amarrotá-las.

Ainda assim, nós duas trocamos de roupa, e (depois de mandar uma mensagem rápida para Amma), eu me deito em um dos lados da cama de Ishu. Ela, porém, só fica ali me olhando e esfregando os cotovelos.

— Que foi?

— Eu posso dormir no chão? — sugere, toda esquisita.

— Você sabe que somos bengali, né? Já dormi em uma cama de solteiro com três outras pessoas que mal conheço.

Ishu abre um sorriso. Por um momento, parece que ela quer dizer outra coisa. Em vez disso, se deita ao meu lado, chegando tanto para a ponta da cama que é quase como se houvesse um oceano de distância entre nós.

— Boa noite, Hani.

Ela suspira contra o travesseiro.

— Boa noite, Ishu.

20

Ishu

Basicamente, acordo me engasgando com o cabelo de Hani. Por mais que o xampu dela seja cheiroso e tudo, ninguém precisa engolir tanto cabelo assim logo de manhã. Tossindo um pouco (e tentando não acordar Hani), eu me afasto dela.

No celular vejo que são 5h56 da manhã: quatro minutos antes de meu despertador tocar. Desligo o alarme por hoje e chego para a ponta da cama de novo. A estrutura da cama range com cada movimento, e fico checando toda hora para ver se Hani se mexe. Só que ela ainda está dormindo que nem pedra. Parece ter um sono pesadíssimo.

Ela dorme quase no meio do colchão, como se o quarto e a cama fossem seus. Que posição estranha para se dormir, mas acho que é isso, né.

Fecho bem os olhos e tento voltar a dormir. Afinal, ficamos na rua até tarde ontem. Minha rotina foi alterada. Eu deveria conseguir dormir mais um pouco. Só que não importa por quanto tempo fique de olhos fechados, o sono não vem. Estou acordadíssima.

Então decido me levantar, entrar no banheiro e me preparar para o dia.

Quando volto para o quarto, vinte minutos depois, Hani já está vestida, dobrando o pijama que emprestei.

— Oi, bom dia! — diz ela com uma voz alegre que devia ser proibida pela manhã.

Ou em qualquer hora.

— Bom dia... Você estava apagada quando acordei uns minutos atrás.

Hani olha para mim e dá de ombros.

— Acho que eu me acendi, então? É melhor eu ir... Sabe se tem um ônibus que vai da sua casa pra minha?

— Meus pais podem te levar lá. Fique pra tomar café da manhã, ao menos.

Se Hani for embora sem comer nada, isso vai ser uma grande ofensa. Ela deveria saber disso.

— É melhor eu ir mesmo — insiste, sem me olhar nos olhos. — Tipo, eu não estava em casa ontem de noite e não quero chegar quase de tarde lá também, sabe.

— São literalmente 6h30 da manhã.

Hani suspira.

— É, mas...

Ela dá de ombros, como se aquela fosse toda a explicação necessária.

— Você sabe que a maior parte dos ônibus nem começou a rodar ainda. É domingo... O que houve com você?

Hani está inquieta de um jeito esquisito que acho que nunca notei nela antes.

Ela coloca uma mecha de cabelo atrás da orelha e finalmente olha para mim.

— É que... eu não fiz a oração da noite ontem. E se eu for pra casa agora, posso fazer a oração da alvorada antes que passe da hora.

— Ah. — Nunca tinha ouvido Hani falar de oração ou de orar... não que eu seja amiga dela nem nada. Mesmo assim, eu nem sabia que ela orava com tanta frequência. Acho bem difícil que ela compartilhe isso com as amigas, considerando o quanto hesitou em contar até para mim. — Não dá pra você fazer a oração aqui? Tipo, a gente não tem um tapete de oração, mas...

— Uhum, dá, sim.

Hani confirma com a cabeça. Suas bochechas estão vermelhas como se ela estivesse envergonhada por ter de pedir. Por ter de ocupar espaço para fazer essa coisa que a diferencia de mim.

— Bem... é o seguinte. — Sigo para a porta do quarto devagar. — Vou lá pra baixo preparar o café da manhã pra gente... Pode descer quando estiver pronta. Fique à vontade para pegar qualquer coisa no guarda-roupa e usar o banheiro. Ou... não fazer nada disso. Você que decide. — Dou de ombros. — Te vejo já, já.

Não espero por resposta, só saio e fecho a porta.

Hani desce quinze minutos depois, ainda envergonhada. Eu apenas abro um sorriso e peço que se sente.

— Seus pais ainda não voltaram? — pergunta ela, olhando ao redor como se Ammu e Abbu fossem de repente brotar debaixo da mesa de jantar.

— Já... provavelmente ainda estão dormindo. — Dou de ombros. — Geralmente acordo cedo no fim de semana pra... estudar.

— Ah.

Hani me olha com certa curiosidade antes de começar a comer o paratha e o omelete. Foi o máximo que consegui fazer em poucos minutos.

— Sabe, você podia ter me dado só cereal e estava bom — comenta Hani, comendo com alegria. — Eu não teria me incomodado. Não precisava ter tido todo esse trabalho.

Dou de ombros.

— Não foi nada demais. Ammu e Abbu teriam se irritado se eu te desse cereal. Você é visita.

— Entendi.

Ela confirma com a cabeça. Há um minuto de quase silêncio, em que se ouve apenas o som de nossa mastigação. Então, Hani me olha nos olhos.

— Sabe, isso é estranho.

—... Desculpa? Não cozinho muito bem.

— Não. — Ela ri. — Estar na sua casa e comer... paratha e... orar no seu quarto. É estranho. É... legal.

Então, ela acabou mesmo orando lá no quarto. Isso me causa um quentinho no coração por algum motivo, mas tento ignorar.

— É, acho que sim.

Não sei se eu diria que é legal, mas com certeza é estranho. Até porque eu nunca teria imaginado isso na vida.

— Obrigada. — Ela abaixa a cabeça e encara o prato. — Eu não posso ser assim com minhas amigas.

Quero perguntar para ela de novo o *porquê*. Por que ela é amiga de gente que não a deixa ser quem ela é? Que a deixa tão desconfortável e constrangida por ser quem é? No entanto, acho que já nos abrimos o bastante por ora. Muitas conversas profundas. Uma cama. Café da manhã. É mais do que o suficiente para uma vida toda.

— Não por isso.

Dou de ombros, voltando a atenção à comida.

Ammu e Abbu ainda não acordaram quando terminamos de comer, mas Hani checa os horários do ônibus no celular.

— Se esperar um pouquinho, eles podem te dar carona — insisto.

Hani balança a cabeça.

— Não quero incomodar. É fim de semana.

Levo Hani até a porta, e ela fica se demorando ali por um momento. É como se nenhuma de nós soubesse como se despedir.

— Bem... obrigada — murmura Hani enfim, sem me olhar nos olhos. — Então... até segunda.

Depois que ela vai embora, subo e encontro o quarto do jeitinho que gosto. O pijama que emprestei para Hani foi guardado, e a cama está arrumada com perfeição. Acontece que, apesar da aparência normal, algo parece diferente no quarto. Como se algo de Hani permanecesse aqui, e não consigo tirar isso da cabeça. Quase posso sentir o cheiro do xampu e do perfume dela. Não sei se é porque ela esteve no quarto ou porque está em minha mente.

Balanço a cabeça e pego os livros de estudo.

Hora de voltar para a realidade.

21

Hani

Provavelmente eu não devia esperar um pedido de desculpas (ou qualquer coisa) das minhas amigas. Ainda assim, fico checando o celular, esperando que elas expliquem o que aconteceu ontem. Por que elas se voltaram contra mim de repente.

Parece uma punição por me envolver com Ishu quando sei que Aisling não gosta dela. Mas... Aisling não faria isso, né?

Conseguir que todo mundo vote em Ishu para Líder Estudantil é o mínimo que posso fazer por ela. Ontem, ela foi a única pessoa que se comportou como minha amiga. E esta manhã...

Balanço a cabeça, tentando tirá-la da mente.

Acontece que estou tendo cada vez mais dificuldade em parar de pensar nela. Acho que faz muito tempo desde que alguém me fez sentir do jeito que Ishu fez. Segura. Protegida. Valorizada. Como eu mesma.

Mas eu não deveria nutrir esses sentimentos em relação a ela. Estamos apenas fingindo, e talvez ela seja boa demais nisso e eu só não tinha me dado conta.

Então, em vez de focar em Ishu, na traição das minhas amigas e em todos os pensamentos fora de controle, eu me sento diante do Alcorão. A única coisa que me ajuda a me centrar. E começo:

— *Bismillahir Rahmanir Raheem.**

---

* N.E. Em nome de Deus, o Clemente, o Misericordioso.

O celular vibrando me distrai do Alcorão depois de mais de uma hora. Assim que pego o aparelho, toda a paz e calmaria que eu sentia se dissipam de imediato.

> **Aisling**
> A gente pode se encontrar? Em Dundrum?

A mensagem é de Aisling no nosso grupo. O que não parece algo bom.

> **Dee**
> Uhum, quando?

Os pontinhos indicando que Aisling está digitando aparecem quase na mesma hora. Um instante depois, vem a mensagem:

> **Aisling**
> 30 mins?

A resposta de Dee surge de imediato:

> **Dee**
> Perfeito, até lá.

Não posso deixar as mensagens delas sem resposta. Então digito:

> Hani
> Até.

Dou uma última olhada no Alcorão. Eu estava no meio da leitura da 18ª sura. Marco a página com a fita para registrar onde parei antes de fechar o livro.

Murmurando um "Amém" baixinho, removo o lenço da cabeça e visto uma calça jeans e uma camiseta branca. Meu cabelo está meio bagunçado (o hijab faz isso) e estou sem maquiagem. Mas se eu quiser chegar a tempo, vou ter de ir assim mesmo.

Quando chego ao nosso ponto de encontro de sempre em Dundrum (a fonte na frente do shopping), Aisling e Dee já estão lá.

Estão bem juntinhas, conversando. Vê-las me deixa de estômago embrulhado e, por algum motivo, fico desejando que Ishu estivesse ao meu lado.

— Oi, meninas! — Coloco o sorriso mais aberto possível no rosto enquanto me aproximo. — E aí?

— Oi, Maira! — A voz de Dee soa alegre demais. De alguma forma, ela está usando uma maquiagem bem completa. Aisling também, na verdade. E as duas estão bem-vestidas. Eu me pergunto por um momento se elas foram para lá juntas... se tinham planejando isso. — Você saiu da festa bem cedo ontem.

— Pois é... — confirmo, sem saber como continuar.

Acontece que nunca fui boa em confrontos. E com certeza não quero confrontar Dee e Aisling. Principalmente não assim: duas contra uma com todo mundo em Dundrum ao redor. É público demais. Humilhante demais. Então é melhor eu ignorar tudo o que aconteceu na festa? Fingir que elas não fizeram nada? Que não contribuíram para que eu me sentisse horrível?

— Vem, senta aqui.

Aisling dá batidinhas no espaço ao lado dela para eu me sentar, e com cautela faço isso.

— Então... por que foi embora cedo? — insiste Dee, inclinando-se à frente como se para ouvir melhor.

Dou de ombros.

— Estava muito cheio e barulhento?

É óbvio que não é essa a resposta que esperam ouvir, porque Aisling aperta bem os lábios.

— Olha... eu sei que você está de namorada nova ou coisa do tipo — declara Aisling —, mas isso não é motivo pra abandonar suas amigas. A gente tem namorado e mesmo assim arranja tempo pra você. A gente nunca te abandonaria assim no seu aniversário.

Mordo o lábio para evitar responder como eu queria: com a verdade sobre como elas me trataram. Mas não respondo assim. Em vez disso, confirmo com a cabeça e falo:

— É, desculpa. Ishu... Ishita... não é muito de festa. — As palavras que escapam da minha boca fazem meu estômago embrulhar de novo.

Aisling revira os olhos.

— Por que não estou surpresa?

Dee suspira.

— O que você gosta na Ishita, afinal? Tipo... parece que vocês são bem diferentes uma da outra. Você sabe que não tem que ficar com ela só porque as duas são de Bangladesh.

Balanço a cabeça.

— Ishita nem é de Bangladesh. É indiana. E... ela é... legal e inteligente e... ela... ela faz eu me sentir bem.

— Eca, tipo no sentido sexual?

Aisling torce o nariz.

— E você pode fazer essas coisas com ela? — indaga Dee. — Tipo, com você sendo muçulmana e tal?

Sinto um rubor de constrangimento e de raiva tomando minha pele.

— Não, não no sentido sexual — rebato, brusca. — Ela é só... — Suspiro. — Se vocês dessem uma chance, iam gostar dela. Tenho certeza. — Digo isso, apesar de ter zero por cento de certeza.

Na verdade, meio que tenho certeza do contrário. Embora, talvez com um pouco de prática, eu consiga fazer Ishu ser o tipo de pessoa de quem Aisling e Dee gostariam.

— Não sei...

Aisling balança a cabeça como se quisesse desistir antes de dar qualquer oportunidade para Ishu.

— Vocês precisam dar uma chance — imploro. — Eu dei chance pro Barry e pro Colm... já enfrentei um encontro todo com Fionn, embora eu não gostasse nada dele. Vocês podem dar uma chance pra minha namorada. Eu gosto muito dela. — E enquanto digo isso, percebo que ao menos em parte é verdade.

Dee e Aisling se entreolham, hesitando. Depois de tudo o que aconteceu ontem, não espero que concordem. Mas, então, Aisling dá de ombros e responde:

— E se a gente for em um encontro triplo no próximo sábado?

Não consigo evitar o sorriso.

— Vou checar com Ishita, mas seria perfeito. Obrigada, meninas!

Enquanto jogo os braços em volta delas, quase... quase... consigo esquecer de tudo o que aconteceu na festa.

22

Ishu

— Um encontro triplo com a Aisling e a Dee?

—... e os namorados delas — adiciona Hani.

— Ah, sim. Ajudou bastante. Porque adoro sair com os namorados de pessoas de que não gosto.

Hani sorri e afasta o cabelo dos olhos de um jeito que me causa um frio na barriga. Faz quase uma semana desde que passamos um tempo juntas direito, embora ela sempre sorria para mim na escola, e tenha começado a me mandar mensagens aleatórias. Agora, toda vez que meu celular apita, sinto uns arrepios, e eu odeio essa porra.

Estar a fim de alguém (e entendi que infelizmente é deste mal que padeço) é a pior coisa que já me aconteceu.

— Sabe, você não vai ser Líder Estudantil a menos que faça uma forcinha. A Aisling e a Dee têm muita influência. Como viu na festa, se quer conquistar o voto das pessoas, precisa fazer com que elas duas gostem de você.

— Então é melhor eu desistir logo — murmuro baixinho, mas lógico que Hani escuta porque, por algum motivo, o microfone do meu celular é de excelente qualidade.

— Olha, eu posso ir aí te ajudar a se preparar. Conheço Aisling e Dee como a palma da minha mão.

— E qual seu nível de conhecimento da palma da sua mão?

— Qual é. Você quer conseguir isso, não quer? Falou que queria ser Líder Estudantil. Só estou tentando ajudar.

— Tá — concordo a contragosto. — Pode vir. Sabe chegar aqui, né?

— Tipo... agora?

O choque no rosto de Hani é meio que muito fofo. Desvio o olhar da tela e reviro os olhos. Eu definitivamente não quero parecer muito ansiosa. Imagino que Hani seja uma daquelas pessoas que são bem de boa com alguém até descobrir que esse alguém está a fim dela. E se não for recíproco (o que sem dúvidas é o caso), então olha para tal alguém como se a pessoa fosse um cachorro que caiu do caminhão de mudança. Não quero que ninguém me olhe assim, muito menos Hani. Então tenho que assassinar esse sentimento enquanto ainda está brotando.

— Faltam poucos dias para sábado — ressalto. — Quando mais seria?

— Beleza... — Hani se levanta, e a luz do sol a acerta de um jeito que de novo faz parecer que ela é um anjo. Solto um grunhido por dentro. É como se o universo estivesse em um complô contra mim. — Hum, vou precisar trocar de roupa e tal antes e...

— Sua roupa está boa — afirmo. Embora seja mais por minha causa do que por causa dela. — Até daqui a pouco.

— Ammu! — chamo. Ela acabou de voltar da mercearia, e Abbu ainda está lá. — Hani está vindo pra cá, beleza?

— De novo? Por que ela vem aqui todo dia agora?

Reviro os olhos.

— Ammu, ela não vem todo dia. A última vez foi, tipo, semana passada... Ela pode jantar aqui?

— Uhum, pode — responde Ammu, embora não pareça muito feliz com a ideia.

Quando Hani toca a campainha, porém, Ammu nem me dá a chance de correr escada abaixo antes de escancarar a porta. Quando chego lá, Ammu e Hani já estão no meio de uma conversa que mistura idiomas.

— Fala para sua Ammu e Abbu que na semana que vem tem um *dawat* aqui em casa — orienta Ammu, embora eu saiba com certeza que ontem mesmo ela falou com a *Tia* no telefone, então os pais de Hani já sabem.

Hani está franzindo as sobrancelhas como se estivesse se concentrando bem para entender o que Ammu diz.

— Pode deixar, vou dizer a eles — confirma ela depois de um instante. — Oi.

A expressão concentrada em seu rosto some assim que me vê, e ela abre um sorriso. O que me deixa de perna meio bamba.

— Ammu... a gente pode subir? Já acabou de chamar a Hani pra *dawats*?

Ammu revira os olhos.

— Você demorou uma vida para descer. Eu deveria ter ignorado a visita?

— Não, Ammu. — Suspiro. — Desculpa... Vamos subir, beleza?

Quase quero acrescentar que Hani não é uma visita... não exatamente. Ela não parece visita. Ela combina tão bem com a casa que parece fazer parte da família. Já sabe todas as deixas, como tudo funciona. Às vezes, acho que sabe até mais do que eu.

Aceno para ela me seguir, e então deixamos Ammu lá embaixo e subimos para o quarto.

— Sua mãe não se lembra de ter convidado minha mãe pro *dawat* da semana que vem? Eu escutei as duas conversando no telefone no outro dia?

— Ammu só não é muito boa com gente jovem. Fique feliz por ela não ter começado a perguntar das suas notas e qual carreira pretende seguir.

— Obrigada por me salvar desse destino.

Hani se joga na cama de novo. Como se fosse algo que ela já fez milhares de vezes. Como se fôssemos amigas e ela já estivesse acostumada com tudo isso.

Eu me sento ao seu lado e cruzo as pernas em cima da cama.

— Então. Conta aí todas as coisas que eu tenho que saber das suas melhores amigas.

— Não precisa falar "melhores amigas" desse jeito.

Hani parece desanimada.

— De que jeito?

— Como se o conceito de melhores amigas não existisse.

Dou de ombros.

— Não foi por isso que falei desse jeito. Falei desse jeito porque elas são péssimas amigas.

— Elas sugeriram te encontrar e te dar uma chance. — A ingenuidade dela quanto à escrotidão das melhores amigas me provoca uma onda de raiva, e tenho de conter o sentimento. — Porque elas sabem que eu gosto de você e que você é minha namorada.

— Elas sabem que você gosta de mim?

Não sei por que a frase me causa um frio na barriga.

— Quer dizer, você sabe. Porque a gente está fingindo.

As bochechas de Hani ficam vermelhas, e tenho de desviar o olhar.

— Entendi. Acho que você ficou muito boa nisso... — Balanço a cabeça, porque eu definitivamente não deveria estar fazendo isso, nem sentindo isso. Tenho um objetivo e preciso focar nele. Nós duas precisamos. — Então, me conta. O que eu preciso fazer, quem eu preciso ser, pra elas ficarem de boa com a minha candidatura a Líder Estudantil?

— Bem... — Hani levanta a cabeça e alisa o queixo, como se tivesse que pensar muito bem. — A Dee gosta muito de... moda.

Não sei o que eu esperava que Hani dissesse, mas não era isso. Ergo a sobrancelha.

— Então eu tenho que ser mais estilosa?

Ela sorri e me dá uma cotovelada de brincadeira. Isso não devia me causar arrepios, mas causa. Se eu pudesse mandar o cérebro calar a boca e parar de funcionar agora, eu mandaria. Se bem que... isso de estar a fim das pessoas é responsabilidade do cérebro?

— Não, você não tem que ser mais estilosa. Eu gosto das suas roupas.

— As camisetas e jeans — respondo, hesitante.

Talvez ela não tenha reparado nas minhas roupas direito.

— É. — Hani dá de ombros. — É uma vibe casual, tipo eu-não-dou-a-mínima. Isso atrai as pessoas, sabe.

Ela acena com a cabeça, como se fosse um fato da vida.

— Aham. É por isso que não consigo evitar esse tanto de gente me cercando como se eu fosse um ímã.

Ela abre mais o sorriso, como se eu tivesse dito algo muito engraçado.

— Só estou contando o que minhas amigas gostam e o que não gostam pra gente pensar em como você pode se conectar com elas.

Soltou um grunhido e me deito na cama. A ideia de me conectar com Aisling e Deirdre, logo elas, me deixa enojada de verdade. Não posso dizer isso para Hani, embora ela meio que saiba. Com certeza ela sabe. Ainda assim, não posso falar, né?

— Então manda ver — resmungo, olhando para o teto.

A cama range, e sinto Hani se mexendo até ficar bem do meu lado, com as pernas dobradas e encostando no peito.

— Então... a Dee adora moda e quer ser cabelereira. Também gosta muito de... arrumar o cabelo, fazer maquiagem e coisa assim. É obcecada pelas Kardashians...

Não achava que houvesse alguém na vida real que fosse obcecada pelas Kardashians, mas se existe alguém, com certeza tinha que ser a Deirdre.

— E a Aisling...

— Deixa eu adivinhar. Ela quer ser maquiadora e não perde um episódio do reality-show *Ilha do Amor*.

Quando olho para Hani, ela está revirando os olhos.

— Bom, quem é que perde um episódio de *Ilha do Amor*? — murmura baixinho, logo antes de acrescentar: — Você está sendo arrogante e preconceituosa, sabe. Estou tentando honrar nosso acordo aqui.

— É. O acordo. — Passo para a posição sentada e respiro fundo. — Então... Aisling...

— Ela adora... a realeza.

— Quê?

— Ela adora... monarquias e realezas. Tipo, ficou falando do casamento real por meses, às vezes ainda fala. E tinha teorias sobre o bebê do príncipe Harry antes que os jornalistas começassem a escrever a respeito. É obcecada. Não dá pra fazê-la calar a boca depois que começa a falar disso.

— Alguém já fez o chá revelação de nacionalidade irlandesa da Aisling?

De algum modo, os interesses dela são piores do que eu tinha imaginado. Bem piores.

Hani me dá outra cotovelada.

— Só porque ela é irlandesa não significa que não pode ser obcecada pela monarquia.

— Tudo bem, mas a monarquia britânica? Aqueles que colonizaram a Irlanda e basicamente o resto do mundo? Setecentos anos de opressão? A fome?

— É melhor não dizer nada disso pra Aisling.

— Eu posso ao menos falar da mídia britânica racista atacando a Meghan Markle? — sugiro.

— Eu ficaria só nos tópicos leves. Não quero que vocês briguem.

— Acho que é uma boa ideia. — Imagino que seja bem fácil de acontecer uma briga entre Aisling e eu. Na verdade, o difícil é não brigar com ela. — Mais alguma coisa?

— Bem... Aisling e Dee são obcecadas por *Riverdale*. Acho que elas são muito a fim do KJ Apa e... do Cole Sprouse.

Ela dá de ombros, como se não visse nada demais em nenhum deles.

— E você é a fim de quem?

Hani vira a cabeça na minha direção um pouco rápido demais, e um rubor toma suas bochechas.

— Hum, de... d-de ninguém.

Estreito os olhos.

— Essa não é a série cheia de gente ridiculamente linda? Nunca ficou a fim de ninguém no elenco?

Hani dá uma risadinha nervosa.

— Ah, hum... bom. Eu não assisti, na verdade. Vi um episódio só e foi isso. — Ela dá de ombros. — Você já viu? Porque esse seria o tópico mais fácil, sabe. Não tem a menor chance de acabar desviando o foco pra um papo sobre o quanto odeia a monarquia britânica.

— Com certeza eu daria um jeito.

Hani abre um sorriso carinhoso, mantendo o olhar no meu por um pouco mais de tempo que o necessário.

— Eu não duvido nadinha...

— Mas eu não vi. — Interrompo o contato visual e balanço a cabeça. — Não sei se aguento. Tem muita gente branca.

Hani ri.

— Bem, se quiser, eu posso assistir com você. Nós... podemos definir quem achamos bonito entre o monte de pessoas aparentemente bonitas?

Infelizmente, eu sei bem quem é a pessoa de quem sou a fim. Porém, apenas dou de ombros e respondo:

— Pode ser. Por que não?

23

Hani

O sábado chega mais rápido do que eu esperava. Mesmo eu tendo dito à Ishu todas as coisas que Aisling e Dee amam, e todos os tópicos que devem ser cem por cento evitados, não estou convencida de que ela está pronta para esse "encontro triplo". Para ajudá-la a se preparar, até digitei todas as sugestões no nosso documento do Google Docs, assim Ishu pode usá-lo como colinha. Mas as coisas já seriam ruins o bastante considerando Aisling, Dee e nós duas. Com os namorados envolvidos também, já consigo imaginar como essa história vai acabar.

Envio uma mensagem para Ishu no sábado de manhã cedo.

> A Aisling odeia arroz.

> Em que contexto isso seria relevante??

> Na hora de a gente escolher um restaurante??

> É, porque eu só gosto de restaurantes de "arroz".

> Você é bengali!!

> Vai ficar tachando a gente de estereótipo agora?
>
> Ela gosta de batata, ou o paladar dela também é monárquico?

> É melhor só concordar com o que ela sugerir, é o que mais dá certo...

> É, entendi isso umas cem mensagens atrás.

Estou prestes a responder quando meu celular acende com uma ligação. Ainda estou deitada, então logo me sento na cama e ajeito o cabelo para não aparecer toda bagunçada.

— Você sabe que já faz dias que a gente só fala disso, né? — É a primeira coisa que Ishu pergunta. É óbvio que ela já está vestida e pronta para o dia. Como está sentada à escrivaninha, vejo os livros de biologia e química ali no cantinho da tela do celular. Quem é que estuda biologia e química no sábado de manhã? — Eu vou dar conta... Você precisa parar de surtar.

Ishu parece muito calma para alguém que vai passar o dia puxando o saco de pessoas que evidentemente detesta.

— Eu só não quero que a gente estrague as coisas. Elas são a chave pra você se tornar Líder Estudantil. Todo mundo escuta a Aisling... ela que seria Líder Estudantil, sabe. Se não tirasse notas horríveis.

— Entendi. — Ishu suspira. — Bem, eu vim aprimorando meu conhecimento sobre a realeza. Sabia que o membro da família real com maior patrimônio líquido é a princesa Charlotte? Cinco bilhões de dólares.

— Está pensando em sequestrá-la?

Ishu suspira outra vez.

— Cinco bilhões de dólares não dariam nem pro começo no quesito compensação, considerando toda a colonização, guerra e genocídio. E o fato de que a maior parte de nós ainda sofre os resultados da colonização e... — Ishu para de falar quando percebe meu olhar duro. — Eu... também tenho treinado ficar de boca fechada.

Ela não parece muito feliz com isso. E é óbvio que não treinou o suficiente.

— Quer que eu encontre você no centro ou quer que eu vá te buscar? — pergunto, mudando de assunto.

— Com "me buscar", quer dizer pegar o ônibus pra minha casa pra pegarmos o VLT juntas pro centro? — Há um indício de sorriso em seu rosto. — Isso não é meio contramão pra você?

Dou de ombros.

— Eu não me incomodo. É importante.

Também estou morrendo de medo de ela ficar lá sozinha com Aisling, Dee, Barry e Colm se chegar antes de mim. Estou até com medo de ela ficar lá quando eu estiver junto. Nem consigo imaginar o que aconteceria se eu não estivesse.

— Então... beleza. Às cinco?

Confirmo com a cabeça.

— Até. Não estuda muito — oriento.

Como se isso fosse possível quando o assunto é Ishu.

O pai de Ishu abre a porta quando toco a campainha. Ele abre um sorriso ao me ver.

— *Kemon acho, Babu?* — indaga. — *Porer shapta amader bashai tomra ashcho, na?**

— Bem, *Tio*. Sim... estaremos aqui na semana que vem.

Entro na casa e me pergunto por que os pais bengalis são tão ruins de papo.

— *Tomar school kemon cholche?*** — pergunta ele, enquanto fico torcendo para Ishu descer logo e me resgatar da conversa.

— Tudo indo bem na escola.

— *Exam to er porer bochor taina? Ishu to shara din raat khali pore. Tar iccha shey Cambridge theke graduate korbe. Daktari porbe.****

Ishu nunca comentou aquele objetivo específico comigo, mas parece fazer sentido. Do jeito que estuda, a determinação ferrenha em ser Líder Estudantil, acho que faz sentido que a meta seja essa. Não sei por que sinto um aperto no peito só de pensar nisso. Talvez porque eu não imagine ir para uma universidade em outro lugar que não seja Dublin, como a Dublin City University, a University College Dublin ou a Trinity. E nem decidi o que quero fazer ainda.

Ishu e eu estamos virando amigas... mais ou menos. A ideia de vê-la se mudando para outro país para ficar obcecada com os estudos é o tipo de coisa na qual não quero pensar. O tipo de coisa que não devia me fazer sentir como se alguém tivesse me dado uma rasteira. Mas faz.

Tento afastar o sentimento e sorrio para o *Tio*.

— Com certeza ela vai conseguir entrar... Ela é a pessoa mais inteligente da escola toda.

Tio sorri, todo orgulhoso. Por sorte, antes que ele possa começar a me interrogar sobre minha performance acadêmica, ouvimos os passos ágeis de Ishu na escada.

— Tudo bem... *pore dekha hobe.*****

---

* N.E. Como você está? — indaga – Você vai lá em casa na semana que vem, né?
** Como vai a escola?
*** Os exames estaduais são ano que vem, não são? Ishu estuda dia e noite. Ela quer estudar medicina em Cambridge.
**** Até logo.

Tio acena com a mão e entra na cozinha, bem na hora que Ishu aparece.

Ela está usando um vestido. Nada de *leggings*. Não sei se escolheu essa roupa para tentar parecer mais maleável para Aisling e Dee ou o quê. Só sei que ela está maravilhosa. Até arrumou o cabelo para o lado e prendeu com grampos para não cair no rosto.

— Oi...

Ela puxa a base do vestido para baixo (quase chega aos joelhos), em uma demonstração evidente de certo desconforto com o traje.

— Você está bonita — digo, embora seja um eufemismo.

Ela está incrível. Só que também não parece muito ela mesma. A confiança natural que Ishu costuma emanar parece ter desaparecido. E não sei se é por causa do vestido, da situação, ou por causa de nossa relação atual... seja lá o que for.

— É o vestido da minha irmã — explica Ishu, sentando-se no primeiro degrau da escada e calçando os sapatos: saltos que vão deixá-la mais alta que eu, para variar um pouco. — É todo... áspero.

Começo a rir.

— Bom, ficou ótimo em você. Mas... você não parece à vontade. Talvez fosse melhor vestir algo mais... confortável?

Ishu levanta a sobrancelha.

— Se já existiu um momento certo de usar uma roupa desconfortável, é nessa situação bem desconfortável em que estou me enfiando. — Ela ajeita as tiras do sapato antes de se virar para mim, franzindo a testa. — Você não acha que estou parecendo uma palhaça, acha?

— Quê? Não!

Eu nem sei de onde ela tirou isso.

— Só... você sabe como a Aisling e a Dee são às vezes. Eu não quero que elas... debochem de mim por... forçar demais a barra. Esse vestido é da loja House of Fraser.

— Uau...

— Tipo, com certeza minha irmã comprou em uma liquidação... ela adora economizar.

Eu definitivamente não consigo imaginar a House of Fraser sendo uma loja de departamento em que a família de Ishu faça compras sempre. Não só por ser uma loja elegante, mas porque não parece fazer o estilo deles. Ishu é tão pé no chão. A House of Fraser não é.

— Estou me sentindo mal vestida comparada a você, sabe — comento.

Estou usando uma calça jeans preta e uma blusa de poá com bolinhas vermelhas. Acho que devia ter me arrumado um pouco mais, considerando que isso deveria ser um encontro.

Ishu me analisa por um minuto inteiro. Mudo de posição, apoiando o peso do corpo em uma perna, depois na outra.

— Você está sempre bonita — responde ela enfim. — Não precisa se preocupar.

Eu não devia dar tanta importância à frase, mas ainda assim sinto as bochechas vermelhas. Eu gostaria de dizer o mesmo para ela, mas não quero só devolver o mesmo elogio.

— Então vamos? — respondo em vez disso, estendendo a mão.

Ela segura minha mão, ficando de pé.

Respirando fundo, Ishu diz:

— Acho que vamos, né.

Como estamos em maio, o clima começou a melhorar. Na verdade está calor, e o sol resolveu aparecer por alguns dias. Encontramos Aisling, Dee, Colm e Barry no parque St. Stephen's Green, que está lotado. Algumas pessoas estão deitadas de costas tomando sol, outras estão fazendo piquenique no gramado. E tem uns que entraram com latas às escondidas e estão tentando beber de maneira sutil sem ninguém da Gardaí* notar.

— Demoraram, hein — diz Aisling quando Ishu e eu nos aproximamos.

Ela está de óculos de sol, sentada de pernas cruzadas. Barry está com a cabeça em seu colo, de olhos fechados. Colm e Dee não estão à vista.

— Dee e Colm ainda nem chegaram.

---

* N.E. Força policial civil da República da Irlanda.

Eu me sento, cruzando as pernas. Ishu fica parada por um momento incerto, então se agacha ao meu lado.

— Já, sim, só foram ali na loja — rebate Aisling. — Faz uma eternidade que a gente chegou. O parque já vai fechar, sabe.

— Bem, eu achei que a gente ia jantar, não ficar no parque.

— Bom, os planos mudam quando o tempo muda — contrapõe Aisling. — Oi, Ishita. Você está muito verão, ao contrário da Maira aqui.

Ishu dá de ombros e chega mais perto de mim. Como se eu fosse uma mantinha de segurança para seu desconforto.

— Você também está bonita — responde ela depois de um momento de silêncio. — Gostei do seu óculos.

— Valeu. — Aisling sorri. — Esse aqui é o Barry, aliás.

Barry só acena com a mão em cumprimento. Ele nem abre os olhos para nos olhar. Na verdade, é bem grosseiro. Mas qual a novidade?

— Então, a gente estava pensando em ir ao Captain America's — revela Aisling. — Fica logo ali na esquina, e a gente tem desconto de estudan...

— Mas lá não é halal — interrompe Ishu.

— A Maira não liga. Ela só vai pedir um prato vegetariano como sempre faz. — Aisling dá de ombros. — Né, Maira?

— É. — Confirmo com a cabeça. — Não tem problema.

— O Captain America's só tem um prato vegetariano. — Ishu saca o celular da bolsa e toca na tela duas vezes antes de virar o aparelho para Aisling. — É uma lista de restaurantes halal. Descobri que... alguns deles ficam bem perto daqui. A maioria, na verdade. E...

— Por que você tem essa lista? — questiono, olhando por cima do ombro dela e espiando.

É uma lista comprida.

— Porque... eu queria encontrar bons lugares para irmos juntas.

Ishu dá de ombros como se não fosse nada demais. Ainda assim, parece muito demais pra mim. Eu me lembro que no nosso "primeiro encontro", ela tinha procurado por um restaurante halal em específico, mas eu não sabia que ela havia feito uma lista e a salvado no celular. Como se fosse haver um momento em que sairíamos juntas de novo. Como amigas?

Tento não ficar pensando muito nisso porque está me fazendo sentir coisas que não quero sentir.

— Nunca ouvi falar desses lugares. Tem certeza de que são bons? — Aisling mal olha para a lista. — A gente vai gostar da comida? Não é só a Maira que vai comer, sabe.

— Com certeza vocês conseguem sair um pouco da zona de conforto da pizza barata gordurosa — contrapõe Ishu.

Ela está sorrindo (algo em que melhorou muito), mas sua voz contém tanto veneno que a frase é basicamente passivo-agressiva. Ou só agressiva mesmo. Não sei se estou tocada com o apoio de Ishu ou irritada com o quanto ela está insistindo nisso.

Por sorte, antes que alguém possa dizer outra coisa, Dee e Colm aparecem.

— Oi, vocês chegaram. — Dee sorri. — Então, vamos comer? Estou morrendo de fome.

— A gente está considerando o Captain America's — responde Aisling, como se a conversa anterior não tivesse acontecido.

Um brilho perigoso toma os olhos de Ishu. Com medo de que ela diga (ou pior, faça) algo que vá colocar tudo em risco, coloco a mão em cima da dela, que está fechada em punho. Ishu suaviza o rosto com o toque... se é porque está muito confusa ou outra coisa, não sei ao certo. Porque essa situação está me fazendo ter uns arrepios pelo corpo dos quais não gosto nadinha. Ou não quero gostar.

— Podem ir na frente. Ishita e eu já encontramos vocês — digo.

Aisling e Barry já estão se levantando. Barry nos olha por cima do óculos de sol como se tivesse acabado de perceber nossa presença.

Aisling bate poeira do vestido e responde:

— Beleza, mas não demorem. A gente está com fome.

Assim que eles somem de vista, afasto a mão e lanço o olhar mais duro possível, mediante as circunstâncias, à Ishu.

— O que você está fazendo?

— Hum, tentando garantir que você consiga de fato comer num restaurante?

— Bom. Embora eu agradeça a preocupação, isso não vai te ajudar a ganhar pontos no quesito Líder Estudantil.

— Entendi. — Ishu fica me olhando como se tivesse esquecido do plano para a eleição de Líder Estudantil... o verdadeiro motivo de estar aqui e de estarmos fazendo isso. — Eu só pensei...

Ela balança a cabeça.

— Apenas se lembre de tudo que falei. Lembre-se de *Riverdale*.

Eu a olho bem nos olhos como se pudesse transferir todo o conhecimento e amor que tenho por Aisling e Dee por meio do contato visual. Quem me dera.

— *Riverdale* — sussurra Ishu. — KJ Apa e Cole Sprout.

— Sprouse. Cole Sprouse.

— Cole Sprouse. — Ishu sorri. — Saquei. Até o fim da noite, vou ser a nova melhor amiga da Aisling e da Deirdre.

24

Ishu

No fim da noite, pode-se dizer que não virei melhor amiga de Deirdre nem Aisling. Porém, também não virei uma inimiga mortal.

Na verdade, passo o encontro todo rindo das piadas ruins delas e fingindo que todos os garotos brancos padrões que elas acham bonitos são bonitos mesmo. Até finjo que namorar Barry e Colm (tipo, tomar a decisão de namorá-los) faz algum sentido.

Resolvemos nos separar no ponto do VLT. Hani avisa que vai me deixar em casa como se fôssemos um casal heterossexual antiquado e não duas adolescentes queer que nem têm acesso a um carro. Aisling e Dee vão pegar um ônibus para casa, e Barry e Colm vão pegar dois ônibus diferentes.

Aisling até abre um sorriso para mim quando nos despedimos... e não é o tipo de sorriso que indica que ela quer acabar comigo.

— Sabe, você poderia se sentar com a gente no almoço da escola — sugere ela.

Hani bate o ombro no meu como se eu tivesse acabado de ser convidada para uma visita ao Palácio de Buckingham, e Dee acena com a cabeça um tanto rápido demais, como uma daquelas bonecas cabeçudas.

— Aham, vai ser legal — aceito o convite, retribuindo o sorriso.

— Que ótimo! Então até mais!

Com isso, Aisling, Dee, Colm e Barry se viram e seguem para casa.

— Ela gosta de você! — exclama Hani, virando-se para mim, toda felizinha.

— Acho que eu devia ter tentado namorar com ela, não com você — respondo, sorrindo.

Hani me dá um tapa leve no pulso.

— Cala a boca. Como se você fosse ter conseguido isso sem minha ajuda.

Entramos no VLT e, de maneira surpreendente, conseguimos encontrar assentos juntas. Hani ainda está sorrindo tanto que estou surpresa que as bochechas dela não tenham despencado com o esforço.

— Um convite para almoçar junto não significa que a gente é amiga. Nem que ela vai me ajudar com a candidatura à Líder Estudantil.

— Mas já indica que estamos no caminho certo! — Hani me cutuca com o ombro de novo. — Não seja tão pessimista, Ishu.

Suspiro e olho pela janela. O dia quente e ensolarado virou uma noite fresca. Considerando as nuvens aglomeradas, pode não ser a noite mais bonita. Por alguma razão, pensar no nosso plano funcionando me enche de um pavor que não consigo explicar.

— Ishu. — A voz de Hani me arranca da névoa de pensamentos que tomou minha mente.

— Hum?

— O plano está funcionando. Você deveria estar feliz.

Quando me viro, Hani está me analisando com bastante atenção. Nossos rostos estão a centímetros de distância e consigo discernir a tonalidade exata do castanho cálido dos olhos dela... bem mais claros que os meus. Consigo reparar em cada imperfeição em sua pele (há pouquíssimas) e na verruguinha que tem perto da orelha direita.

— Ishu?

Eu me sobressalto, quase batendo a nuca na janela do VLT.

— Cacete. Desculpa.

Esfrego a nuca, tentando conter o que quer que seja meu problema. Só que não consigo. Não sei como contar à Hani que a melhor parte da noite foi o momento no parque quando ela segurou minha mão, e agora, quando ela está tão perto que tenho certeza de que o seu cheiro se espalhou por mim por osmose.

— Ei... — Hani coloca a mão em meu ombro. — Desculpa. Eu sei que isso é importante pra você, e que não temos garantias nem nada do tipo. Mas almoçar com a Aisling e a Dee vai fazer todo mundo achar que você é parte do nosso grupo. Isso já eleva seu status de maneirice a...

Ela ergue a mão acima da cabeça para indicar o quão legal eu aparentemente serei em breve.

Não consigo deixar de sorrir com a preocupação dela. Com o entusiasmo. É óbvio que Hani não sabe... não pode saber... que o que anda me atormentando não é meu status social nem a eleição para Líder Estudantil. E sim meus sentimentos crescentes por ela. E que só aumentam graças a tudo que ela faz.

— Eu sei — respondo por fim. — Obrigada... por tudo o que já fez. Tenho certeza de que mais algumas pessoas vão deixar de me odiar se me virem almoçando com vocês.

Hani olha para mim, franzindo as sobrancelhas.

— Você sabe que o pessoal da escola não te odeia, né?

— Não?

— Não... você... intimida as meninas. Às vezes você é intimidadora. Eu também sinto isso.

— Sente?

Tenho certa dificuldade de acreditar nisso.

Hani revira os olhos.

— Para de repetir o que eu digo. Sim, já me senti intimidada por você. Um pouco. Tipo... — Ela desvia o olhar, observando o espaço vazio à frente, e respira fundo. — Você é... superinteligente. A pessoa mais inteligente na turma toda. Não só nas notas. Você também sabe... muita coisa. A respeito de tantos assuntos. E sempre fala o que pensa e peita qualquer um. Você é basicamente... invencível.

— Então... todo mundo na escola acha que sou o Super-homem?

Hani se vira para mim e abre outro sorriso que ilumina seu rosto todo.

— Não. — Ela ri. — Eles acham que você é muitas coisas que eles têm medo de ser... Então é mais fácil simplesmente não interagir com você.

— Então... é por isso que você ficou longe de mim todos esses anos.

— Foi você que não quis ser minha amiga quando começou a estudar lá na escola! — Sei que Hani não está me acusando de verdade porque ri ao dizer isso.

Acho que ela não está errada.

— Você sabe o porquê. Eles estavam tentando nos rotular... as duas garotas bengalis têm que ser amigas, óbvio. E aí seríamos apenas as duas garotas bengalis e nada mais.

— Então, agora que somos amigas, vão tentar nos rotular novamente?

— Somos amigas? — indago em vez de responder.

— Espero que sim, né. — Ela dá uma risada nervosa. — Você... não quer ser minha amiga?

— Eu pensei... — falo devagar —... que fôssemos namoradas?

Hani faz cara de surpresa. Apenas surpresa... nada de nojo, ou de expressão de quem acha graça.

Mantemos o contato visual por um momento a mais que o necessário. Fico desejando que ela diga alguma coisa: "Sim, somos um casal". Ou que ria... "Não, por que você pensaria um negócio desses?". Fico desejando que Hani faça algo. Chegue para a frente? Para trás? Qualquer coisa.

Bem nesse momento o anúncio do VLT soa, e é como se rompesse o transe. O momento estranho em que estávamos quase fazendo... alguma coisa. E não sei o que essa coisa era.

— Milltown — anuncia a voz eletrônica. — *Báile an Mhuilinn*.

— Merda. Nós descemos aqui. — Fico de pé em um pulo, e estou na metade do caminho em direção à porta quando percebo que Hani não está atrás de mim. — Hani?

Ela não se levanta. Nem me olha nos olhos.

— Eu vou descer na próxima estação e pegar o ônibus lá.

— Ah... beleza. — Há muito mais que quero dizer, mas ouço o bipe, indicando que as portas vão se fechar, e saio do veículo.

É só quando o VLT recomeça o movimento que encontro o olhar de Hani através da janela.

Não faço ideia do que se passa na cabeça dela.

25

Quando saio do VLT cinco minutos depois, está chovendo. E não é a garoa irlandesa costumeira que mal molha o cabelo... é um toró.

Acho que é isso o que ganho por não cumprir a promessa de levar Ishu em casa. Esse é o pensamento rondando minha mente enquanto ando até o ponto de ônibus. Não que faça alguma diferença porque 1) os outros pensamentos, os que não estou conseguindo muito bem reprimir, ainda tentam vir à tona e 2) está chovendo tanto que em poucos minutos fico toda encharcada.

Por que sempre que passo um tempo com Ishu acabo ficando ensopada por causa de chuva?

Balanço a cabeça, entro no ônibus e me acomodo no assento. Quando olho para o celular, vejo que tem três chamadas perdidas dela. E seis mensagens no grupo com Dee e Aisling. Passo o dedo pelas notificações para que sumam. Ligo o Spotify, coloco no aleatório e aumento o volume ao máximo.

Abafo o mundo exterior (e, o mais importante, meus pensamentos) e fico olhando pela janela, focando na chuva contra o vidro, nos carros passando como um borrão e na música.

Aisling
Olha, até que me diverti muito hoje

Dee
A Ishita é muito diferente de como costuma ser na escola!

Aisling
Ela é meio divertida?

Dee
Não é??

Aisling
Talvez a gente possa fazer alguma coisa amanhã??

Dee
É, eu topo

Aisling
Vamos ver filme aqui em casa

> **Dee**
> Maira????

> **Aisling**
> Oieeeeee?

Acordo com o celular lotado de mensagens e suspiro. A última coisa que quero fazer é passar o dia vendo filme com Dee, Aisling e Ishu. Com certeza Ishu também não quer fazer isso. Então mando uma mensagem rápida em resposta:

> **Hani**
> Oi, foi mal... estava dormindo. Não consigo ver o filme hoje, desculpa. Talvez no outro fim de semana?

A outra mensagem é de Ishu. E tudo o que diz é:

> A gente está de boa?

Não sei o que responder, porque não sei se estamos de boa. Só que não quero que ela saiba disso. Então envio apenas um emoji de joinha e torço para ela me deixar em paz.

O que mais quero é conversar com alguém sobre o que aconteceu ontem, porque ainda não consigo entender direito.

A maneira que Ishu estava me olhando... A pergunta que ela fez...

Fico deitada na cama, olhando para o teto bege, desejando que os sentimentos e as relações fizessem algum sentido. Mas lógico que não fazem. Se fosse assim, seria fácil demais.

Em circunstâncias normais, eu pediria a ajuda de Amma para resolver essa situação. Ela sempre dá os melhores conselhos a respeito de tudo. É como se já tivesse vivenciado tudo o que vivenciei, então posso evitar cometer os mesmos erros que ela depois de ouvir os conselhos incríveis. No entanto, tenho certeza absoluta de que Amma nunca teve um namoro de mentira com uma menina e depois descobriu que, na verdade, talvez estivesse começando a gostar mesmo dela. E como a coisa toda é uma grandessíssima farsa. De todo modo, não posso contar para Amma. Ela vai me orientar a dizer a verdade para todo mundo. Não podemos fazer isso. Não agora que minhas amigas gostam mesmo de Ishu e que talvez estejam aceitando quem sou. E Ishu está a caminho de se tornar Líder Estudantil.

Mesmo assim, existe conforto no mero fato de saber que Amma vai me ajudar se eu precisar. Sim, ela vai me fazer contar a verdade, mas provavelmente ao menos vai me deixar chorar em seu ombro primeiro.

Então, depois de tomar café da manhã, espio para dentro do quarto de Amma. Ela está sentada à escrivaninha, digitando no notebook.

— Amma? Está ocupada?

Ela levanta a cabeça e sorri.

— Na verdade, não. Tudo bem? Tomou café?

— Aham, acabei de comer. Cadê Abba?

— Ele tem umas reuniões hoje. Vai passar o dia fora.

— Ele tem estado bem ocupado, né?

Ela simplesmente dá de ombros, como se estivesse acostumada. Desde que ele começou a disputar as eleições na câmara municipal, tem sido bem difícil encontrá-lo em casa. Só vejo Abba quando estou o ajudando com alguma coisa, porque ele está sempre indo de uma reunião para outra. Mesmo quando está em casa, é difícil conversarmos porque ele fica respondendo a e-mails ou atendendo ligações. Não sei como Amma consegue lidar com isso, quando a rotina me irrita às vezes.

— Quer assistir à um filme? Pode escolher... Nem vou reclamar se for um de Bollywood.

Amma fica me observando por um tempo.

— Está tudo bem? Como foi o encontro ontem?

— Foi bom. Foi... bom. Começou a chover no fim da noite, e fiquei encharcada, e agora estou me sentindo meio mal, então... quero só ver um filme com minha Amma hoje.

Ela não parece convencida. Ainda assim, assente.

— Tudo bem... mas com certeza vai ser um de Bollywood. O que tem de novidade na Netflix?

— Vou checar!

Já estou sacando o celular.

— Vou fazer o almoço... seu favorito: *akhini*.

Ela fecha o notebook e se levanta, pronta para ir à cozinha.

— Amma, se vai começar a fazer *akhni*, como a gente vai ver o filme?

— Depois do *akhni* — responde ela, como se fosse óbvio. — Não vai demorar.

— *Akhni* demora à beça. E se a gente pedir um *biryani* do restaurante do *Tio* Suraj?

— Não é a mesma coisa que *akhni*.

Akhni é um *biryani sylheti*, e por isso que todo mundo na minha família acha que é a versão superior de *biryani*.

— Eu sei, mas é *biryani*, e você não vai ter que passar o dia na cozinha. Podemos comer *akhni* outro dia. No meu aniversário, ou algo assim.

Amma odeia pedir comida quando pode fazer uma comida mais gostosa em casa por menos dinheiro, mas aceita.

Uma hora depois, somos apenas Amma e eu, com os pratos cheios de um *biryani* gostoso (que não é tão bom quanto *akhni*) e Sonam Kapoor e Fawad Khan em *Khoobsurat: a doutora apaixonada*. Por um tempinho, ao menos, consigo fingir que meus problemas não existem.

26

Ishu

Hani não atende minhas ligações nem responde as mensagens que mando no sábado à noite. Apenas no domingo de manhã ela me manda um emoji de joinha. Tenho absoluta certeza de que estraguei tudo graças a meus sentimentos ridículos. Agora Hani nem quer mais falar comigo. Foi uma das coisas que previ que aconteceriam se eu confessasse meus sentimentos, porém é pior porque nem cheguei a confessar nada... não em si. Só a assustei.

Tento ignorar o sentimento persistente de mágoa e traição se revirando em meu estômago, mas mal consigo dormir de sábado para domingo. Hani nem mandou mensagem para avisar que chegou bem. Fico toda hora abrindo nosso guia, porque parece nossa história. Hani sempre atualiza o documento com as fotos que tira, e ontem mesmo ela havia preenchido as últimas páginas com as informações que eu precisava saber a respeito de Aisling e Deirdre. Porém, desde o encontro triplo, Hani não acrescentou mais nada. Isso me deixa ainda pior.

Enfio a cara nos estudos no domingo uma vez que passei o dia anterior todo de bobeira, sem fazer quase nada de produtivo. Porque tenho certeza de que Aisling e Deirdre não serão minhas amigas se Hani não estiver nem falando comigo.

Preciso me ocupar com aquilo que posso controlar: as notas e o futuro. Sendo Líder Estudantil ou não. Teremos outra prova de biologia na segunda-feira, e estou determinada a conseguir a nota mais perfeita possível.

— Oi. — Aisling se senta ao meu lado na aula de biologia. — Como foi o resto do final de semana, tudo de boa?

Ela sorri para mim como se fôssemos amigas, o que deixa evidente que Hani não contou às amigas o que quer que esteja acontecendo entre nós. Algumas pessoas olham por cima do ombro em nossa direção... até tentam ser discretas, mas não conseguem.

— Aham, foi maneiro. O domingo foi parado.

Dou de ombros.

Hani entra na sala e acena para nós duas antes de se sentar na cadeira à nossa frente. Bom, ao menos ela não está me ignorando na cara dura.

— Estudou pra prova? — pergunta Aisling, tirando o livro de biologia e os cadernos de anotações da mochila.

— Estudei, sim.

— Aposto que você vai gabaritar de novo.

Ela abre outro sorriso.

Dou de ombros.

— Tomara.

A srta. Taylor interrompe a conversa ao entrar na sala. Um silêncio se espalha ao redor enquanto o barulho do salto dela vai seguindo para a frente da turma.

— Tudo bem, hoje é a grande prova. As provas finais estão chegando, então vai ser bom para praticar — declara ela. Como se não passasse uma prova para nós toda semana. — Espero que todos tenham estudado.

Ela mal dá um tempo para as pessoas registrarem a suas palavras antes de começar a distribuir as provas fileira a fileira.

Hani sussurra "boa sorte" para nós duas enquanto entrega a pilha de provas.

Escrevo meu nome no topo da página e abro. É uma prova longa... Vai levar todo o horário da aula para terminar de respondê-la. Contém a maior parte da matéria que estudamos ao longo do ano letivo. Ainda assim, não está difícil. O último tópico que estudei ontem (ecologia) é o tema da primeira questão da prova. E são só as definições, o que é fácil. Basta memorizar um monte de coisa.

Estou escrevendo o que é uma biosfera quando sinto um cutucão nas costelas. Levanto a cabeça, mas todo mundo está de cabeça baixa, prestando atenção à própria prova. Até Aisling (que é a única pessoa que poderia ter me cutucado) está olhando para a prova, de sobrancelhas franzidas. Talvez tenha sido sem querer?

Estou prestes a voltar a atenção à prova quando Aisling me passa um bilhete pelo espaço estreito entre nós.

"Deixa eu dar uma olhadinha?"

Fico observando as palavras por um momento. Eu deveria ter imaginado que esse era o motivo de Aisling se sentar ao meu lado hoje. A razão para ela ter sido tão simpática. Talvez o motivo de ela ter concordado com o encontro triplo no sábado, e provavelmente a razão de ter me chamado para almoçar com elas.

Se eu deixá-la olhar minha prova, se eu deixá-la colar, isso significa que caí nas graças dela? Significa que somos amigas? Ou que somos amigas o suficiente para ela dizer às pessoas para votarem em mim como Líder Estudantil? Mesmo se Aisling não fizer isso, o simples fato de eu estar andando com ela já não vai me ajudar muito mais do que eu conseguiria sem ela? As pessoas já estão me tratando de um jeito diferente, só por eu estar "namorando" Hani. Quem sabe que mudanças podem acontecer se eu estiver namorando Hani e sendo amiga de Aisling e Deirdre?

Não é como se deixá-la colar na prova me afetasse de alguma forma. É ela que está olhando, e é ela que vai ter dificuldade quando chegar a hora de fazer a prova final. Na verdade, Aisling está prejudicando a si mesma, e só estou fazendo o que tem de ser feito para garantir que a escola tenha a melhor Líder Estudantil possível.

Sem pensar duas vezes, eu me recosto na cadeira e empurro a prova um pouco mais para perto de Aisling. Então fica mais fácil para ela enxergar o que escrevi. Tudo o que ela tem de fazer é olhar.

Termino de escrever as definições na prova assim, e ignoro a expressão de satisfação e alegria no rosto dela.

— E aí, como foi? — indaga Hani quando passa recolhendo as provas ao fim da aula.

E mal olha para mim.

— Muito bem, acho. — Aisling passa o braço por meus ombros ao dizer isso. Como se tivéssemos sido melhores amigas a vida inteira. — Eu estudei de verdade no fim de semana, então... acho que vou tirar um notão.

Hani parece um pouco confusa, mas só acena a cabeça.

— Ishita?

Dou de ombros.

— É... acho que fui bem. E você?

— É. Acho que fui bem.

Ela pega nossas provas e as entrega à srta. Taylor.

Ainda naquele dia, eu me sento com elas para almoçar na sala base. Hani está sentada de frente para a parede, com Deirdre ao lado e Aisling no lado oposto. De maneira conveniente, essa é a única posição que me impossibilita de me sentar ao lado dela. Se as outras acham isso estranho, não comentam. Elas apenas parecem felizes em me ver. Essa é a primeira vez que minhas colegas de turma ficam felizes em me ver. Ao notar as expressões delas, um sentimento estranho invade meu peito. Não sei ao certo se gosto disso ou não.

— A gente devia fazer alguma coisa no fim de semana — sugere Aisling enquanto começamos a comer. — Tipo... a gente podia ir ao cinema. Quais filmes estão em cartaz?

— Hum... — Deirdre saca o celular e mexe no aparelho por um momento. — Bom... tem um monte de filme de super-herói, óbvio. Tem um novo da Pixar, mas parece meio ruim. Tem outro remake da Disney e... nada de interessante, basicamente.

— Então... nada de cinema — conclui Aisling. — Tem alguma sugestão, Ishita? O que gosta de fazer no tempo livre?

— Hum... estudar?

Aisling e Deirdre caem na risada como se eu tivesse feito uma piada. Até a boca de Hani dá uma tremidinha como se contivesse um sorriso.

— Beleza, isso a gente não vai fazer, com certeza — responde Aisling.

— Talvez a Humaira tenha uma ideia? — comento, lançando um olhar a ela, e ela enfim faz contato visual comigo.

Ainda não consigo interpretar sua expressão. No geral, Hani é como um livro aberto. A raiva, a frustração, a felicidade... todos os sentimentos ficam à mostra quem quiser ver, de forma transparente. Agora, porém, ela se tornou um livro fechado para mim, e não sei como fazê-la se abrir de novo.

— Não sei — responde Hani. — Talvez seja melhor a gente ir combinando ao longo da semana, de repente.

— Bom, acho que o Colm e o Barry têm o jogo de futebol no sábado de manhã. Podíamos ir assistir, dar uma força a eles, e depois ficar por lá. O que acham? — sugere Deirdre.

— Nossa, perfeito — concorda Aisling. — Podemos ir ao Eddie Rocket's e comprar milkshake.

Outro lugar que mal tem opções vegetarianas. Não digo isso em voz alta dessa vez. Aprendi com os erros. E não quero botar tudo a perder. Ainda assim, tento fazer contato visual com Hani, mas ela não está olhando para mim. Está olhando para todos os lados, menos para mim.

— Ei, Hani... a gente pode conversar lá fora rapidinho?

Hani vira a cabeça na minha direção depressa, retorcendo a boca. Antes que ela possa me responder, Aisling intervém:

— Desculpa, vocês não podem fazer isso.

Ela passa o braço em volta de mim outra vez, e me esforço muito para não arrancar suas mãos dali. A maneira como ela me toca parece familiar demais, à vontade demais. Bem mais à vontade do que quero que esteja.

— Não? — questiono, tentando me afastar sem fazer parecer que estou fazendo isso.

— Não... porque seria muito injusto vocês sumirem por aí pra se pegar ou algo do tipo, quando nós duas não podemos fazer isso.

Hani olha para mim ao ouvir a resposta de Aisling. Fico feliz em relatar que ela parece tão confusa quanto eu.

— Hum, você pode ir se pegar com a Deirdre no lugar que quiser — respondo. — Tipo, não vou impedir vocês.

— Não... — Aisling revira os olhos e enfim me larga. — Tipo, porque nós estamos em uma escola só de meninas, e o Barry e o Colm estão, tipo, superlonge. Não é nada justo isso. É... heterofobia.

— Bom, a gente não ia...

— Heterofobia não existe, Aisling — brada Hani antes que eu possa terminar de falar. — Que palavra ridícula.

— Se existe homofobia...

— Isso porque... — Hani para de falar, balança a cabeça e se levanta abruptamente. Os pés da cadeira se arrastam no chão e fazem um barulhão. Ela não olha para nenhuma de nós. — Eu tenho que ir. Eu... não terminei o trabalho de irlandês, então... vou indo.

Ela simplesmente pega e mochila e sai da sala.

— Mas o que deu em Maira? — pergunta Deirdre. — Ela está de mau humor o dia todo.

Aisling concorda.

— Daqui a pouco ela volta ao normal.

— É melhor eu falar com ela — anunciei, me levantando também. — Vou... ver se ela está bem... e ajudar com o trabalho.

— É assim que vocês chamam o...

— Não — interrompo antes que Aisling possa dizer algo homofóbico. Abro um pequeno sorriso. — Até depois.

Aceno com a mão para as duas antes de sair da sala também.

27

Hani

— *Conas atá do chuid obair bhaile ag dul?**

Ishu se aproxima de mim com hesitação, o que definitivamente não é do feitio dela.

Suspiro.

— O que você está fazendo aqui?

— Te ajudando com o *obair bhaile***, óbvio — responde ela, sentando-se ao meu lado no chão. Ela acabaria sujando a saia, mas não parece se importar com isso. — Não está com frio?

— Um pouco.

— Eu te daria a minha jaqueta, mas deixei no armário. Isso seria, tipo... o normal de se fazer, né?

É exatamente por isso que eu não queria falar com Ishu. Porque ela diz coisas que fazem meu coração perder o compasso. E me faz pensar que talvez tenha algo rolando entre nós, e me lembra de que talvez pudéssemos ter sido alguma coisa, mas é óbvio que não somos. E, sério, é tudo minha culpa. Eu que inventei essa história de namoro de mentira.

Só suspiro e me afasto dela. Enfio a mão na mochila e procuro o livro de irlandês, mas lógico que deixei no armário. Na verdade,

---
* N.E Como está o dever de casa?
** Dever de casa.

acho que nem tenho aula de língua e cultura irlandesa depois do almoço, mas como foi essa a desculpa que usei, tenho que me agarrar a ela. Então pego o caderno de anotações e o dicionário *foclóir*. Abrindo o *foclóir*, começo a folhear, como se estivesse procurando uma palavra específica.

— Seu trabalho de irlandês é...?

— De escrita. Sobre... coisas. Um percalço da vida. Então preciso encontrar algumas palavras. Pra fazer isso. Deixa eu me concentrar, por favor.

Não olho para ela, mas posso senti-la me encarando por um tempão.

— Acha que nós devíamos conversar sobre o que aconteceu sábado? — questiona Ishu enfim. — Tipo... você não é obrigada, mas eu não quero que fique chateada comigo.

Abaixo o *foclóir* e lanço um olhar duro à Ishu.

— Não estou chateada com você.

— Nossa, me convenceu — rebate ela na cara dura.

— Não faz gracinha!

— Eu não estou fazendo gracinha! Eu só... Desculpa. — A palavra soa estranha saindo da boca de Ishu. — Desculpa se falei algo que te deixou desconfortável. Eu só... eu estava brincando no sábado e... — Ela respira fundo. — Desculpa.

— Eu só não gosto quando as pessoas brincam com esse tipo de coisa. Porque... toda a situação com Aisling e Dee e... não sei. — Balanço a cabeça. — Quero ser sua amiga. E sei que estamos nesse namoro de mentira, mas... não podemos... eu não quero que façamos piada disso, mesmo que não seja real.

— Eu não vou fazer isso — rebate Ishu depressa. — Eu não fiz... eu não estava tentando... — Ela parece sem palavras.

Ishu está meio aturdida. Surgiu até um leve rubor em suas bochechas. Se ao menos ela não estivesse brincando sobre sermos namoradas. Se aos menos essa relação não fosse de mentira. Aí as coisas seriam bem mais fáceis.

— Somos amigas? — interrompo sua gagueira.

— Sim. — A voz de Ishu soa o mais confiante desde que começamos essa conversa. — Ainda que nos rotulem ou algo assim, somos amigas.

Confirmo com a cabeça.

— Que bom. E estamos... fingindo namorar.

— É... amamos a heterofobia.

Solto uma gargalhada.

— Aisling é tão ridícula às vezes.

— É mesmo. — Ishu sorri. — Ela é... — Então hesita, como se estivesse com dificuldade de encontrar as palavras. Como se não soubesse ao certo o que deveria dizer a seguir. — O que você gosta na Aisling?

Definitivamente não era essa a pergunta que eu esperava.

— Não sei. Ela é... uma boa amiga.

— Em que sentido?

— Hum... Aisling é divertida. Sempre me divirto com ela. Tipo... dá pra você ver porque somos amigas. Você passou um tempo com ela. Com as duas. Gosta delas, não gosta?

Ela confirma com a cabeça devagar.

— Aham. Elas são... interessantes.

— A Aisling com certeza gosta de você. Tipo... ela acha que você é maneira.

— Ela te disse isso?

— Não, mas dá pra notar. Ela se sentou do seu lado na aula de biologia. De propósito. Ela podia ter se sentado ao meu lado, ou do outro lado da sala, como costuma fazer.

Ishu concorda com a cabeça de novo.

— É, você tem razão. Acho que nosso plano está funcionando mesmo, né?

Abro um sorriso. Falta pouco para a eleição de Líder Estudantil. Eu só preciso encontrar um jeito de controlar meus sentimentos e enfrentar as próximas semanas.

— É, bolamos um plano muito bom mesmo.

Tomei a decisão de tentar ficar quietinha por um tempo. Afinal, faltam apenas algumas semanas para as provas finais e eu, definitivamente, não venho focando nos estudos. Se eu puder evitar ficar sozinha com

Ishu, então vou ficar bem. Ficar de bobeira com Aisling e Dee não tem problema porque elas sempre se apoderam da conversa.

Eu consigo.

Ao menos é isso que digo a mim mesma. É disso que me convenci.

Na manhã seguinte, Ishu me cumprimenta quando estou diante do armário, como se fosse um costume nosso.

— Bom dia — diz ela.

— Bom dia... — Eu já não sou uma pessoa matinal, mas fico ainda pior quando a garota com quem eu estava sonhando umas horas atrás de repente me encurrala. — Está fazendo o que aqui?

— Bom... as inscrições pra monitora e Líder Estudantil acabam hoje. Você se inscreveu para monitora, né?

— Aham... óbvio. Eu te falei isso, não falei?

— Bem... isso significa que os professores vão começar a considerar a nossa candidatura logo, logo. Vamos fazer as entrevistas, e depois vem a votação. — Ishu vai arregalando cada vez mais os olhos enquanto fala. — E depois...

— Ishu... não surta.

— Eu só acho que nós tínhamos que nos esforçar mais, sabe?

— Nos esforçar mais pra...?

Em vez de me responder, Ishu se inclina para frente e segura minha mão.

— Pra parecer o casal que deveríamos ser? — continua ela. — Tipo, além das fotos no Instagram, não é como se fôssemos ganhar o prêmio de casal mais fofo no anuário nem nada disso.

— Olha, nós nem votamos nessa bosta — rebato, puxando a mão de volta e fingindo procurar, afoita, um livro no armário.

Na real, eu tenho mesmo que procurar livros ali dentro, mas de repente nem consigo me lembrar quais são as aulas da manhã.

— Você falou palavrão? — Ishu parece estar achando graça.

— "Bosta" não é palavrão. Algumas palavras que são sinônimos de "bosta", sim. Mas "bosta"... não é.

— Tudo bem, tudo bem. Olha... Eu sei que pode não ser confortável, mas nós meio que entramos nessa. Segurar a minha mão não é assim tão ruim, é?

Ela me olha com um sorriso que definitivamente parece estranho no rosto geralmente rabugento de Ishu.

Suspiro.

— Não... segurar sua mão não é... tão ruim — admito. Para ser sincera, eu diria que segurar a mão de Ishu provavelmente é a melhor coisa que faço em muito, muito tempo. Mas acho que faz um tempo também que não sou sincera. — Não precisamos fazer coisas de casal estranhas, né? Tipo... ficar de grude?

— Ficar de grude? — repete ela.

— Sei lá, tipo... as coisas que se vê casais fazendo.

Fico com as bochechas vermelhas porque de repente imagens de nós duas como um casal invadem a minha mente.

— Só dar a mão. Sair juntas? Isso é de boa pra você?

— Aham.

Sei que Ishu está perguntando por causa do que aconteceu no VLT no outro dia. Acho que fico grata por ela querer saber meus limites.

— Então... já pegou os livros? — questiona ela, estendendo a mão como se estivesse esperando por mim. — Posso acompanhar você até a primeira aula?

Não consigo evitar o sorriso, porque esse tipo de coisa não combina nada com Ishu. Acho que ela está no modo dedicação total para ser Líder Estudantil. E com certeza é um ótimo jeito de mostrar para todo mundo que ela é uma pessoa carismática e agradável. Que conhece as pessoas certas.

Então fecho a porta do armário e seguro a mão dela. A mão de Ishu é macia e quentinha, e, de alguma forma, do mesmo tom marrom da minha. E também, de alguma forma, tem o formato e o tamanho que se encaixa certinho na minha.

— Então... fez alguma coisa legal depois da aula ontem? — pergunta ela.

Sei que está tentando jogar conversa fora, mas parece estranho. Tudo agora parece estranho, esquisito e nada natural.

— Só... estudei. As provas estão chegando, né, aí... preciso botar as matérias em dia. Sou bem ruim em matemática.

— Ah. — Ela se vira para mim, franzindo a testa. — Sabe que eu sou bem boa em matemática? Eu posso te ajudar a estudar.

— Ah... não, tudo bem — respondo da forma mais gentil possível. — Não sou muito boa estudando com outras pessoas.

— Entendi. Justo.

— Bom... — Aponto para as portas duplas da sala de arte. — Chegamos.

— Beleza... Te vejo na hora do almoço?

— Aham.

Ela abre um sorriso e vai embora. Segue em direção à seja lá qual for a aula dela. O curioso é que, mesmo tendo sido esquisito, incomum e nada natural que Ishu tenha me levado até a porta da sala, sinto um vazio estranho quando ela se afasta.

Por mais que eu não queira sentir nada por Ishu, não consigo evitar ficar abrindo nosso guia toda hora. Quase parece algo natural.

Não adiciono nada ao documento desde aquele dia no VLT... Ishu também não. Ainda assim, não consigo evitar, fico passando pelas páginas de vez em quando... sempre me perguntando como seria se aquilo tudo fosse de verdade e não só fingimento.

E é justamente quando estou olhando para o guia, toda melancólica, na quinta à noite que percebo que apareceu uma nova usuária no topo da tela. Ao contrário do círculo azul com o "I" de Ishu, esse círculo é laranja e tem um "N" dentro.

Fico confusa e me pergunto se estou imaginando coisas, porque o usuário logo sumiu. Só que meu coração está martelando. Não pode ter sido imaginação.

Devagar, clico no botão de compartilhamento no topo da tela, com medo de descobrir a verdade. E o que leio me faz prender a respiração: "Compartilhado com Ishita Dey e Nikhita Dey".

28

Ishu

Quando o fim de semana chega, Hani e eu ainda estamos meio estranhas uma com a outra. A sensação de conforto fácil que tínhamos tido agora parece ter se dissipado. Na verdade, na maior parte da semana, Hani passou o mínimo de tempo possível comigo. Tudo bem que ela me deixou acompanhá-la até as aulas como se fôssemos um casal de verdade, mas nós mal trocamos mensagens ou conversamos a semana toda. Nem parece que somos amigas.

— Então, encontramos vocês no jogo de futebol amanhã? — pergunta Aisling no fim do dia da sexta-feira. — Dez horas no St. Andrews. Vamos almoçar depois?

Hani faz contato visual comigo após ouvir o convite, e não sei o que ela está pensando. Seu comportamento foi indecifrável a semana toda.

— Sabe, acho que não vou conseguir ir — respondo enfim. — As provas estão chegando e... eu tenho um compromisso de família.

— Ah. — Aisling não soa decepcionada em si, mas também não parece feliz.

Quem diria que Aisling, entre todas as pessoas, ia querer passar o fim de semana comigo?

— Bom, vamos sentir sua falta — responde Dee. — Mas vai ser que nem os velhos tempos, né, só nós três?

Sorrindo, Dee reveza o olhar entre Aisling e Hani.

— Na verdade, acho que também não vou conseguir ir. — Hani não olha para nenhuma de nós enquanto fala. Em vez disso, foca o olhar no armário, mexendo nos livros lá dentro. — Estou ocupada no fim de semana.

— Vocês estão largando a gente pra ficarem juntas? — Aisling agora parece um pouco irritada, sim, embora esteja rindo como se fosse uma grande piada.

— Com certeza não. — Hani se vira para ela, com um sorriso tranquilizador. — Jamais faríamos isso com vocês.

— Você está mesmo ocupada no fim de semana? — pergunto à Hani quando nós duas saímos da escola.

Ela está indo para o ponto de ônibus como de costume, e eu estou seguindo para o VLT.

— Você se esqueceu mesmo? — retruca ela.

— Nós... marcamos alguma coisa no fim de semana?

Eu me lembro bem de Aisling e Dee tentando marcar uma programação com todo mundo junto, mas até onde sei, não tínhamos decidido nada além do jogo de futebol.

— Seus pais convidaram a gente pra um *dawat*?

Hani se vira para mim, levantando a sobrancelha. Então eu me toco... o *dawat* que Ammu e Abbu mencionaram toda vez que cruzavam com Hani. Eles deveriam ter se preocupado em não me deixar esquecer do evento.

— Merda.

Hani ri, embora não pareça estar muito feliz. Chegamos à bifurcação na estrada, e lá Hani vira à esquerda e eu, à direita. Ela hesita por um momento. Esse momento basta para meu coração começar a martelar.

— Você se lembra... das regras do guia, né?

Não sei o que esperava que ela dissesse, mas com certeza não era *aquilo*.

— Aham?

Ela morde os lábios e balança a cabeça.

— Até amanhã. — E não me olha nos olhos ao dizer isso.

Antes que eu me dê conta, ela se vira e segue para o ponto de ônibus.

Suspiro, observando-a se afastar por um momento, e me pergunto por que ela mencionaria as regras. Amanhã vai ser a primeira vez que vamos estar juntas sem Aisling e Deirdre em um bom tempo. Talvez, consigamos consertar o que tem de errado entre nós. Talvez ainda dê tempo de acertamos as coisas.

Naquele sábado, Ammu entra na cozinha às cinco da manhã. Embora eu esteja no quarto com a porta fechada, ouço o barulho de tilintar de potes e panelas enquanto ela cozinha, e do aspirador enquanto ela faxina. Em algum momento, desço a escada, espio na cozinha e a vejo debruçada sobre o fogão.
— Precisa de ajuda, Ammu? — pergunto.
Abbu estará trabalhando na loja até uma hora antes de os convidados chegarem, então Ammu está sozinha, cuidando de tudo sem parar.
— Você não deveria estar estudando para as provas finais?
Ela nem levanta a cabeça, continua focada em mexer a panela de *biryani*.
— Sim, mas você está aí sozi...
— Vá, vá estudar. Estou bem.
Suspirando, volto lá para cima, tentando ignorar o estômago roncando por causa do cheiro da comida deliciosa. Ammu sempre dá o sangue quando somos os anfitriões de um *dawat*. Ela cozinha tanto que mal cabe tudo na mesa de jantar. Convida tanta gente que mal cabe todo mundo em nossa estreita casa de três quartos.
Tento voltar a estudar, mas é difícil me concentrar quando só consigo pensar no fato de que Hani estará aqui em algumas horas.
O tempo voa e, antes que eu perceba, os convidados já estão prestes a chegar. Visto um *salwar kameez* rosa e branco que é bem simples, com exceção dos desenhos florais nas bordas. O charme do traje é o *dupatta*. É um *dupatta* de malha com grinaldas de desenhos florais rosa e brancos de uma ponta a outra. Coloco o *dupatta* sobre a frente do corpo primeiro. Quando olho no espelho, não parece certo, então o

enrolo na nuca. Os desenhos do dupatta ficam escondidos, então decido colocar a peça por cima do ombro.

Ainda assim, parece que tem algo errado. Escovo o cabelo para trás e prendo nas laterais para não cair nos olhos. Até ponho um pouco de delineador (o que faz meus olhos geralmente enormes parecerem menores) e um batom rosa para combinar com o *salwar kameez*. Ammu enfia a cabeça para dentro do quarto quando estou passando a maquiagem.

— Eu não sabia que você usava maquiagem. — Ela me observa devagar, franzindo um pouco a boca. — Eu nem sabia que você tinha maquiagem.

— Eu tenho maquiagem. Usei quando a gente foi àquele casamento.

— Isso faz um ano.

— É, bem... — Dou de ombros. — Esse é o maior *dawat* que vamos ter no ano. Quero ficar bonita.

Eu me arrependo de ter tirado o cabelo do rosto porque estou com medo de Ammu reparar o rubor em minhas bochechas. Então a campainha toca, e ela se esquece de mim.

— Desça e cumprimente os convidados — avisa enquanto desce a escada depressa.

— Está bem, Ammu.

Dou uma última olhada no espelho. Entendendo que melhor que isto não fica, vou lá para baixo.

29

Hani

Ir em um *dawat* na casa de Ishu é a última coisa que quero fazer. Só que não posso desistir. Primeiro porque seria uma baita grosseria, mas mais do que isso, se eu disser à Amma que não quero ir, ela vai saber que tem algo errado e vai insistir para que eu conte o que é. E lógico que não posso contar a ela que estou gostando de verdade da garota que eu deveria estar namorando de mentira, nem que acho que ela traiu minha confiança.

Nos últimos dias, não entrei no guia nenhuma vez, embora eu tivesse tido vontade de apagar o arquivo em alguns momentos. Só que de que adiantaria fazer isso se a irmã de Ishu já tinha visto tudo? O que não entendo é o porquê. Naquele dia na cafeteria, Ishu pareceu tão certa de que se a irmã soubesse de tudo, usaria contra ela. Então por que compartilharia o guia com Nick?

Enquanto Abba, Amma e eu aguardamos diante da porta de Ishu, percebo que Abba está mudando o peso de um pé para o outro. Com o olhar nervoso, ele não foca a atenção em lugar nenhum. Está usando um *panjabi* de novo... um todo branco com detalhes dourados no colarinho e nos punhos. Ele está até usando o *tupi* com que foi para a mesquita no outro dia.

Franzo a testa. Estou prestes a perguntar a Abba o que está acontecendo quando a porta se abre. *Tio* Dinesh está do outro lado, usando uma camisa de um azul vívido e um sorriso mais vívido ainda.

— Bem-vindos, bem-vindos! Entrem!

Ele acena com a mão para que entremos, e de imediato ouço o barulho de conversa em bengali e sinto o cheiro de comida bengali. A conversa é uma desgraça, a comida, uma bênção.

— Sajib!

Um homem se aproxima de nós vindo da sala de estar. Levo um momento para reconhecê-lo... Afinal, só o vi bem rápido e de longe na mesquita. Mas não dá para confundir a barba grisalha e o *tupi* branco.

— *Salaam Aleikum.* — Abba estica a mão e aperta a do outro homem. Então se vira para nós, com um sorriso estranhamente alegre. — Essa é minha esposa, Aditi. — Amma diz salam como cumprimento. — E minha filha, Humaira, embora a chamemos de Hani. — Abba sorri para o homem. — Esse é Salim.

Tio Salim fica me observando por um momento. Para ser sincera, é meio bizarro, como se ele encarasse minha alma com os olhos castanho-escuros.

Por fim, ele responde:

— Humaira é um nome lindo.

— Obri...

— Sabia que era o apelido que o profeta Maomé deu à esposa, Aisha?

Amma e eu nos entreolhamos e, por sorte, ela parece tão nervosa quanto eu com a atitude do homem.

— Eu não sabia — respondo.

Antes que ele possa continuar falando, Amma abre um sorriso educado a ele e pede licença, puxando-me em direção à cozinha onde a maior parte das mulheres está sentada.

— Ele foi intenso — sussurra Amma para mim.

Apenas concordo com a cabeça, porque avistei Ishu parada, sozinha, nos fundos do cômodo. E é um pouco difícil desviar o olhar dela. Ela está usando um *salwar kameez* branco que vai virando um rosa suave. As cores parecem suavizar o semblante dela. A sensação é de que todas as arestas afiadas de Ishu desapareceram, e há uma vulnerabilidade nela ali parada no canto, contorcendo o *dupatta* entre os dedos.

— Oi.

Eu me aproximo dela quase que por instinto... embora eu tenha planejado fazer o possível para evitá-la hoje. Ishu se vira em minha direção tão depressa que o *dupatta* escorrega de seu ombro. Ela consegue segurá-lo no último segundo, enrolando-o no ombro de novo, meio sem jeito.

— Eu... gostei do seu *salwar kameez*.

Ishu olha para a base do *kameez*, como se tivesse esquecido do próprio traje. Então puxa um pouco a bainha ouro rosé.

— Obrigada... Gostei do seu também.

Ela ergue a cabeça e foca o olhar no meu. Não consigo conter um sorriso. Ishu retribui. Então adentramos num silêncio que parece reservado para nós duas, uma redoma tranquila dentro do barulho usual de um *dawat* bengali.

— Está um pouco... — começo a falar na mesma hora que Ishu murmura:

— Como foi...

Paramos de falar ao mesmo tempo, fazendo contato visual de novo. Sinto a tensão conhecida na barriga. Não é desconfortável. E sei que tenho que perguntar à Ishu do guia. Da irmã dela. Não importa o quanto eu não queira.

Tia Aparna chama Ishu para ajudar a pôr a mesa, e logo a conversa é interrompida com o convite para jantarmos. Há tanta variedade de comida na mesa que mal há espaço vazio por ali. De um lado tem um pote de *biryani*... o aroma que emana é divino. Ao redor do *biryani* tem frango korma e curry de cordeiro. Do outro lado da mesa, tem arroz branco, cercado por um curry de legumes mistos e filé de peixe. No meio da mesa há um prato de *shorisha ilish*... que sempre foi a especialidade de *Tia* Aparna. Amma com certeza consegue preparar *shorisha ilish*, mas não igual ao da *Tia* Aparna. Até a imagem do peixe mergulhado no creme de mostarda dourado é maravilhosa.

O gosto está ainda melhor que a aparência. Quase na mesma hora que termino de comer, Ishu me pega pela mão e me leva escada acima.

— Eu odeio *dawats* — murmura ela baixinho.

— Bem, a comida é sempre gostosa.

Ishu ergue a sobrancelha, mas não acho que ela deveria questionar a qualidade do *shorisha ilish* da própria mãe.

Ela abre a porta de seu quarto, e assim que entramos, ouço o barulho do trinco na fechadura. Não é como se nunca tivéssemos ficado sozinhas no quarto dela antes, ou no meu. Porém, por algum motivo, a ideia de que estamos sozinhas em um quarto *trancado* faz meu coração disparar como nunca.

— É só pras crianças não entrarem — explica Ishu.

— Aham... imaginei. Você é super obcecada com organização e tal. — Analiso o quarto. Está impecável. — Como que está ainda mais limpo do que da última vez que estive aqui? Não tem um livro sequer ali na escrivaninha.

Se eu não soubesse que era o quarto de Ishu, eu acharia que ninguém usava aquele cômodo.

— Eu não ia deixar as visitas verem meu quarto bagunçado. — A voz de Ishu soa um pouco insegura.

Como se realmente se achasse apta a ter um quarto bagunçado.

— Isso porque os *Tios* e *Tias* gostam de vir aqui bisbilhotar seu quarto?

Ela dá de ombros e se senta na cama. Tem tanto espaço ao lado dela, mas hesito antes de me sentar na extremidade do móvel, o mais longe de Ishu possível sem fazer parecer estranho. Porém, pelo jeito que Ishu olha para mim, fica bem evidente que as coisas já estão muito estranhas entre nós.

O tempo parece desacelerar enquanto ficamos sentadas ali. O silêncio é absoluto, embora dê para ouvir o zumbido das conversas lá embaixo.

Por fim, depois do que parecem horas, Ishu vira o corpo todo em minha direção, franzindo a testa.

— Então, vamos falar do que está incomodando você? — pergunta ela.

Sinto palpitações no peito e levanto a cabeça. Consigo focar o olhar no dela apenas por um instante antes de abaixar a cabeça outra vez, olhando para a coberta azul. Ishu me deu uma deixa para perguntar de sua irmã e do guia, mas as palavras parecem não querer sair de minha boca.

— Não tem... não tem nada me incomodando.

Ishu suspira, e a cama range de tanto que o suspiro é pesado.

— Nós deveríamos ter colocado isso como regra no guia, né? O que fazer se nosso namoro de mentira causar... um sentimento estranho?

Levanto a cabeça de novo e vejo Ishu olhando para o teto, como se estivesse lá a resposta para sua pergunta. Será que ela não sabe mesmo?

— Aconteceu... uma coisa. — As palavras me escapam. Por um momento, não sei quem foi que falou. Mas então Ishu olha para mim, a curiosidade estampada no rosto, e percebo que fui eu mesma quem disse essas palavras. — Sua irmã...

A expressão de curiosidade de Ishu se transforma em confusão, e ela chega mais perto.

— Minha *irmã*? Ela... *fez* alguma coisa?

— Eu pensei que você soubesse. — Só que quanto mais falo, mais certeza tenho de que Ishu não infringiu nenhuma regra. Não contou à irmã. Não compartilhou o guia com ela. — Eu estava vendo o guia uns dias atrás, e... sua irmã estava lá. Ela... tem acesso ao documento.

Ishu fica sem reação, como se estivesse com dificuldade de registrar a informação na mente.

— Você não compartilhou o documento com ela?

— Eu não teria como compartilhar mesmo se quisesse.

— Você acha que *eu* que mandei? De propósito?

— É a única explicação — respondo, mesmo que soe ridículo.

Lógico que Ishu não enviaria o guia para a irmã de propósito. Não considerando que ela tinha *literalmente* saído correndo para longe de Nik depois de nosso primeiro encontro. Não considerando o que ela tinha me contado a respeito da relação das duas.

— Por que *eu* mandaria isso pra ela? — questiona Ishu.

— Eu acho... que não mandaria. Eu só pensei... mas... depois de tudo o que aconteceu no Sete Maravilhas, eu deveria ter imaginado...

Ishu morde o lábio.

— E se eu tiver mandado sem querer? — Ela faz uma pausa, olhando para mim. — Ela não falou nada pra mim, então... ela não deve ter contado pra ninguém ainda.

É o "ainda" que me assusta. Não consigo imaginar o que aconteceria se as pessoas descobrissem que o nosso namoro não passa de encenação. Aisling e Dee nunca me deixariam esquecer... nunca acreditariam que sou mesmo bissexual. Ficariam convencidas de que eu tinha feito tudo para chamar atenção.

— Então, você acha que ela vai contar pra alguém? Porque se as pessoas descobrirem...

— Eu sei. — A voz de Ishu soa um pouco mais alta que um sussurro. — Ela poderia... contar pros meus pais.

O silêncio impera de novo. Mas desta vez não é estranho, e sim pesado, porque alguém sabe do nosso segredo. Com um único clique, alguém poderia destruir tudo o que conquistamos.

Ishu está com uma expressão que nunca vi em seu rosto. Chego para perto dela até ficarmos quase cara a cara.

— Vai ficar tudo bem. Sua irmã... ela não vai contar pra ninguém. — Tento falar isso com a convicção que não tenho.

Ishu foca o olhar no meu, e sua expressão se suaviza. Pela primeira vez, percebo que ela está usando maquiagem. Tem um toque de delineado ao redor de seus olhos, e um indício de rosa na boca. Acho que nunca tinha visto Ishu de maquiagem. A tensão conhecida se intensifica em meu estômago, e sinto o pescoço ficando quente.

— Você não conhece a Nik — contrapõe Ishu. — E... você não sabe como é minha relação com ela.

— Talvez a gente possa conversar com a sua irmã e... explicar a situação...

Ishu está sorrindo agora, como se eu tivesse dito algo engraçado.

— Que foi?

— É só que é... legal que você acha que Nik vai ter bom senso. E... acho que é legal eu não estar lidando com isso sozinha.

— Nós podemos pensar em uma solução juntas — respondo, ignorando o fato de que as palavras de Ishu me fazem sentir um quentinho pelo corpo todo de novo.

E que estou bem ciente de que passamos de lados opostos da cama para uma distância perigosamente pequena uma da outra. Só que não sei como abrir espaço entre nós de novo sem voltar ao constrangimento de antes. Sem que Ishu perceba que ficar perto dela me faz sentir coisas que não quero (nem preciso) sentir.

— Talvez — diz Ishu, me surpreendendo. Parece que surpreende a si mesma, porque fica sem reação, incerta sobre ter sido ela a falar. — Tipo, como não vou ser só eu lidando com isso... Talvez juntas possamos, sim, encontrar uma solução.

Ishu foca o olhar no meu, e de algum modo, eu nunca tinha reparado no calor que seus olhos emanam. A luz do sol se infiltrando pela janela ilumina um vestígio de douradinho neles. De repente, só consigo pensar em como estamos próximas. No fato de que se eu movimentar as mãos para a frente, conseguiria tocar os dedos dela. Se eu inclinasse o rosto, encontraria o dela. Acho que Ishu deve estar pensando a mesmíssima coisa porque ela, *sim*, leva a mão à frente. Mas ela resolve tocar em uma mecha do meu cabelo e a enrola nos dedos. O toque faz um arrepio descer por minha espinha. Sem eu perceber, meu corpo está se inclinando para a frente sozinho. A cama range. Fecho os olhos, e...

— Ishu! — A voz da *Tia* Aparna soa lá debaixo. Ishu se sobressalta e se afasta de mim. Quase caio na cama com a pressa de me afastar dela, mesmo que a porta do quarto esteja trancada e a voz da *Tia* soe longe pra caramba. — *Niche eshe mishti khao.**

Ishu revira os olhos para mim.

— Beleza, Ammu. Já estamos indo.

O que quer que estivesse acontecendo entre nós, o que quer que tivesse nos encorajado a fazer alguma coisa acontecer entre nós, se rompe com a interrupção da *Tia* Aparna. Ainda não consigo acalmar o coração acelerado. E não consigo encarar Ishu.

Ela abre um sorriso para mim antes de se levantar. Não sei o que isso significa.

— É melhor a gente descer. Você gosta de *mishti*, né?

Ishu abre a porta e olha para mim por cima do ombro.

— Tudo o que eu faço é gostar de *mishti*.

Eu me levanto e a sigo escada abaixo. Não sei se melhoramos ou pioramos muito as coisas entre nós.

---

* N.E. Vem comer a sobremesa

30

Ishu

Depois que o *dawat* termina, e todo mundo foi embora, a casa de repente parece vazia demais. Após um dia inteiro de conversas bengalis, o silêncio parece sufocante.

Tiro o *salwar kameez* e removo a maquiagem. Enquanto faço isso, não consigo parar de pensar em Hani. E não consigo parar de pensar em Nik. Duas pessoas nas quais com certeza eu não queria pensar.

Eu me deito na cama e pego o celular, rolando as mensagens trocadas com Nik. As últimas foram enviadas no dia que ela foi lá para casa fazer a surpresa. Parece ter se passado uma eternidade desde então, embora tenham sido apenas algumas semanas.

> Oi, Nik... |

É só o que escrevo antes de parar. Por que como posso perguntar para minha irmã se ela acidentalmente descobriu a verdade sobre meu namoro de mentira? E como pergunto o que exatamente ela planeja fazer com essa informação? Pensar em todas as possibilidades, em todas as coisas que Nik pode fazer para voltar às graças de Abbu e Ammu, me deixa enjoada.

Apago a mensagem e clico nas mensagens diretas do Instagram, abrindo a conversa com Hani. Ainda estou tentando compreender o que exatamente aconteceu aqui no quarto naquela hora. Houve um momento inexplicável em que tive certeza de que Hani e eu estávamos na mesmíssima página. Que queríamos a mesma coisa. Só que o momento foi passageiro... acabou tão rápido quanto começou. Talvez tivesse sido só um momento de fraqueza, incentivado pelo fato de alguém saber do nosso segredo. Pela ideia de que nossos planos podem ser arruinados se Nik resolver fazer alguma coisa com o guia.

Vamos falar do que aconteceu hoje?|

A mensagem não enviada fica me encarando, e apago quase que de imediato. Se Hani recebesse uma mensagem dessas, provavelmente sairia correndo. Se tem uma coisa que aprendi em relação a ela é que Hani não é o tipo de pessoa que enfrenta as coisas de cara. Até mesmo conversar comigo sobre o lance de Nik pareceu ser um esforço letal.

Fecho o nosso chat e abro o *feed*. A primeira foto que aparece é do *dawat* de hoje. É de Hani, e somos nós duas sentadas uma ao lado da outra. Estamos segurando tigelas brancas plásticas de *mishti* e com um meio sorriso no rosto. Hani de cabeça baixa, e eu olhando para a câmera. A energia estranha entre nós é quase palpável... mesmo na foto.

Fico deitada e fecho os olhos. Talvez o fato de Hani ter postado a foto seja o jeito torto dela de dizer alguma coisa. Ou talvez não seja nada... mas mesmo assim eu me sinto feliz.

Eu tinha torcido para o sono me trazer alguma perspectiva sobre o que fazer a respeito de Nik e Hani, mas meus pensamentos ainda estão uma bagunça quando acordo no domingo de manhã. Passo o dia ajudando Ammu a faxinar a casa, com a mente girando o tempo todo.

Enquanto limpo, penso em como abordar o assunto "nós duas" com Hani. Eu me pergunto se sequer devo abordar esse tema. Afinal, da última vez que tentei, Hani me deu um gelo. E se eu estiver só criando uma ilusão na minha mente? E se Hani não gostar de mim? E se eu destruir nossa amizade recente por nada?

Meio que fico desejando ter alguém com quem conversar sobre isso. Hani, ao menos, tem as amigas, embora duvide de que ela pediria conselho a elas sobre *mim*. A única pessoa que já tive foi... Nik.

"Pode conversar comigo. Só quero que saiba disso. Tudo bem?"

Foi o que Nik falou da última vez que nos vimos. Ela pareceu tão sincera. Quase consigo imaginar o seu rosto agora... a expressão de compaixão. Eu queria acreditar nela... quero acreditar nela. Só que Nik e eu *nunca* fomos esse tipo de irmãs. Nem antes de nossa disputa acadêmica começar.

E agora... Nik é quem está com todas as cartas na mão. Suspirando, volto a limpar, tirando minha irmã da mente. Ela com certeza não é alguém em quem posso confiar. Não é alguém com quem posso me abrir. Mesmo que finja ser.

31

Hani

É um pouco difícil tirar Ishu da cabeça no fim de semana. Ainda estou tentando descobrir ao certo o que significa o fato de ela ter se inclinado para a frente... de eu ter me inclinado para a frente. Quero acreditar que significou alguma coisa, mas e se foi apenas nós duas muito abaladas porque outra pessoa teve acesso ao nosso guia? Pela ideia do nosso segredo deixar de ser segredo em breve?

Mais do que tudo, queria poder conversar com Amma a respeito do que está acontecendo. Ela saberia o que poderíamos fazer em relação à Nik. O que eu deveria dizer à Ishu. Por um momento, um pensamento me passa pela cabeça: se nosso segredo está prestes a vir à tona, por que não *contar* logo para Amma?

Mas sei que não posso fazer isso. Seria trair Ishu. E não estou pronta para contar a ninguém ainda. Porém, queria que alguém me dissesse o que fazer.

Quando Abba comenta que vai fazer uma angariação de votos durante o almoço no domingo, quase pulo da cadeira de entusiasmo.

— Posso ir junto?

Abba e Amma se entreolham. Não sei o que significa, mas não acho que seja coisa boa.

— Está tudo bem, Hani? — pergunta Amma. — Você vem agindo... meio estranha nos últimos dias.

— Estou bem. — Minha voz soa esganiçada, um indicativo de que não estou nada bem. Limpo a garganta e abro o maior sorriso possível para os dois. — É que... as provas finais estão chegando e... é tudo... bem estressante.

— E... você está em um relacionamento novo.

Quase que meu sorriso titubeia, porém me esforço para mantê-lo no rosto.

— É... e tem isso. — Pensar em Ishu me causa um embrulho no estômago, porém tento afastar a sensação. — Mas... quero ajudar a angariar votos! — Eu me viro para Abba. Sair de casa e ajudar Abba com a eleição é exatamente o que eu deveria fazer. — Já conheço todas as suas propostas. Quem seria melhor pra te ajudar?

Abba não parece muito convencido.

— Não sei, Hani. Não sei se me sinto muito confortável com você indo de porta em porta...

— Eu já fiz isso antes. Quantas vezes já fui de porta em porta quando participei da campanha de leitura pra arrecadar fundos pra pessoas com esclerose múltipla e da caminhada pra levantar fundos?

Abba abre um sorriso, e assim sei que o convenci.

— Isso foi aqui pelo bairro mesmo.

— Então... vou ficar por aqui, perto de casa! — Engulo o resto do sanduíche e me levanto. — Serei a melhor angariadora de votos, Abba, prometo.

Abba suspira.

— Tudo bem... mas é uma grande responsabilidade, e você precisa pedir ajuda para as suas amigas.

Todo o entusiasmo que eu sentia se esvai.

— Por quê?

— Você não vai fazer isso sozinha, Hani. Suas amigas podem ajudar. Elas foram com você ouvir o discurso na mesquita, não? Não vai demorar.

— E, depois, vocês podem ir comer pizza e assistir a um filme, ou algo assim — sugere Amma. — Ou até posso preparar um jantar para elas aqui.

Ela fica toda animada, como se preparar o jantar para minhas amigas fosse sua coisa favorita. Sempre que Aisling e Dee vêm aqui,

Amma tem de fazer "comida de gente branca". Nem é "comida de gente branca" bem temperada, como ela faria para outros não bengalis, só comida de gente branca, porque Aisling e Dee não comem comida bengali... apesar de nunca terem sequer *experimentado*.

— Aham, vou mandar mensagem pra elas — respondo, embora seja a última coisa que quero fazer.

Na mesquita, elas nem quiseram ficar até o final do discurso de Abba... ficaram de saco cheio assim que chegaram. Não tenho certeza de se elas vão ser de grande ajuda nesse caso também, mas ao menos elas não vão poder me acusar de largá-las para passar o fim de semana com Ishu.

Visto uma calça jeans e uma blusa de campanha que Abba mandou fazer há muito tempo. É de um azul vivo com os dizeres: "VOTE EM KHAN #1". A campainha toca quase na mesma hora que termino de me arrumar. Toca uma vez, duas, então uma terceira vez em um som prolongado que dura até eu abrir a porta. Tento não franzir a testa quando vejo Aisling e Dee na minha frente, de braços cruzados, parecendo que aqui é o último lugar em que queriam estar.

Na verdade, parece mais que vão à uma festa do que sair para fazer campanha pela eleição de Abba. As duas estão maquiadas. Dee usa um *cropped* e uma saia que mal cobre as coxas, enquanto Aisling usa um vestido preto que vai até quase os joelhos.

— Oi... — Não quero que o cumprimento soe como uma pergunta, mas acontece. Porque fico com muitas dúvidas ao olhar para elas. Entrego as camisas que Abba guarda na despensa. — São as camisas de campanha do papai.

Dee e Aisling se entreolham. Isso me causa um desconforto, mas afasto a sensação.

— Maneiro, valeu.

Aisling pega as camisas, segurando-as meio sem jeito. Nenhuma delas parece querer entrar em casa para mudar de roupa. Elas só ficam... paradas ali na porta, de um jeito esquisito e deslocado.

Olho para Amma na cozinha. Ouço a água da pia correndo, pois ela está lavando louça.

— Amma, estamos indo — aviso em *sylheti*. — *Allahafez*.

Ela olha para trás e acena depressa enquanto saio de casa.

— Então... — Enfio a mão na bolsa para pegar os panfletos que Abba me entregou. — Aqui tem tudo o que precisamos saber sobre a campanha do papai.

Estendo um panfleto para cada uma, mas pelas expressões delas, parece que estou oferecendo algo nojento em vez de uma folha de papel.

— Olha... — diz Aisling devagar. Sinto o estômago se revirar. Acho que já sei o que ela vai falar. Só que de jeito nenhum, *de jeito nenhum*, ela vai tentar me convencer a não fazer campanha por Abba, certo? Não quando pedi a elas que viessem aqui por esse motivo em específico. — Queremos muito fazer campanha ou coisa assim.

— Muito!

Os olhos de Dee se iluminam como se ela tentasse me convencer que fazer campanha para a eleição local é o sonho de toda uma vida..., mas não é tão convincente quanto ela parece esperar.

— Mas... o Colm e o Barry nos chamaram de última hora pra ir ao centro e tal. Não podíamos *negar*. É pra celebrar a vitória deles ontem — conclui Aisling.

— Do jogo que você não foi, inclusive — acrescenta Dee com um tom casual.

Tento reprimir a raiva que me invade.

— Bom, tudo bem. Vocês podem ir celebrar com o Barry e o Colm. Prometi ao meu pai que eu ia...

— Nós sabemos que você mentiu — interrompe Aisling.

Prendo a respiração. Chegou o momento da verdade? Aisling e Dee sabem que Ishu e eu estávamos fingindo esse tempo todo?

— Vi sua foto no Instagram — continua Aisling quando não respondo. — Sua com a Ishita.

Levo um momento para entender do que Aisling está falando. Ontem à noite, depois de voltar para casa e tentar (sem sucesso) tirar Ishu da cabeça, postei uma foto nossa do *dawat*. Foi uma tentativa de mostrar para Ishu que estávamos bem, não importando o que aconteceu (ou o que não aconteceu) entre nós. Para que ela soubesse que o plano de ajudá-la a ser Líder Estudantil ainda estava de pé.

— Você disse que tinha uma "coisa de família". — Dee parece ofendida de verdade quando faz aspas com os dedos para falar "coisa de família".

— *Foi* uma coisa de família. Ou... ao menos uma coisa bengali. — É difícil separar... Nem sei se é possível fazer essa distinção. — Olhem... eu era obrigada a ir.

— Aham. — Aisling revira os olhos, cruzando os braços. — Com certeza você era obrigada a ir ficar com sua namorada em um evento "bengali".

— Não fala assim. — Minha voz aumenta um pouco, e tenho que me lembrar que não devo ficar com raiva.

Eu não deveria estar com raiva.

— Eu só... não gosto da pessoa que você está se tornando. — Aisling suaviza a voz ao dizer isso. — O tipo de pessoa que larga as amigas pra ficar com a namorada.

Ao seu lado, Dee só concorda com a cabeça, toda solene. Eu me pergunto o quanto elas conversaram sobre isso antes de irem até minha casa... se o plano era aquele desde o início, eu as chamando para vir aqui ou não.

— Não foi isso que aconteceu. Vocês não entendem. Ir pras festas bengalis... é uma coisa que Ishu e eu *temos* que fazer. Nós só estávamos lá... juntas. Não foi planejado.

Aisling deixa os braços penderem aos lados do corpo e se aproxima de mim.

— Dee e eu convidamos você pra tudo. — Tem um tom suplicante em sua voz. — Por que somos excluídas das coisas que você e a Ishita fazem juntas?

— Porque... — Franzo bem as sobrancelhas, tentando descobrir uma forma de explicar. — É... diferente. As festas bengalis são nossa chance de estar com nossa comunidade. Pessoas de fora não podem ir. É... íntimo.

Quando olho para Aisling e Dee, percebo que não parecem convencidas, e me sinto um pouco mal. Acho que para elas parece mesmo que as larguei para ficar com minha namorada.

Lanço um último olhar aos panfletos que estão na minha mão. Com certeza "celebrar" com Barry e Colm não vai ser horrível. E Abba vai entender se não conseguirmos fazer a campanha hoje, né? Se deixarmos para outro dia? De início ele ficou, *sim*, receoso quanto a eu fazer isso, afinal.

Suspiro, olhando para o que estou vestindo. Definitivamente não dá pra eu ir ao centro usando a camisa da campanha.

— Aqui.

Dee enfia a mão na bolsa e joga um suéter preto para mim. Fica um pouco apertado, e com certeza não estou vestida adequadamente para curtir uma noite na cidade. Mas vai ter de servir.

Enquanto seguimos para o ponto de ônibus, não consigo ignorar a sensação de pavor crescente no meu estômago.

32

Ishu

Fico preocupada com Hani e Nik e como lidar com tudo até eu chegar à escola na segunda. Tem uma lista de nomes pregada ao lado da secretaria, e sei exatamente *do que se trata*. Faltam apenas algumas semanas para as provas finais e para o encerramento do ano letivo. Eu sabia que as candidatas a Líder Estudantil seriam anunciadas mais cedo ou mais tarde. Acho que tinha pensado que seria mais tarde.

Com tudo o que está acontecendo (Nik com acesso ao guia do namoro de mentira e eu estar a fim de Hani), quase me esqueci do lance de Líder Estudantil. Agora um pavor estranho começa a me corroer enquanto me aproximo da lista. E se eu me preocupei demais com tudo isso? Fiquei com tanto medo de não conseguir virar Líder Estudantil porque preciso do voto de todo mundo para fazer acontecer, mas antes de chegar a esse ponto, preciso primeiro *me qualificar* e ser selecionada como uma candidata viável pelos professores.

Respiro fundo e começo a ler a lista. Os primeiros nomes são de candidatas escolhidas para monitoras que precisam ser entrevistadas pelos professores. O nome de Hani está no meio: "Humaira Khan, monitora internacional: Quarta-feira, 15h, na biblioteca".

Não fico surpresa ao ver o nome dela. Todo mundo adora Hani, afinal. E não é como se houvesse uma grande competição para as candidaturas de monitoras quando há mais de dez vagas disponíveis.

As candidatas à Líder Estudantil estão lá no final, e tenho de respirar fundo de novo antes de ler:

"As entrevistas para Líder Estudantil acontecerão na terça-feira, na diretoria, nos seguintes horários:
Alexandra Tuttle: 9h
Siobhán Hennessey: 9h30
Maya Kelly: 10h
Ishita Dey: 10h30"

Mal consigo respirar aliviada, porque vejo Hani fazendo a curva no corredor, com uma expressão preocupada.

— Oi... — cumprimenta ela, hesitante, e não sei se isso é por causa do fim de semana ou da lista diante de nós.

— Estou na lista. Minha entrevista é amanhã. — As palavras saem de minha boca com um tom de alívio, mas há também um vestígio de pavor.

Porque esse é só o começo. Nik também entrou na lista quando estava no penúltimo ano do Ensino Médio, mas mesmo com o sorriso charmoso e a personalidade cativante, ela não conseguiu convencer as pessoas na escola a votarem nela como Líder Estudantil. Não tenho a personalidade de Nik... que esperança tenho de ganhar se ela não conseguiu?

O rosto de Hani se ilumina, e ela abre um sorriso que já virou bem familiar para mim.

— Que incrível, parabéns! — Então, abaixando a voz, ela pergunta: — Mas... por que você parece decepcionada? Era isso que você queria, né?

— É que... — Respiro fundo enquanto afasto da secretaria e sigo em direção ao banco surrado do outro lado do corredor. Nós nos sentamos lado a lado, e fico um pouco ciente demais do fato de estarmos tão próximas que consigo sentir o cheiro de coco do xampu de Hani. — São essas partes que não posso controlar. — Minha voz soa quase como um sussurro, mas Hani deve conseguir ouvir porque o sorriso some.

— Elas vão votar em você.

— E você sabe disso porque...

— Porque... o plano funcionou — responde Hani com uma voz casual. — Funcionou... meio que melhor do que a gente podia esperar, não é? Aisling e a Dee estão do seu lado agora. Não tem como você perder.

De alguma forma, Hani parece estar cem por cento convencida disso. Não consigo evitar o sorriso que surge em meu rosto ao ver o olhar tão confiante dela.

— Você acabou de agourar a coisa, sabe.

Hani revira os olhos, mas sorri.

— Eu também entrei na lista de monitoras.

— Aham, óbvio que entrou. Parabéns.

— Então... Aisling e Dee estavam dizendo que a gente devia comemorar depois da aula. Você vem junto, né? — Tem um toque de súplica em sua voz, e suspiro.

— Talvez seja bom a gente... falar... — hesito, e Hani abaixa o olhar para a bainha da saia, contorcendo as pontinhas entre os dedos. —... do guia?

Hani levanta a cabeça e me encara de novo. Sei que temos de falar de outras coisas também, mas isso parece mais urgente.

— Tipo... se acontecer alguma coisa nesse sentido, todo o esforço que a gente fez vai ser em vão, né?

— Pois é. — Hani concorda com a cabeça. — Então, você precisa conversar com sua irmã.

É isso que eu temia que ela dissesse, porque não sei por quais caminhos a conversa com minha irmã seguiria.

— Mas e se eu piorar as coisas? Tipo... até agora ela não disse nada nem fez nada, mas... e se eu tocar no assunto, e isso acabar a encorajando a fazer alguma coisa?

— Não podemos ficar paradas esperando e torcendo pelo melhor — contrapõe Hani. — E não dá pra voltar atrás.

— Nós podíamos apagar tudo! — sugiro, mesmo que a ideia de apagar o documento me faça sentir um vazio de repente.

O guia do namoro falso pode estar cheio de provas das nossas mentiras, mas também parece conter a história de nós duas.

Hani balança a cabeça devagar.

— Mesmo que a gente apague... a Nik já sabe. Se o objetivo for mesmo usar isso contra a gente, ela pode até ter salvado o documento.

Eu me recosto no banco desconfortável, sentindo a madeira prensando minha pele. O móvel foi uma doação da turma de formandas um tempo atrás. Tem até uma placa dourada no meio informando isso. Não sei por que não doaram algo acolchoado.

— Ishu... — Hani suspira. — Eu sei que você não quer falar com ela...

— É a última coisa que quero fazer.

Faz semanas desde que tive contato com Nik... mal pensei nela desde que nos despedimos em frente à nossa casa. E talvez eu devesse me sentir mal, mas não fui eu que joguei tudo para o alto por causa de um cara. Porém, quando vejo o jeito que Hani está me olhando, percebo que talvez eu entenda um pouquinho das motivações de Nik.

—... mas eu posso ajudar. Podemos montar um roteiro ou algo assim. E, sabe, eu posso ficar do seu lado quando vocês conversarem. Eu posso...

— Eu vou falar com ela. Hoje... ou... amanhã, talvez. Não sei. Foi minha culpa ela ter descoberto nosso plano... Vou lidar com isso.

Hani foca o olhar no meu, sorrindo, e percebo que tem pouquíssima distância entre nós de novo. Mesmo com o movimento rotineiro das alunas em volta, parece que estamos a sós. Apenas nós duas separadas do resto do mundo de alguma forma.

O sinal toca, estridente e intenso, e Hani pula para ficar de pé, afastando as mechas pretas compridas do rosto.

— É melhor irmos pra aula — diz ela.

— É — confirmo, suspirando.

A gente pode conversar?

Envio a mensagem sem pensar muito. Assim que envio, jogo o celular na cama e abro os livros de matemática. Vou praticar alguns teoremas e tentar me esquecer do que vai acontecer amanhã de manhã.

Só que antes que eu consiga olhar para um único teorema, o celular vibra com uma ligação. Meu coração dispara. Quando olho para a tela, vejo o nome de Nik. Deslizo para a direita para aceitar a ligação.

— Oi.

— Você queria falar comigo? — A voz dela é hesitante.

Ao fundo, ouço o barulho de música e vozes animadas de pessoas.

— Está na rua?

— Mais ou menos.

— Como pode estar "mais ou menos" na rua? Ou está ou não está.

— Bom... — Nik suspira. — Estou... em uma festa. É aqui em casa, então não saí, mas...

— Não era pra você estar me ligar de uma festa. Eu...

— Não! — exclama Nik antes que eu desligue. — Eu quero conversar. A festa não é importante. Está tudo bem? Aconteceu... alguma coisa?

— Não sei... — respondo devagar. — *Aconteceu* alguma coisa?

O silêncio impera por um momento. Ou o máximo de silêncio possível, considerando a música vinda do lado dela da ligação.

— Então, pelo visto você vai ficar assim toda misteriosa — diz Nik, enfim.

— Bem... talvez eu não precisasse ser misteriosa se *você* fosse direta com as coisas, cacete.

Nik solta um suspiro pesado.

— Eu não sei mesmo do que está falando, Ishu. Isso tem a ver com Ammu e Abbu? Com a garota com quem está saindo? A escola? Você sabe que pode contar comigo. Eu disse a você que...

— Você está com algo meu — interrompo. As palavras de repente escapam de mim depressa, como se eu fosse explodir caso não conseguisse falar tudo de uma vez. — Enviei pra você sem querer, e não sei o que está pensando em fazer com essa informação, mas precisa entender que não vai prejudicar só a mim se contar isso a alguém. Hani, ela é... minha amiga, e também...

— Ishu. — A voz de Nik oscila de um jeito estranho.

Se eu não a conhecesse, pensaria que minha irmã está à beira das lágrimas, mas ela é a *última* pessoa que devia se chatear com esta situação. Não sou eu quem está portando uma informação para usar contra *ela*.

— Eu vi o documento, sim. Seu... guia do namoro falso ou seja lá o que for. Eu nem li tudo. Imaginei que você tivesse me mandado sem querer. E não sei o que significa nem porque você fingiria namorar a Hani, mas... eu estava falando sério da última vez que nos vimos. Nós não somos mais crianças. Não estou tentando usar nada contra você, nem ferrar você pra cair nas graças de Ammu e Abbu. Ishu... você sempre pode contar comigo. Em relação a tudo. Tudo bem?

Não sei por que de repente sinto um nó na garganta, mas engulo em seco.

— Tudo bem.

— Tudo bem... — Há outra pausa tomada pelo silêncio, mas não me parece mais tão desconfortável. — Então... quer conversar sobre algo mais?

— Hum, quero, na verdade. Eu estava me perguntando... por que você não virou Líder Estudantil quando estava no segundo ano?

Nik solta uma risada. Acho que não é a pergunta que ela esperava.

— Ishu... você não muda, né?

— É uma pergunta válida. A minha entrevista é amanhã, então...

— Vai dar tudo certo. Você vai ser ótima. Apenas... lembre-se de que esse é um posto de liderança. Tente mostrar que você sabe lidar bem com pessoas. Você não é só as notas que tira... é uma pessoa com gostos, aversões e características positivas.

— Então... que tipo de perguntas eles fazem? — questiono.

— Provavelmente coisas relacionadas a como resolveria determinados problemas, sabe? Como lidaria com as atribuições da festa de formatura? Conflitos entre alunas... Essa linha de perguntas. Basta ser confiante e assertiva, e essas são basicamente suas melhores qualidades. Então... você vai mandar bem.

— Beleza, valeu.

Confiante e assertiva. Com certeza consigo fazer isso.

— É só isso? — A voz de Nik sugere que ela acredita que não. — Ou... ligou pra falar de alguma outra coisa? Alguma coisa sobre...

— Não, não tem mais nada — interrompo. Antes que ela mencione Hani. Definitivamente não quero conversar a respeito do guia do namoro falso ou dos meus sentimentos com Nik. — Obrigada pelas respostas. Aproveite a festa. Tchau!

— Espera, Ish...

Nem deixo ela terminar, aperto o botão para desligar. Respiro, aliviada, enquanto volto para a escrivaninha.

> Acho que Nik não vai contar pra ninguém.

Envio a mensagem para Hani. A julgar pela última mensagem que mandou, sei que está esperando perto do celular, preocupada.

> Tem certeza?

Eu *tenho* certeza? Nik pareceu tão sincera, como se ela acreditasse mesmo no que dizia. Tudo bem que minha irmã e eu não temos o melhor histórico de relação do mundo, mas talvez as coisas tenham realmente mudado nos últimos anos. Nik com certeza está bem longe de ser a pessoa dominada pela ambição que era no Ensino Médio.

Então, respondo com a verdade para Hani:

> Quero acreditar nela.

33

Ishu

Alguém bate à porta do meu quarto na manhã seguinte enquanto estou vestindo o uniforme. Existem apenas duas opções de quem pode ser... Ammu ou Abbu. Porém, ainda é estranho que eles batam à porta do quarto tão cedo.

Visto o suéter e abro a porta, dando de cara com o semblante sério de Abbu. Ele está com os olhos um pouco vermelhos, como se fizesse um tempo que não dorme, e o rosto geralmente liso está com a barba por fazer. Eu me pergunto se tem a ver com a situação de Nik... ou se é alguma outra coisa.

— Bom dia, Abbu. — Tento não deixar transparecer na voz o quanto estou confusa, embora seja o que eu sinta.

Ele faz uma expressão que se assemelha a um sorriso... no entanto, é mais como uma careta.

— Vão escolher as monitoras e a Líder Estudantil na escola em breve. — Não é uma pergunta.

Eu me questiono como ele descobriu, já que não contei nada.

— Aham...

Fico matutando na mente se devo contar a ele da entrevista. Por um lado, já perdi o sono porque estou uma pilha de nervos. Por outro, não sei se consigo lidar com Ammu e Abbu fazendo ainda mais pressão agora.

— Nesta época, anos atrás, Nikhita estava se preparando também. — O rosto dele se suaviza ao falar o nome de Nik, e tento não deixar isso me incomodar. Há um misto de ternura e arrependimento na voz. — Ela me fez ensaiar as entrevistas com ela. E ficou decepcionada quando não conseguiu. Nem queria falar com a gente a respeito.

— Ela é muito ambiciosa.

— Era. — O rosto de Abbu fica sério. — Sei que você está no caminho certo, Ishu.

Ele coloca a mão em meu ombro e me observa, sorrindo. Como se fosse o maior elogio que poderia fazer. E meio que é, vindo de Abbu.

— Obrigada, Abbu. Estou cuidando das minhas coisas e mantendo o foco.

— Vai nos contar quando souber o resultado da eleição de Líder Estudantil? — Há esperança em sua voz, e não quero dar ainda mais esperança a ele e depois destruir tudo.

Então só confirmo com a cabeça.

Quando eu virar Líder Estudantil, digo a mim mesma. *Aí conto a eles.*

No caminho para a escola, ponho os fones de ouvido e coloco o aleatório no Spotify. Quero evitar pensar na entrevista iminente, e de algum modo me pego rolando meu perfil do Instagram. É bem vazio... quase nunca uso. Mas fui marcada em muitíssimas fotos desde que comecei a sair com Hani. Rolo pelas imagens de nós duas no primeiro encontro, e, ainda que um pouco desconfortáveis, parecemos felizes. Há fotos de nós todos juntos no encontro triplo no Captain America's. Estou com um sorriso tão forçado que preciso conter uma risadinha ao ver as imagens.

Balanço a cabeça e saio da página de marcações. Definitivamente não posso me distrair hoje, embora eu tenha ficado pensando em Hani tanto tempo quanto fiquei pensando na entrevista.

Estou prestes a fechar o Instagram quando vejo uma foto de minha irmã no *feed*. Logo rolo para cima de novo. A foto é dela e de Rakesh, super arrumados. Ela usa um vestido vermelho-vivo que faz a pele marrom reluzir; ele está de terno e gravata. Os dois sorriem, com os braços envolvendo um ao outro, como se fosse o melhor dia da vida deles.

A legenda é:

"Obrigada demais pela festa de noivado @docesdagemma, eu não poderia ter tido uma noite melhor nem um grupo de amigos melhor com quem celebrar. Sou muito sortuda por estar me casando com o homem dos meus sonhos!"

A foto é de ontem à noite e foi postada essa manhã. Quanto mais olho, mais sinto um nó na garganta e uma ardência nos olhos. Será que Ammu e Abbu sabem disso? Eles foram convidados? Ou chegamos a um ponto em que não nos damos mais ao trabalho de convidar uns aos outros para grandes eventos assim?

Nik vai mesmo se casar sem Ammu e Abbu lá? Sem mim?

Deve ser por isso que Abbu ficou reafirmando que eu estava no caminho certo. Ammu e Abbu desistiram de Nik. Pensar nisso me desestabiliza. Sou tomada por um pavor que nunca senti. Tudo bem, eu sabia que eles estavam com raiva dela. Sabia que ela estava frustrada com eles. Sei como Abbu e Ammu são.

Mas não achei que essa história iria tão longe. Como poderiam perder o casamento da filha mais velha?

Quando a diretora Gallagher me chama para entrar no escritório na hora da entrevista, estou uma confusão de emoções. Meu nervosismo pela entrevista e para virar Líder Estudantil de algum modo se misturou ao pavor repentino de Nik se casar sem que estejamos lá. Tento respirar fundo e esquecer da bagunça na minha família enquanto entro e vejo o tapete marrom felpudo e as paredes bege cheias de diplomas acadêmicos de todos os tipos. Não posso deixar as emoções atrapalharem minha chance de virar Líder Estudantil, mesmo que de repente isso não pareça mais tão importante.

— Ishita.

A diretora Gallagher abre um sorriso forçado enquanto me sento. A srta. Proudman, orientadora educacional, deveria estar ali com a gente também, mas não tem uma cadeira para ela. Em vez disso, há duas cadeiras, uma de cada lado meu, como se esperassem mais pessoas para me entrevistar.

— Bom dia, sra. Gallagher — cumprimento, hesitando, e tentando manter a voz amigável e educada. — Hum, estamos esperando mais gente?

A diretora continua com o sorriso forçado enquanto me observa.

— Na verdade, vamos... adiar a entrevista de hoje.

— Ah... então por que...

Antes que eu possa perguntar, a porta do escritório se abre e Ammu e Abbu entram.

— Está tudo bem? — indaga Ammu ao mesmo tempo que Abbu pergunta, com uma voz dura e exigente:

— O que houve?

— Sr. e sra. Dey, por favor, sentem-se.

A diretora lança o mesmo sorriso forçado para eles e aponta para as cadeiras ao meu lado. Sinto um pavor se espalhando por mim. Tem alguma coisa errada. Alguma coisa bem errada, se chamaram meus pais. Tem algo desastroso por trás do sorriso da diretora.

Meus pais se sentam, Ammu à esquerda e Abbu à direita. Só que não sinto conforto nenhum em tê-los aqui. Na verdade, parece meio sufocante, e por algum motivo só consigo pensar em Nik e em como eles a descartaram depressa quando ela deixou de ser o que queriam que fosse.

— Uma de nossas alunas veio até mim com um assunto sério, envolvendo Ishita — explica a sra. Gallagher, revezando o olhar entre Ammu e Abbu, mas sem olhar para mim nenhuma vez.

Ela enfia a mão por debaixo da mesa e saca dois blocos de papel, dispondo-os lado a lado na mesa. O topo da folha diz: "Biologia, sra. Taylor – segundo ano".

Os nomes nas provas foram cobertos com post-its, mas reconheço minha caligrafia confusa em uma, e a escrita torta de Aisling na outra.

— A aluna disse à srta. Taylor, a professora de biologia de Ishita, que desconfiava de que Ishita tivesse colado dela na prova. Ela não quis dizer nada na hora porque ficou com medo do que Ishita faria, mas... Bem, aqui está a prova.

Fico sem reação, olhando para as provas à frente, enquanto compreendo devagar o que está acontecendo. Como pude ser tão estúpida? Como pude deixar Aisling me manipular assim?

— Eu não colei — respondo, enfim olhando firme para a sra. Gallagher. — Eu não faria isso. Foi a Aisling quem colou. Ela estava olhando minha prova e copiando as respostas. Se quiser, você pode verificar as notas que tirei nas outras provas dessa matéria; sempre tiro notas parecidas, porque estudo. Não porque colo.

— Bom. — A sra. Gallagher suspira, como se eu não tivesse sido a melhor aluna em todas as aulas desde que comecei a estudar aqui. — Você sempre tirou notas excelentes, mas teremos que começar uma investigação. Vamos conversar com alguns de seus colegas...

— Isso é uma palhaçada! — Eu me levanto tão rápido que a cadeira quase cai. — Eu nunca colei. *Nunca* precisei colar. Eu *estudo*...

— Ishita Dey, já chega. — A diretora não ergue a voz. Só me olha com uma expressão quase entediada. — Vamos investigar o assunto, como foi trazido à tona. É só um procedimento padrão quando...

— Aisling também será investigada?

— A aluna que nos abordou com a questão...

— Basta checar as outras notas dela pra saber que essa nota aí foi incomum. Que foi ela que...

—... não foi acusada por ninguém. Por ora, infelizmente, não podemos considerar você para o posto de Líder Estudantil, como imagino que compreendam, sr. e sra. Dey.

A sra. Gallagher olha para Ammu e Abbu como se eu nem estivesse lá. Como se tivessem sido eles a passarem cinco anos dando duro naquela escola.

— Isso é um absurdo, cacete.

Cerro os punhos. Faço todo o possível para não quebrar alguma coisa na mesa da sra. Gallagher.

— Ishita, não vamos tolerar rompantes assim na...

— Mas vão tolerar acusações falsas e mentiras e...

— Ishu. — Sinto a mão de Ammu segurando a minha. — *Raga ragi kore kono lab nai, Ishu. Ekhon amra bashai choli.**

— *Pore amra discuss korbo*** — acrescenta Abbu, acenando com a cabeça, sério. — Obrigado, diretora Gallagher.

A diretora abre o sorriso forçado para Ammu e Abbu, então olha para mim com uma expressão de pena.

---

* N.E. Não adianta ficar com raiva, Ishu. Vamos para casa.
** Vamos conversar sobre isso mais tarde.

O nó na garganta voltou, e está ficando cada vez maior. Só que não posso dizer nem fazer nada. É como se minhas palavras não importassem mais. Como se tudo pelo que batalhei não tivesse mais valor.

Embora eu ainda tenha um dia todo de aula, Ammu e Abbu me mandam pegar as coisas para irmos para casa. É hora do intervalo, então está todo mundo zanzando por ali, assim eu não me destaco... contanto que consiga controlar a raiva e as lágrimas. Quando chego ao armário para pegar minha mochila e os livros, vejo Hani. Ela está perto do próprio armário com Aisling e Dee. Bem juntinhas, sussurrando. Ela nem me vê as observando.

Por um momento, eu me pergunto se isso foi tudo teatro. O namoro de mentira, nossa amizade, todos os momentos que passamos juntas quando tive certeza de que sentíamos a mesma coisa uma pela outra. Sei que o que Hani me faz sentir é real. Mais real do que eu gostaria que fosse.

Será que Hani sabe atuar tão bem assim?

Afasto o pensamento, pego a mochila e saio da escola.

Com tudo o que está acontecendo, agora não é hora de ficar ponderando sobre minha relação com Hani. Minha vida está desmoronando e preciso encontrar um jeito de colocá-la nos eixos de novo. Tenho que provar que não colei, que Aisling mentiu.

— O que aconteceu? — pergunta Abbu assim que estamos no carro, a caminho de casa.

Ele me olha pelo retrovisor por um momento, e Ammu contorce os dedos no colo.

— Eu não sei. — Balanço a cabeça. — A Aisling... a garota que falou que colei. Ela quem colou de mim, e agora está mentindo porque é óbvio que tem algo contra mim.

Ammu e Abbu se entreolham por um momento.

— Eu sei que as coisas têm estado estranhas por causa da sua irmã — diz Ammu devagar. Acho que ela está agindo como a policial boa no interrogatório. — Mas nenhuma universidade vai aceitar você se acharem que colou. Pode esquecer essa história de Líder Estudantil.

— Eu não colei, Ammu. Eu não faria isso. Já dei motivo pra acharem que eu faria uma coisa dessas? Faz anos que estudo naquela escola! Nunca cheguei em casa com uma nota menor que nove porque me esforço pra caramba. Vocês me veem estudando dia e noite. Por que acreditariam na palavra de alguém que vocês nem conhecem em vez de acreditarem na minha?

Ammu balança a cabeça.

— Tudo bem... já que você diz que não colou...

Tenho que me conter para não grunhir.

— Então... temos que encontrar um jeito de provar isso.

— Se fizermos isso depressa, ainda dá para você ser eleita Líder Estudantil — comenta Abbu. — E precisamos manter essa história em segredo. Nada de contar para ninguém até esclarecermos tudo.

Suspiro e fico olhando pela janela, para os prédios passando.

— Ammu, Abbu... Nik convidou vocês pra festa de noivado?

Eles se entreolham de novo.

— Convidou. Ligou pra gente um tempo atrás — responde Ammu. — Para o casamento também. Será no meio do ano. Julho.

— Tão rápido. — Eu me viro para eles. — Onde vai ser? Em Londres?

— É, acho que sim — confirma Ammu.

— E nós vamos, né?

Ammu e Abbu não respondem. Abbu segue dirigindo, olhando para a estrada à frente, e Ammu segue torcendo os dedos no colo, olhando pela janela.

— Eu quero ir — falo mais alto. — Ela é minha única irmã. A filha mais velha de vocês.

— Nós não vamos. — A voz de Abbu indica que a decisão já está tomada.

Que não há espaço para diálogo.

— Vão mesmo excluir Nik da família porque ela vai sair da faculdade? Porque não vai fazer o que vocês querem?

— Não vamos excluí-la — contrapõe Ammu. — Só não apoiamos o que ela está fazendo e temos que mostrar isso a ela, para que ela possa voltar ao caminho certo.

— Então... se eu dissesse que tinha colado mesmo esse tempo

todo, vocês me excluiriam também? Porque não estou seguindo o caminho certo?

— Não, óbvio que não — diz Ammu de imediato. Ela lança um olhar suplicante para mim. — Podemos... podemos conversar sobre isso depois? Agora precisamos achar uma solução para o seu problema.

Cruzo os braços e me recosto no banco, porque sei a resposta. Se não conseguirmos encontrar uma solução para o meu problema, talvez eu deixe de fazer parte da família também.

34

Hani

> Posso ir até aí?

A notificação da mensagem de Ishu ficou na tela do meu celular por algumas horas, mas só vejo quando tiro o aparelho do armário no fim do dia.

> Agora?

Digito em resposta, e os três pontinhos logo aparecem indicando que ela está respondendo. Como se estivesse esperando por minha mensagem.

> Sim.

É a resposta dela.

Eu tinha combinado de sair com Dee e Aisling, mas considerando que Ishu foi embora logo depois da entrevista, sem dizer nada, imagino que seja importante. E não vou deixá-la na mão.

> Chego em casa em vinte minutos.

Digo à Ishu por mensagem antes de enfiar os livros na mochila e me virar para Aisling e Dee.

— Olha... surgiu um imprevisto. Preciso ir pra casa.

— Está tudo bem? — questiona Dee, e Aisling cruza os braços.

— Tem a ver com sua namorada? — pergunta ela, para minha surpresa.

— Quê?

— Olha... — Aisling respira fundo e, nervosa, põe uma mecha de cabelo atrás da orelha. — Eu não queria criar um... clima esquisito ou algo do tipo, mas... eu meio que denunciei a Ishita pra diretora Gallagher.

— Denunciou? Pelo quê?

De repente, sinto que entrei em um universo paralelo. Essa conversa é toda surreal. A forma que Aisling está agindo, toda fechada e nervosa, faz parecer que ela é uma pessoa totalmente diferente.

— Bem, ela meio que colou de mim na prova de biologia, então... não sei. — Aisling dá de ombros. — Eu tinha que falar alguma coisa, né? Não é justo. Quem sabe em que outras matérias ela está colando? Deve ser por isso que Ishita tira as maiores notas da turma. Tipo, não seria difícil pra ela. Provavelmente ela pega a maior parte das respostas com a irmã...

— Ishu não cola — afirmo.

Aisling enfim foca o olhar no meu, apertando os lábios.

— Bom, então qual a explicação pra ela ter copiado minha prova?

— Se ela realmente copiou, por que você não contou pra srta. Taylor quando aconteceu? — pergunto.

— Porque ela é sua namorada? — rebate Aisling. — Porque... achei que ela fosse minha amiga? — Aisling dá um passo para trás e balança a cabeça. Então olha para Dee, como se buscasse apoio. — Eu... conversei com ela sobre isso, óbvio. Antes de falar com a diretora, mas... ela não ia confessar. Sinto muito, Maira, mas Ishita não é boa companhia.

Aisling não parece sentir muito coisa nenhuma.

— Por que você está me contando isso só agora? Por que passou esse tempo todo fingindo ser amiga dela? Por que...

— Eu só estava tentando poupar você — responde Aisling, com um olhar de pena. — Eu sabia que ficaria chateada, e esperava que ela mesma fosse te contar a verdade. Tipo, você está mesmo surpresa? — Ela olha para Dee de novo, que balança a cabeça como se tivesse esperado isso desde o início. — A Ishita sempre foi esquisita, grosseira e... sei lá.

— Ela nunca seria Líder Estudantil — afirma Dee. — Ela estava enganando você esse tempo todo, Maira. É óbvio que se aproveitou do fato de que as pessoas gostam de você. E escolheu o melhor momento, quando você ainda está descobrindo sua sexualidade ou coisa assim.

— Eu não estou... — começo a falar, mas paro. Não faz diferença. Minha cabeça está girando com tanta informação que não sei por onde começar. Sinto a dor de cabeça se formando. — Eu tenho que ir, está bem?

— Você acredita em mim, não é? — Há um desespero na voz de Aisling que acho que nunca ouvi.

— Vejo vocês amanhã.

Ishu está sentada no chão em frente à porta da frente quando chego. Está com a cabeça encostada nos joelhos e não a levanta até eu estar ao seu lado.

— Oi...

— Oi.

Ela ergue a cabeça. Está com os olhos inchados e vermelhos como se tivesse chorado.

— Hum... você sabe que podia ter entrado, né? Minha mãe está lá dentro. Era só tocar a campainha.

— Eu queria esperar você.

Ishu abre um sorriso fraco.

— Tudo bem...

Abro a porta e aviso à Amma que Ishu está aqui. Ela abre um sorriso para nós duas antes de me lançar um olhar questionador. Deve ter percebido o estado de Ishu, mas não pergunta nada. Nós duas subimos para o quarto.

Ishu já tirou o uniforme da escola, então quando ela se senta na cama, vou ao banheiro para tirar a saia áspera, a blusa transparente e o suéter grosso.

— Minha irmã vai se casar — conta Ishu quando volto. É a última coisa que espero que diga. — E a gente nem vai ao casamento. Porque meus pais são péssimos.

— Não era o que eu estava esperando que você dissesse.

Eu me sento ao seu lado na cama. Ela olha para mim com os olhos lacrimosos e tenta abrir outro sorriso fraco.

— A Aisling te contou. Com certeza você acredita nela. Vocês são amigas há bem mais tempo do que você é minha amiga.

— Eu só... — Suspiro, esfregando as têmporas. Ainda é terça-feira. Ninguém merece uma dor de cabeça assim em plena terça-feira. — Estou confusa, acho. Não sei em que ou em quem acreditar.

Ishu vira o corpo todo para mim.

— Olha... a Aisling colou de mim. Ela tentou fazer isso antes. Nunca deixei. E deixei dessa vez porque...

— Porque você quer ser Líder Estudantil — concluo quando ela para de falar. — Você estava tão desesperada assim?

— Não. — Ishu balança a cabeça. — Estava... não sei. Não é como se fizesse diferença. A diretora acredita na Aisling. Tenho certeza de que até meus pais acreditam nela. Quem vai acreditar em mim? Ninguém gosta de mim.

— Você tira as maiores notas da turma desde sempre. Como alguém pode pensar que você ficou colando esse tempo todo?

Ishu olha para mim com aquele sorriso choroso novamente. Nunca a vi chorar, mas vejo as lágrimas brilhando em seus olhos, quase escorrendo.

— Você não percebe? Eu caí direitinho na armação delas, cacete.
— Como assim?
— Eu nunca coube nas malditas caixinhas em que elas queriam me enfiar. Óbvio que nunca vou ser Líder Estudantil, e agora, me acusando de colar, elas ficaram felizes de me colocar no meu lugar. E lógico, quem vai acreditar em uma garota marrom imigrante quando é a Aisling que fez a acusação?
— Eu não acho que seja bem isso, Ishu. Isso é tão... maldoso. A Aisling não é assim.

Ishu balança a cabeça, enxugando as lágrimas com as mangas da blusa.

— Ela não tem feito você se sentir um lixo por causa da sua bissexualidade esse tempo todo?
— Não. — Balanço a cabeça. — Ela me disse que você era amiga dela. Que falou com você sobre tudo isso antes de contar pra sra. Gallagher, e...
— E você realmente acredita nela? — rebate Ishu, fungando.
— Eu não sei. Não sei no que acreditar.
— Não se lembra de como Aisling e Deirdre puniram você por estar comigo, antes de sequer considerarem me incluir no grupo?

Parece que a festa aconteceu há um tempão, embora tenham sido só há algumas semanas. Acho que nunca vou esquecer de como todo mundo ficou olhando para mim quando Aisling e Dee me excluíram por não beber. Por ousar ser diferente de forma tão explícita. Mas será que elas seriam capazes de ir tão longe?

— Sabe... — continua Ishu devagar. — Se eu nunca tivesse aceitado namorar você, eu não estaria passando por essa confusão agora. Eu não deveria ter aceitado sua proposta.
— Minha proposta? — Lanço um olhar a ela. — Você aceitou porque queria ser Líder Estudantil. Eu não te convenci de nada. Não te forcei. Quando liguei, você disse que não toparia, e eu não insisti. Você não pode me culpar.
— Na verdade, posso, sim. — Ishu se levanta, enxugando as lágrimas mais uma vez. — Porque sei que você vai ficar do lado da Aisling. Não importa o que aconteça... — Ela para de falar, respirando fundo,

como se não pudesse mais suportar pensar em nós duas e na nossa relação. — De todo modo, acho que nós não combinamos. Somos muito diferentes.

Não tenho certeza de que acredito nisso, mas confirmo com a cabeça mesmo assim.

— Acho que somos mesmo.

Não tento impedir Ishu quando ela junta seus pertences e caminha em direção à porta. Ela hesita, e sinto o coração disparar. Tão rápido que fico com medo de que ele pule para fora do peito.

— Eu espero que saiba que você merece amigas melhores do que a Aisling e a Deirdre — diz Ishu enfim. — Amigas de quem não precisa se esconder, e que não tentam fazer você ser alguém que não é.

E então, ela sai pela porta.

Espero até ouvir a porta da frente batendo antes de começar a chorar.

35

Ishu

Eu me sinto uma idiota por ter ido à casa de Hani, por pensar que ela ficaria do meu lado. Hani é maravilhosa em muitos aspectos, mas com certeza não é o tipo de pessoa que bate de frente com os outros. Desde que a conheci, já a vi aguentar coisas horríveis que as amigas disseram ou a fizeram passar.

Agora, acho que estou nessa confusão sozinha, tentando entender o que fazer, sem ninguém do meu lado.

Tento dormir quando chego em casa, mas o sono não vem. Apenas fico rolando na cama, pensando em como tudo deu errado, de maneiras que eu não poderia imaginar. Pensando em que eu devia ter previsto tudo isso. Que nunca devia ter baixado a guarda, ter me aproximado de Hani, ter me deixado…

Acabo pegando o celular. Primeiro, entro no perfil de Hani, em que há muitas fotos de nós duas juntas. Depois de olhar bastante para todas as imagens, a ponto de gravar as fotos na retina, vou para o perfil da minha irmã, olhando para as fotos do noivado de novo. Olhando todos os registros do evento, percebo que havia mais de dez pessoas na festa. A maioria delas é amiga de Nik… provavelmente da faculdade. Mas também vejo a família de Rakesh… os pais e irmãos. Isso me causa uma pontada de dor no peito. Eu devia ter estado lá. Ammu e Abbu deviam ter estado lá.

Antes que eu me dê conta, estou mandando uma mensagem para Nik:

> Vi as fotos da sua festa de noivado... parabéns.
>
> Queria ter ido.

Para minha surpresa, os três pontinhos indicando que Nik está digitando aparecem quase de imediato.

> Senti falta de você, de Ammu e Abbu.
>
> Também queria que tivesse vindo.

Mordo a boca enquanto fico com os dedos pairando em cima da caixinha de texto. Acho que não tenho muito a perder.

> Uma das meninas na escola falou pra diretora que colei dela...
>
> Não vão me deixar concorrer ao posto de Líder Estudantil por causa disso.
>
> E acho que a Hani não é mais minha amiga.

Prendendo a respiração enquanto espero pela resposta de Nik. As mensagens foram visualizadas, mas os três pontinhos não aparecem. Cinco minutos se passam. Então dez.

Respiro fundo e deixo para lá. Eu não deveria esperar que minha irmã fosse me ajudar... não quando todo o resto está um caos também. Tudo bem que da última vez que nos falamos, Nik disse (insistiu) que eu poderia contar com ela para qualquer coisa. Mas nunca tivemos uma relação assim, então por que eu ficaria me enganando agora?

Estou prestes a colocar o celular na mesa de cabeceira e voltar a me deitar de vez quando o celular vibra com uma ligação. É Nik.

Respiro fundo antes de atender.

— Alô.

— Por que não me contou tudo isso? — A voz de Nik soa estridente. Há um barulho de tec-tec do lado dela da ligação. Eu me pergunto o que ela está fazendo antes de minha irmã começar a me repreender novamente. — Por que não me contou tudo isso ontem quando liguei para você?

Suspiro.

— Tudo isso... acabou de acontecer, na verdade. Foi um dia... ruim.

— O pior dos dias, pelo que parece. Você está... bem?

— É uma da manhã e estou acordada, falando com você. O que acha?

— É... e em dia de semana — acrescenta Nik. — Olha... eu quero ouvir tudo nos mínimos detalhes. Quem sabe eu não posso ajudar?

— Tudo bem...

— Mas agora não — interrompe ela, seu tom assumindo certa dureza como de costume. — Eu vou até aí.

— Nik... você mora em outro país. Não pode simplesmente dar uma passadinha aqui.

— Cala a boca. Estou olhando as passagens desde a hora que me mandou mensagem... Consigo um voo pra amanhã de manhã.

— Nik.

— Ishu.

— *Nik*.

— *Ishu*.

— Nik, como você vai parar sua vida para vir até aqui me ajudar?

— Só... indo — insiste ela. — Olha... Eu sei como Ammu e Abbu são. E sei como aquela escola é. Então... eu vou. E pegar um voo de uma hora pra ilha do lado não vai me fazer parar a minha vida, criatura.

Reviro os olhos, mas não consigo evitar o sorriso. Definitivamente soa mais como a Nik que conheço.

— Tudo bem, acho que não tenho como impedi-la de fazer isso.

— Nos vemos amanhã, Ishu. Você vai ficar bem. Você é... tipo, a pessoa mais forte que conheço.

— Pode repetir isso pra eu gravar?

Nik ri.

— Por favor, vê se dorme um pouco. Boa noite.

Guardo o celular e me deito na cama, olhando para o teto com as lascas e rachaduras. Meu sorriso se alarga. É, está tudo uma merda, mas... ao menos uma coisa não está tão merda quanto poderia estar. Ao menos Nik em breve estará aqui. Talvez ela consiga fazer as pazes com Ammu ou Abbu. Talvez consiga me ajudar.

Tudo o que sei é que parece que enfim tenho alguém do meu lado. Mesmo que esse alguém seja a minha irmã mais velha irritante.

Quando finjo estar doente na manhã seguinte para não ir à escola e lidar com todo mundo me julgando, Ammu nem se abala. Como se estivesse esperando por isso.

— Estaremos na loja o dia todo, Ishu — diz ela pela frestinha na porta. — Se precisar de algo, ligue.

— Entendi.

Rolo na cama, tentando não pensar no fato de que Abbu e Ammu nem se dão ao trabalho de tirar um dia de folga para garantirem que estou bem.

Em todos os meus anos escolares, nunca faltei nenhuma vez à aula. Fico com uma sensação esquisita na boca do estômago por ainda estar deitada na cama no meio da semana. Parece estranho estar deitada quando eu poderia estar estudando. Mas de que importa, afinal? Parece que nada mais importa enquanto fico ali, olhando para o teto.

Meu celular apita com uma mensagem, e quando o pego, vejo que é de Nik:

> Abbu e Ammu já saíram?

> Estou a caminho.

Digito uma mensagem rápida antes de voltar a olhar para o teto, sem rumo:

> Estão na loja... vão ficar o dia todo fora, provavelmente.

Quando me dou conta, a campainha está tocando. Enfim saio da cama, esfregando os olhos e me espreguiçando.
Quando abro a porta, Nik me olha de cima a baixo, franzindo a testa.
— Nossa, você está horrível.
— Obrigada. — Reviro os olhos. — É exatamente isso que eu queria ouvir.
Nik entra, deixando a mochila ao lado da porta.
— Você passou o dia todo em casa? Só... deitada na cama?
Dou de ombros.
— Aham.
— E Ammu e Abbu simplesmente te deixaram aqui?
Dou de ombros mais uma vez, e Nik suspira.
— Bom, vai colocar uma roupa, tudo bem?
— Quê? — Quando me viro, ela está ajeitando a camisa como se estivesse se preparando para sair. — Pensei que fôssemos conversar e tal. Bolar um plano, ou...
Nik me lança um olhar.
— Podemos conversar depois. Primeiro, vamos consertar tudo isso. E pra fazer isso, você precisa trocar de roupa.

— Mas...

— Sem questionar, Ishita. Vai trocar de roupa... Vamos sair.

A última coisa que quero é que Nik me arraste para algum lugar, mas ela pegou um voo até aqui para me ajudar. Então não posso dizer que não. Visto uma calça jeans e uma camiseta antes de descer a escada. Acho que minha irmã não fica muito feliz com o traje porque me olha de cima a baixo outra vez e suspira.

Enfiando a mão na mochila, ela saca uma escova e ajeita meu cabelo, dividindo-o ao meio e desfazendo os nós.

— Melhor — afirma, embora não esteja lá muito satisfeita.

Ainda assim, saímos. Ela destranca o carro ("Aluguei", explica enquanto me orienta a entrar) e partimos.

36

Hani

É óbvio que Amma sabe que tem alguma coisa errada sem eu precisar dizer uma só palavra. Depois que Ishu foi embora, e que fiquei trancada no quarto por tempo demais para descartar a possibilidade de não haver um problema, ela entra no quarto, os pés se arrastando pelo tapete felpudo com suavidade enquanto se senta ao meu lado.

Amma tira uma mecha de cabelo de meu rosto e enxuga o que restou das lágrimas em minhas bochechas com o dedão.

— Você e Ishu brigaram?

Nego com a cabeça enquanto me sento.

— Não... sim... mais ou menos. Não sei. — Não sei se posso descrever o que aconteceu como uma briga. Não parece fazer jus à situação. — É... complicado.

— Sou toda ouvidos.

Então, antes que eu possa pensar duas vezes, estou despejando toda a verdade de uma vez. Desde Aisling e Dee descartando minha bissexualidade semanas antes, passando por Ishu e eu concordando em começar um namoro de mentira, até ficarmos mais próximas, a acusação de Aisling, e nossa briga. Amma ouve tudo com absoluta atenção, a expressão facial permanecendo a mesma. Quando finalmente termino a história, Amma balança a cabeça, coberta de sabedoria, como se entendesse exatamente o que estou passando.

— Por que não me contou isso antes? — pergunta ela depois de fazer uma pausa breve.

Apenas dou de ombros. Talvez, se eu tivesse contado a ela no início, eu não estaria nessa situação caótica agora. Talvez ela tivesse me ajudado a tomar decisões melhores.

— Acho que você não foi justa com Ishu — opina Amma enfim. — O que você acha?

— Eu não sei... Tipo... a Aisling e a Dee são minhas amigas.

— E Ishu não é?

— A Ishu é... tipo... Eu conheço a Aisling e a Dee por muito mais tempo. Elas me ajudaram a passar por tanta coisa.

Aisling e eu somos melhores amigas desde o primário. Conhecemos Dee no primeiro ano do ensino secundário. Há anos fazemos tudo juntas. Sempre apoiamos umas as outras... não é verdade?

— Isso não significa que tudo bem ser injusta com Ishu. — Amma suspira. — Você acha mesmo que ela colaria na prova?

— A Ishu é a pessoa mais esforçada que eu conheço. E a mais inteligente. Ela provavelmente conseguiria vomitar o livro de biologia todinho se eu pedisse. Mas... por que a Aisling mentiria?

— Acho que você vai ter que conversar com ela sobre isso.

A possibilidade de confrontar Aisling faz meu estômago revirar. Quando digo isso para Amma, ela me lança um olhar.

— Se você e Aisling são amigas mesmo, você deveria poder falar com ela sobre isso. Amigas podem conversar sobre as coisas. Podem resolver os problemas, e superar. Você quer ter uma amiga com quem nunca pode discordar? Uma amiga com quem não consegue evoluir junto?

— Acho que não.

Suspiro. Acontece que nem sei mais que tipo de amizade Aisling e eu temos. E, para ser sincera, estou com medo de descobrir.

Ishu não aparece na escola na manhã seguinte. Ainda bem, porque as pessoas já estão comentando sobre ela ter colado na prova de biologia.

Estão se perguntando no que mais ela pode ter trapaceado... se devem acreditar mesmo que ela é a mais esperta da turma. Sei que eu deveria defendê-la (até onde o pessoal da escola sabe, Ishu e eu ainda estamos juntas), mas não consigo suportar a ideia de confrontar pessoas que mal conheço só para defender Ishu. Principalmente porque não sei qual é a verdade. Principalmente quando isso vai chegar aos ouvidos de Aisling.

— Oi, você está bem? — questiona Aisling quando se aproxima do meu armário. Ela se inclina e me abraça, como se sentisse muito por tudo o que estou passando. — Você e a Ishita conversaram?

— Aham. — Enfio os últimos livros no armário e fecho a porta. O armário faz um clique satisfatório. — Ishita me disse que não colou.

— Óbvio que ela negaria. — Aisling se recosta no armário ao lado do meu e me olha com os olhos cheios de pena. — Mas... bem, a verdade é uma só.

— É, sim... Eu queria... eu queria que você me contasse a verdade, Aisling. — Falo com suavidade, mas a mudança no rosto de Aisling é imediata.

A expressão suave e piedosa fica dura, como se eu a tivesse acusado. Ela endireita a postura e me lança um olhar.

— Estou dizendo a verdade, Maira. Eu não mentiria pra você. Desde o início, eu só estava tentando te proteger.

Esfrego os cotovelos e abaixo a cabeça, olhando para o chão cinza pontilhado, desejando que ele me engolisse. Não sei como ter esta conversa. Não quero ter esta conversa.

— É só que... Ishita não...

— Você está com a Ishita há, o quê, algumas semanas. Nós somos amigas a vida toda, Maira. Qual é, não faz isso. A amizade vem antes dos caras, né? — Ela aperta meu ombro. Quando foco o olhar no dela, percebo que está com um sorriso empático. — Não esquenta. A Dee e eu vamos achar uma pessoa melhor que a Ishita pra você. Até uma garota, se você preferir mesmo o lado rosa da força e tal.

Eu me afasto de Aisling, mantendo meu olhar fixo no dela.

— Como assim... se eu preferir mesmo o lado rosa da força?

— Tipo... — Aisling revira os olhos. — Qual é, você entendeu. Eu imaginei que ainda estivesse tentando se decidir e tal. O que é que você quer, no caso.

Balanço a cabeça.

— Aisling... você sabe que sou bissexual. Isso não é preferir um lado ou outro. Eu não sei por que você fica agindo desse jeito estranho.

Ela suspira e cruza os braços.

— Eu não sei por que *você* fica agindo desse jeito estranho. Isso não precisa ser um problema. Você vai acabar com um ou com outro, no fim das contas.

— Isso não significa que minha sexualidade vá mudar. É por isso que você ficou chamando a mim e a Ishu de lésbicas, porque acha que duas meninas juntas só podem ser lésbicas?

Aisling revira os olhos de novo.

— Por que o estresse? Todo mundo sabe que no fim das contas você vai acabar com um cara, e essa coisa toda de bissexualidade é seu jeito de parecer interessante ou sei lá. Tipo, você é tão muçulmana que não bebe nem uma gota de álcool, e quer que a gente acredite que você é gay de verdade?

— Uau.

Balanço a cabeça. Eu nem sei como responder ou corrigi-la em relação à questão de pessoas muçulmanas e queer. Eu pensei que ela e Dee estavam enfim caindo em si, já que tinham passado um tempinho comigo e Ishu, e que até pareceram se dar bem com Ishu. Mas a verdade é que essa história estava fadada ao fracasso desde o início. Talvez Aisling e Dee nunca fossem cair em si, não importava o que eu dissesse.

— Eu tenho que ir pra aula — afirmo, jogando a mochila por cima do ombro.

Aisling apenas olha para mim, ainda franzindo a boca. Por um momento, acho que ela vai falar alguma coisa, tentar defender a própria opinião. Mas quando me viro e me afasto, ela não diz mais nada.

37

Ishu

Durante a maior parte do trajeto, Nik e eu não conversamos. Vou ficando mais e mais nervosa a cada curva. A estrada em que estamos parece perturbadora de tão familiar.

— O que estamos fazendo? — pergunto.

— Resolvendo as coisas — responde Nik, com o olhar focado na estrada. — Não se preocupe. Você se sentirá bem melhor depois disso.

Quando fazemos a última curva, meu estômago está todo revirado, e tenho certeza de que vou vomitar.

— Nik... eu não vim hoje pra escola por um motivo! Por que estamos aqui?

— Confia em mim, beleza? — Nik segura minha mão, apertando meus dedos de maneira reconfortante. — Eu não traria você até aqui se não soubesse exatamente o que estou fazendo. Vamos.

São duas da tarde, então a hora do almoço já passou. Os corredores estão desertos quando Nik e eu entramos. Nik de cabeça erguida e eu quase agachada atrás dela.

— Oi... Temos um horário marcado com a diretora — anuncia Nik, tamborilando na divisória de vidro da secretária.

— Ah... — Anna ergue a cabeça do celular. Sua expressão muda de confusa para feliz ao reconhecer Nik. — Nikhita! Que bom ver você!

— Ah... digo o mesmo. — Nik abre o sorriso mais educado de todos. — A diretora Gallagher?

— Ah, sim... podem entrar. Ela está no escritório.

— Perfeito, obrigada.

— Nik... — chamo enquanto a sigo. Ela está com um olhar superfocado enquanto se aproxima da porta da diretora. — Eu não sei se...

Não consigo concluir a frase, porque no instante seguinte, Nik abre a porta do escritório da diretora. A sra. Gallagher está em uma ligação, concentrada em uma conversa. Ela levanta a cabeça quando entramos, e seu rosto fica sério ao nos ver.

— Depois eu te ligo de volta. Tenho uma reunião — murmura no telefone enquanto acena para que entremos.

Eu me sento no mesmo lugar que me sentei ontem enquanto minha vida virava de cabeça para baixo. Nik continua de pé, de braços cruzados e batendo o pé bem alto no piso.

— Nikhita! — cumprimenta a sra. Gallagher assim que desliga. — Que bom ver você! Como vai a UCL?

Nik revira os olhos.

— Sra. Gallagher, estou aqui por causa da minha irmã. Parece que ela foi acusada injustamente de colar na prova. Por você.

— Não... não por mim. — A sra. Gallagher recua, chocada.

Como se não tivesse sido ela a me encurralar no escritório com Ammu e Abbu para me contar da acusação de Aisling.

— Por uma aluna, tanto faz. — Nik acena com a mão como se pouco importassem os detalhes. — É uma acusação falsa. Sei que Ishita não colou. Você sabe que Ishita não colou. Prolongar isso tudo com uma investigação ridícula enquanto desautoriza que ela concorra à eleição de Líder Estudantil é muito injusto.

— A investigação é o procedimento padrão quando uma aluna é acusada de colar na prova. — A voz da sra. Gallagher transborda compaixão, mas sua expressão não demonstra isso. Acho que tem até um brilho discreto nos olhos dela. Como se tivesse acabado comigo e com minha irmã. Afinal, nós duas sempre tiramos as maiores notas da escola desde que viemos estudar aqui. — Não há mesmo nada que eu possa fazer a respeito. Sinto muito por ter vindo até aqui para...

— Posso ver as provas? — Nik nem parece estar ouvindo o que a diretora diz. — As duas?

— Não tenho certeza se...

— Você as mostrou para os meus pais — intervenho. — Nik é uma guardiã legal.

A diretora suspira antes de voltar à mesa e vasculhar uma das gavetas. Por fim, ela pega as provas e as coloca na mesa. Nik logo abaixa a cabeça e as analisa, estalando a língua na boca enquanto folheia.

— E podemos chamar a aluna em questão pra diretoria? — pede ela, olhando para a sra. Gallagher mais uma vez.

— Ela prefere se manter anônima.

— O nome dela está bem aqui na prova.

Nik ergue o papel, levantando o post-it para que todas possamos ver o nome "Aisling Mahoney" no topo da folha.

A diretora suspira mais uma vez.

— Isso é mesmo necessário, Nikhita? Entendo que Ishita é sua irmã...

— Sra. Gallagher. — Nikhita abre um sorriso forçado, como se o gesto fosse mesmo doloroso. — Estou apenas tentando poupar seu tempo aqui. Por favor.

A diretora aperta o intercomunicador na mesa.

— Aisling Mahoney, por favor compareça à diretoria. Aisling Mahoney, por favor compareça à diretoria. — O anúncio ecoa por um momento antes que a diretora se vire para Nik de novo. — Sabe, Aisling é uma aluna excelente. Os colegas e professores gostam dela. Não vejo um único motivo para ela colar na prova. Nem porque ela acusaria Ishita de colar se não tivesse sido o caso. De verdade, ela pareceu abalada quando me contou a situação. Disse que Ishita era amiga dela, que realmente não queria dificultar as coisas.

Nik abre outro sorriso forçado para a sra. Gallagher.

— Acho que vamos ver, então.

Há uma batida à porta, que então se abre. Aisling dá um passo hesitante para dentro, revezando o olhar entre Nik, a sra. Gallagher e eu. Está com os olhos arregalados, preocupada.

— Hum, pediu que eu viesse aqui, diretora Gallagher?
— Por favor, sente-se.
A diretora abre um sorriso genuinamente gentil para ela. Aisling se senta bem ao meu lado e me lança um olhar curioso.
— Oi, Ishita. Achei que você não estava na escola hoje.
Desvio o olhar, focando em minha irmã, e aperto os lábios.
— Aisling... você pode me dizer o que é competição por exploração? — indaga Nik.
Meu coração dispara. Eu me lembro dessa pergunta na prova. Aisling olha para a sra. Gallagher em vez de para Nik.
— Diretora Gallagher, o que é isso? — pergunta ela.
A diretora, dessa vez, não ajuda muito. Apenas balança a cabeça e diz:
— Aisling, por favor, responda à pergunta.
Aisling então olha para mim, como se achasse que eu fosse dar a resposta para ela. Por fim, foca o olhar no de Nik e abre a boca.
— Hum... a competição por exploração é quando as pessoas competem por meio da exploração de outros?
A boca de Nik dá uma tremidinha, e dá para ver que ela tenta conter um sorriso vitorioso. Então se vira para mim depressa, arqueando a sobrancelha.
— Competição por exploração?
— A competição por exploração é quando organismos estão disputando por um recurso escasso.
— E o que é uma saprófita? — continua Nik, olhando para Aisling.
Dessa vez Aisling nem tenta. Ela olha para o chão e balança a cabeça.
— Não sei.
— Uma saprófita é um organismo que se alimenta de matéria morta — respondo.
Nik olha para a diretora.
— As duas responderam essas perguntas corretamente na prova. Só que Aisling parece não saber nenhuma das respostas. — Minha irmã entrega as provas à diretora. — Nada mais a declarar.

Balançando a cabeça, a sra. Gallagher murmura:

— Estou muito decepcionada.

Apesar de não parecer muito decepcionada quando suspira e vai para o outro lado da mesa.

Ao meu lado, Aisling está contendo as lágrimas, embora não se esforce muito, porque logo seus soluços preenchem o ambiente. Ela enxuga as lágrimas, curvando-se como se tentasse esconder o choro evidente.

— Desc-culpa.

A diretora se inclina para frente, passando a caixa de lenços na mesa a ela. Até dá um tapinha na mão de Aisling, como se a garota fosse apenas um animal de estimação levado e não uma escrota manipuladora.

— Aisling, acho que você pode ir — diz a diretora.

Aisling levanta a cabeça, de olhos arregalados, enxugando mais lágrimas com as costas da mão. Ela não perde tempo.

— O-obrigada — murmura ela com suavidade e se manda.

— Então eu imagino que haverá uma investigação a respeito da conduta dela? — pergunta Nik. — Quer dizer, a aluna não só colou como também importunou Ishita com uma acusação falsa, não é mesmo?

— Acho que não é necessário — responde a diretora, séria. — Acredito que já traumatizamos a pobrezinha o suficiente. Ishita não colou na prova, Aisling, sim. Vou aceitar isso, e podemos seguir em frente. Ishita pode continuar na eleição à Líder Estudantil; ela tem nosso apoio. Obrigada por esclarecer a situação, Nikhita.

— Então, Ishita teve que passar por uma investigação, foi constrangida na frente dos nossos pais... e a Aisling sairá impune? Sem enfrentar nenhuma consequência?

— Aisling enfrentará as consequências — afirma a diretora, sem convencer ninguém. — Detenção...

— Detenção — repete Nik, fazendo um som de deboche.

Já estou me levantando da cadeira. Ao menos meu nome está limpo, independente do que aconteça (ou não aconteça) com Aisling.

— É melhor a gente ir, Nik — murmuro.
— Ishu...
— Por favor?

Nik suspira, lançando um último olhar à sra. Gallagher, antes de sairmos do escritório.

38

Ishu

— Você podia ter me avisado que ia fazer isso, sabe — digo para Nik assim que voltamos para o carro.

Não sinto alívio em si pela verdade ter sido revelada, mas pelo menos parte da pressão absurda pesava sobre mim sumiu. Eu me sinto mais leve.

Nik abre um sorrisinho.

— A graça está na surpresa.

— Não quando se trata da minha vida acadêmica... Aonde estamos indo?

Nik não vai pelo caminho que leva para nossa casa.

— Precisamos comemorar o fato de termos derrotado essa escola de merda e... qualquer que seja o nome daquela garota. Vamos almoçar, eu pago.

— Aisling. — O nome dela em minha boca me faz ter uma sensação ruim. — Não acredito que a escola não vai fazer nada com ela...

— Não vamos pensar nisso. — Nik para o carro em frente ao Mao's. — Comida tailandesa?

Mais tarde, enquanto Nik devora uma garfada de pad thai, ela foca o olhar em mim... a curiosidade transbordando.

— Que foi? — pergunto quando ela fica me encarando sem dizer nada por tanto tempo que me sinto desconfortável.

— Me conta o que aconteceu entre você e a Hani.

— Não quero falar disso.

Enfio um punhado de noodle na boca para evitar o assunto. Nik me cutuca de lado.

— Eu peguei um voo pra vir até aqui...

— Você não pode usar essa desculpa — afirmo, com a boca cheia de comida.

Nik revira os olhos.

— Eu não vou parar de te perturbar até você me contar tudo. Não importa se está comendo. Sou sua irmã... posso te ajudar a lidar com essa situação.

Ela ergue a sobrancelha, quase de forma ameaçadora. Engulo os noodles e suspiro.

— É complicado.

— E seria um romance se não fosse?

Fico espetando os noodles com o garfo por um momento, antes de responder:

— Acontece que... Aisling é meio que a melhor amiga da Hani.

O que quer que Nik estivesse esperando, acho que não era aquilo, porque ela quase cai da cadeira de tanto choque. A faca e o garfo que usava caem no chão, fazendo um barulhão. Os outros clientes no restaurante nos lançam olhares. Nik abre um sorriso educado a eles e se inclina para pegar os talheres, então os coloca na mesa e me encara.

— Hani não parece ser o tipo de pessoa que é amiga de alguém como aquela garota. Sei lá... — comenta minha irmã.

Dou de ombros.

— Não sei por que elas são amigas, na verdade. Só que elas são amigas desde sempre. Bem... a Hani ficou do lado dela, óbvio.

— A Hani achou que você tinha colado? — Nik levanta a voz ao perguntar.

— Bem... não exatamente.

— Então...

— Ela... Não sei. Ela ficou dizendo que estava confusa. Que não sabia em quem acreditar.

— E aí vocês terminaram?

Em vez de responder, ponho mais noodles na boca e mastigo. Ao menos isso evita que o nó se forme em minha garganta e me ajuda a conter as lágrimas.

— Então... você terminou com ela, né? — Nik volta a comer o pad thai. — Sabe, Ishu... Eu sei que você é muitas coisas: grosseira, fechada, um pouco maldosa às vezes, invejosa, com certeza, e por certo...

— Nik!

— Desculpa. — Nik sorri. — Só nunca pensei que você era boba. A inteligência sempre foi seu ponto forte.

— Do que está falando?

— Bem... você deu tudo à Aisling. Desistiu da garota de que você gosta e com quem quer ficar em vez de lutar por ela, ou explicar seu lado da história. Você entregou Hani de bandeja. Por que ela acreditaria em você quando desistiu dela tão fácil assim?

Nik não está olhando para mim. Está mastigando pequenas porções de noodles enquanto fala.

— Para começo de conversa, nós nunca ficamos juntas de verdade, Nik. Essa história toda... não passou de uma mentira. Eu achei que ao menos ela podia ser minha amiga, mas... nem isso. Ela *nunca* acreditaria em mim. Aposto que Aisling já inventou um monte de mentiras pra fazer Hani acreditar que ela não errou. Que foi tudo minha culpa. Hani... age diferente quando está com as amigas brancas. Tenta mudar coisas nela mesma pra ser mais como as outras, pra se encaixar, sabe? Nem sei se quero ficar com alguém assim.

Nik me lança um olhar.

— Não dá pra você ficar com raiva dela por causa disso.

— Dá, sim.

Lanço um olhar à Nik de volta.

— Não é como se você fosse sempre você mesma. Sei que faz as coisas porque Ammu e Abbu acham que você devia fazer. Você teria deixado a Aisling e a diretora Gallagher pisarem em você se Ammu e Abbu não tivessem estado lá?

— Bom, não. Mas é diferente. São meus pais.

— Meu ponto, querida irmã, é que todo mundo se molda de alguma forma pra ter a aprovação de alguém. Pra você e pra mim, são

Ammu e Abbu. Pra Hani, são as amigas. Todo mundo precisa se encaixar, precisa ser amado ou precisa de aprovação. Se parar para pensar, vai perceber que você e a Hani não são tão diferentes assim.

Nik está errada. Sei que está. Não fico me moldando nem sendo alguém que não sou por causa de Ammu e Abbu. Eles nunca me pediram para ser quem não sou, pediram? Não me pediram para ser Líder Estudantil, mas... eu teria tentado ser Líder Estudantil se eu não achasse que ganharia a aprovação deles?

Os noodles de repente deixam um gosto ruim na minha boca. Engulo o que eu mastigava e empurro o restante para o lado.

— Enfim, eu sei que você não estava só namorando a Hani "de mentira" — continua Nik com a voz casual.

— Estava, *sim*.

Cruzo os braços, mas acho que a postura defensiva não convence muito porque Nik sorri.

— É óbvio que você gosta dela — insiste minha irmã.

Nego com a cabeça, porque sim, talvez eu goste. Mas não *quero* gostar. Se aprendi algo com tudo isso é que Hani e eu não combinamos. Eu nunca devia ter dado brecha para meus sentimentos. Talvez assim essa história não doesse tanto.

— Podemos mudar de assunto e falar sobre você e o casamento? Ammu e Abbu não vão mesmo?

Nik suspira e empurra o pad thai para o lado também. Como se a conversa a tivesse feito perder o apetite de imediato.

— Olha... Eu falei pra eles que... não vou voltar pra faculdade. Acho que foi a gota d'água. Eles disseram que não iriam ao casamento se o Rakesh e eu estivéssemos tirando minha vida do prumo.

Ela dá de ombros como se não fosse nada demais, mas vejo que suas mãos estão tremendo por debaixo da mesa. Estendo minhas mãos para segurar as dela.

— Por que você não vai voltar pra faculdade? É... Você está...

— Ishu... eu nunca contei isso a você, mas... nunca quis estudar medicina. Ou... talvez quisesse. Não sei. — Nik balança a cabeça. — Acontece que eu fiquei tão focada no que Ammu e Abbu queriam que não parei um segundo pra pensar no que eu queria. Eles me convenceram de que estudar medicina e ir pra UCL seria a melhor coisa que eu poderia fazer na vida. Eu queria deixá-los orgulhosos, e estava tão acostumada a competir. Com você, com outras alunas na escola. Então apenas fui deixando rolar, e foi só quando cheguei lá, quando estava na faculdade, que percebi que odiava tudo aquilo. Que odiava tudo o que a gente vinha fazendo, pra ser sincera.

Ela suspira e aperta minhas mãos. Acho que é para extrair força mais do que qualquer coisa.

— Meu primeiro ano na faculdade foi horrível. Eu estava indo mal em todas as matérias e, depois de competir e ganhar a vida toda... estava tudo de cabeça pra baixo. E eu estava tão determinada a ser bem-sucedida em algo de que nem gostava e nem queria que fiquei deprimida, parei de comer, parei... de cuidar de mim mesma, no sentido mental e físico. Graças a Deus conheci Rakesh.

— Ele ajudou você?

Ela faz que sim com a cabeça.

— Muito. Tipo, no começo éramos apenas amigos, e ele me ajudou a estudar e a voltar aos eixos. A irmã mais velha dele é médica, então me ajudou muito também. Passei nas provas... de raspão. Não vim pra casa nas férias porque estava com tanto medo de decepcionar Abbu e Ammu... o que é horrível, sabe? Eu queria vê-los, queria ver você. Queria voltar pra casa, dormir na minha cama, mas fiquei paralisada por causa do medo do que Ammu e Abbu diriam se eu aparecesse com aquelas notas aqui. Então fiquei em Londres. Rakesh e eu começamos a namorar, e quanto mais o tempo passava, mais eu percebia o quanto não queria mais fazer aquilo. A princípio, considerei trancar a faculdade por um ano. Foi quando vim pra cá e... usei o Rakesh e o noivado como justificativa quando não devia ter feito isso. Ele não tem nada a ver com a minha decisão. Ele foi só uma desculpa que eu usei pra lidar com a decepção de Abbu e Ammu.

— Então... o que você quer fazer?

Nik suspira.

— Sabe, eu não tenho certeza. Acho que quero um pouco mais de tempo pra descobrir. É tipo... como se desde que resolvi desistir do curso... uma névoa tivesse se dissipado e eu enfim conseguisse entender quem eu sou. É como quando a pessoa sai de uma relação ruim e precisa reaprender tudo sobre si mesma, sabe?

— Não, mas... acho que entendo?

Nik sorri.

— É. Acho que a Hani foi seu primeiro relacionamento.

— Primeiro relacionamento *de mentira*...

Tento não ficar pensando no que "foi" significa, e o fato de que grande parte da nossa história pareceu real.

— Sabe, você ainda pode se acertar com ela. — Nik inclina a cabeça para o lado e me observa. — Não é tarde demais.

Dou de ombros.

— Não importa. Eu só quero focar em voltar para o caminho certo. Não posso deixar todo o esforço que fiz ir pelo ralo só por causa da Hani e da amiga de merda dela.

Nik suspira.

— Então... eu queria conversar com você sobre isso. Esse lance de medicina... é o que você quer fazer mesmo?

— Bom... É.

Fico sem reação. Acho que nunca considerei fazer outra coisa, mas com certeza é o que me motiva.

— Porque... se for apenas por conta da pressão que Ammu e Abbu fazem em você, ainda dá tempo de reconsiderar. Pode contar comigo, não importa o que aconteça. Espero que saiba disso. Estou logo ali, a um voo de uma hora de distância.

— Valeu, Nik.

Abro um sorriso para ela. Nik aperta minhas mãos com força, e o toque faz um quentinho se espalhar por meu corpo todo. Não me lembro da última vez que nós duas conversamos assim. Acho que nunca tinha acontecido.

Até que é legal ter uma irmã mais velha cuidando da gente.

39

Hani

Os próximos dias na escola se arrastam lentamente, mas em casa tudo está um alvoroço. A eleição é daqui a alguns dias, e parece que tem muito a ser feito e pouco tempo para se fazer. Abba vai à mesquita quase todo dia, orando lado a lado com os muçulmanos da comunidade antes de tentar convencê-los, com toda a sutileza, a votarem nele.

Eu o acompanho para onde quer que ele vá, carregando os folhetos, sozinha, para a sacada feminina.

O lado bom da correria com a campanha de Abba é que não sobra muito tempo para pensar em Aisling e Dee e... Ishu. Faz dias desde que falei com elas, embora toda hora eu pegue o celular para mandar uma mensagem para Ishu sobre qualquer coisinha. Mas sei que não é certo. Não posso entrar em contato com ela quando ainda não defini minha opinião. Quando não tenho certeza de que posso compensar as coisas feitas por Aisling. Quando nem tenho coragem de repreender Aisling pela sua atitude.

Também venho evitando Aisling e Dee a todo custo. Tem sido um pouco difícil, considerando que fazemos quase todas as aulas juntas e costumamos almoçar juntas. Mas eu mudei de lugar em todas as aulas, estou me sentando bem lá na frente, de onde sinto Aisling e Dee me encarando em reprovação. E no almoço vou para o lado de fora, perto da fachada do colégio. Eu me sento encostada em uma árvore e como sozinha, tentando esquecer do fato de parecer que tudo em minha vida mudou nas últimas semanas. E não sei como melhorar a situação.

Na sexta à tarde, quando chego em casa, vejo Abba sentado na sala com as mãos no rosto. Amma está ao seu lado, acariciando seus ombros de modo reconfortante.

Fecho a porta com a maior delicadeza possível, mas os dois erguem a cabeça ao ouvirem o barulho. Amma abre o sorriso de sempre, e Abba muda a expressão para algo que certamente deveria parecer confiante... mas não parece. Na verdade, seu sorriso se assemelha a uma careta.

— Está tudo bem? — pergunto.

Não consigo imaginar o que deixaria Abba chateado... a menos que já tenha saído alguma informação referente à eleição.

— Está tudo bem.

Amma sorri de novo, mas eu não devo parecer convencida porque ela e Abba se entreolham.

— Seu Abba está só um pouco estressado com o que pode acontecer amanhã — explica ela enfim, suspirando. — Mas... fizemos o que podíamos. — Ela lança um olhar significativo a Abba enquanto diz isso.

Abba se recosta no assento e suspira. Ele também não parece muito convencido pelas palavras de Amma, mas confirma com a cabeça e repete:

— Fizemos tudo o que podíamos.

As palavras embrulham meu estômago. Tínhamos *mesmo* feito tudo o que podíamos? Não contei para Abba que naquele dia não fui angariar votos. Que Aisling e Dee me convenceram a ir para o centro para comemorar a vitória dos namorados em vez de ajudar na campanha. Fiquei tão envolvida no lance de Aisling, Dee e Ishu ao longo da eleição, que negligenciei Abba e o que eu devia ter feito para ajudá-lo.

Amma se levanta e junta as mãos.

— Não faz sentido ficar aqui se preocupando com o que pode ou não acontecer amanhã. E se eu preparar um jantar daqueles pra gente?

Abba concorda com a cabeça, e Amma entra na cozinha. Entretanto, dá para ver que ele não está se sentindo muito melhor.

Sento-me ao seu lado no sofá, embora eu ainda esteja usando o uniforme da escola.

— Aconteceu alguma coisa que fez você ficar preocupado agora, não foi? — pergunto devagar.

Abba suspira.

— Saíram umas pesquisas de intenção de voto que... não foram muito positivas.

— Pesquisas de intenção de voto muitas vezes erram — contraponho. — As coisas ainda podem dar certo.

Abba se vira para mim e sorri.

— Sua Amma me contou que você está lidando com alguns problemas também.

Eu me mexo no sofá, desconfortável. A última coisa que quero é despejar meus problemas em Abba na véspera da eleição.

— Eu estou bem.

— Hani... você sabe que pode sempre conversar comigo sobre qualquer coisa. Sua Amma... está um pouco preocupada com você.

— E está preocupada com você.

Ele abre mais o sorriso.

— Então, se ajudarmos um ao outro, talvez consigamos fazer sua Amma se preocupar bem menos.

Devagar, conto a Abba tudo o que vem acontecendo com Aisling, Dee e Ishu.

— Eu sei que preciso me redimir com Ishu por tudo o que fiz, mas... não sei como pedir desculpa. Não quando nem consigo bater de frente com Aisling e Dee. Não sei como... consertar as coisas com ninguém.

Abba fica me olhando, pensativo.

— Se você fosse Ishu nessa situação, o que melhoraria as coisas?

Eu penso por alguns minutos. Não é fácil me colocar na mente de Ishu. Somos tão diferentes. Quando penso nela agora, só consigo me lembrar do dia em que ela ficou sentada diante da porta, parecendo pequena e magoada.

— Acho que só gostaria de saber que... alguém que eu considerava minha amiga não estava pensando coisas ruins de mim.

— Então, você precisa apenas encontrar um jeito de mostrar isso a ela. — Abba fala como se fosse a coisa mais fácil do mundo.

Mas como posso *mostrar* à Ishu que ela é importante para mim? Que não escolhi Aisling ou Dee em vez dela? E quando penso em qual pode ser a resposta dessas perguntas, não sei se sou forte o bastante para provar à Ishu que ela pode confiar em mim, que *somos* amigas... e talvez mais. Talvez Ishu tenha razão... talvez sejamos diferentes demais para ficarmos juntas. Talvez sejamos diferentes demais até para estar na vida uma da outra. Talvez o motivo de nós duas não termos nos tornado amigas esse tempo todo não seja por causa do medo de terem nos forçado a nos aproximar, e sim por causa das nossas diferenças.

Acordo na manhã seguinte e me deparo com um céu nublado e uma chuva fina batendo na janela. Amma faz *paratha* e *halva* para o café da manhã, e deveria ser uma refeição comemorativa, mas nada na atmosfera da casa remete a isso.

Amma tem uma reunião da Associação de Pais e Mestres, então somos só eu e Abba seguindo para a seção eleitoral juntos. É em uma escola primária que fica a dez minutos de carro, mas parece mais tempo. Pela primeira vez nas últimas semanas, não estou pensando em minhas amigas nem em Ishu, e sim no que a eleição poderia significar para a minha família.

Mal saímos do carro e Abba vê rostos familiares de membros da mesquita do lado de fora do prédio. Reconheço algumas pessoas (como o *Tio* Salim), mas a maioria eu nunca vi. Dá para notar que quase todos são bengali.

— *Salaam Aleikum* — cumprimenta Abba enquanto se aproxima do grupo.

A expressão desanimada se transforma no sorriso político educado que ele desenvolveu ao longo da campanha.

— *Aalaikum As-Salaam* — respondem todos os *Tios* em uma só voz.

— Estávamos aqui conversando sobre como este é um momento histórico — conta o *Tio* Salim. — Um dos nossos está prestes a virar vereador!

Abba abre um sorriso tenso.

— Bom... Insha'Allah.

— Sajib, você fez um trabalho incrível na campanha — opina um dos *Tios*, um homem alto de pele clara e bigode preto. — Vi seus cartazes em todo lugar... e as pessoas que bateram lá em casa para me convencer a votar em você? Fenomenal. Se eu já não fosse votar em você, com certeza teriam me convencido.

A expressão do *Tio* Salim muda um pouco. Ele se vira para Abba, franzindo a testa.

— Você colocou gente pra angariar votos?

— Só algumas pessoas. É difícil coordenar muita gente ao longo das eleições, mas consegui mandar alguns grupos diferentes. E... Hani. — Ele se vira para mim, passa o braço por meus ombros. — Ela me ajudou à beça. Convenceu as amigas a dedicarem uma tarde de domingo pra angariar votos... Quem sabe quem mais ela conseguiu convencer?

Tento sorrir, mas fico sentindo a culpa se revirando em meu estômago. Abba não pediu muito de mim durante a eleição... o momento *histórico*, como disse *Tio* Salim. E eu sequer fiz o mínimo para ajudá-lo.

Tio Salim fica me olhando por um tempo antes de se voltar a Abba.

— Acho que você devia ter focado no nosso bairro também. Eu não me lembro de ninguém angariando votos para você por lá. Mas, bem... o que passou, passou. — Ele suspira, como se fosse doloroso ninguém ter ido à porta dele convencê-lo a votar em alguém em quem já votaria. — Vamos entrar?

Tiro uma foto de Abba com a placa da seção eleitoral antes de ele entrar com os outros homens da mesquita. Aviso que vou esperá-lo no carro.

Assim que Abba entra, saco o celular do bolso. Não falo com minhas amigas há tanto tempo que parece estranho abrir o grupo que tenho com Dee e Aisling.

> **Hani**
> Ei... os pais de vocês vão votar no meu pai?

Envio sem pensar muito. Afinal, só porque brigamos não significa que não somos mais *amigas*. Né?

A resposta de Aisling é quase imediata:

> **Aisiling**
> Ah, então *agora* tudo bem a gente se falar?

Suspiro. Não sei porque esperei outro comportamento de Aisling. Aguardo ela dizer mais alguma coisa: sim, os pais dela ainda vão votar em Abba, ou não, não vão. Só que não recebo mais mensagem nenhuma.

40

Hani

Abba leva quase vinte minutos para voltar para o carro. Despedindo-se dos *Tios* com um aceno de mão, ele abre a porta do veículo e entra. Então solta um suspiro de alívio ao fechar a porta e se recostar no assento, fechando os olhos.

— Eu queria poder votar — comento quando o silêncio se prolonga por mais alguns minutos. — Seria mais um voto para você.

Abba enfim abre os olhos, dando um pequeno sorriso. É o primeiro sorriso verdadeiro que o vejo dar no dia.

— Hani, você já fez mais do que o suficiente por mim e para essa eleição. Digo... ir à mesquita comigo o tempo todo, convencer suas amigas a irem me apoiar nos comícios, juntar as amigas para ajudar a angariar votos... aguentar o *Tio* Salim.

— Ele não é... tão ruim — respondo, tentando forçar uma risada.

O som parece vazio, porque só consigo pensar em como ele acha que fiz de tudo para ajudá-lo. Quando na verdade... por minha causa, ele pode perder a eleição. E nem vai suspeitar disso.

Abba me lança um sorriso ainda maior.

— Eu sei que você e sua Amma não são grandes fãs dele, mas... ele é um membro importante da comunidade. Sem Salim, nem sei se eu teria chance na eleição. Embora eu imagine que, mesmo com ele, as chances não são certas.

Eu me mexo no assento, brincando com o cinto de segurança e desejando que Abba saísse com o carro logo. Que pudéssemos ir para casa para eu tentar tirar o que fiz da cabeça. Só que... não sei se consigo. E se Abba perder a eleição? E se for por minha culpa?

Abba dá partida. Está apertando tanto o volante enquanto conduz o carro para fora do estacionamento que seus dedos ficam sem cor. Seguimos pela estrada e minha mente fica girando. Nas últimas semanas, andei pensando em todas as mentiras que contei: para minhas amigas, Amma e Abba... e as coisas não teriam sido melhores se eu tivesse contado a verdade desde o início? Eu certamente não estaria nessa situação caótica se tivesse feito isso.

Então, quando Abba estaciona o carro em frente à nossa casa, já me decidi sobre o que fazer.

— Abba — digo, soltando o cinto de segurança enquanto ele põe o carro em ponto morto.

— Hum?

— Sabe o que contei das minhas amigas? Como... elas nem sempre me escutam. E... bom, tudo o que aconteceu com a Ishu?

— Certo. — Abba confirma com a cabeça. — Aconteceu mais alguma coisa?

— Bem... — Olho pela janela, para a chuva batendo no vidro. Está bem mais forte do que estava de manhã, e ouço as gotas acertarem o cascalho da estrada. — Na outra semana... quando você me pediu pra falar com as meninas pra irem angariar votos junto comigo... não sei o que aconteceu. Eu não devia ter dado atenção a elas, mas... acho que deixei que me convencessem a não ir. Eu achei que conseguiria compensar depois, mas... não fiz isso. — Parece pior quando falo.

Mal consigo proferir as palavras. Porque nem sei ao certo de quem é a culpa.

Por um instante, o carro é tomado pelo silêncio, acentuado pela chuva do lado de fora. Quando olho para Abba, ele está olhando para a frente, apertando os lábios.

— Abba... desculpa. — Minha voz sai em um sussurro.

Abba só balança a cabeça devagar. Fecha os olhos e respira fundo.

— Então, quando Salim disse que ninguém foi à casa dele, foi por causa de você e das suas amigas — responde Abba enfim.

Há uma tranquilidade estranha em sua voz que me deixa apavorada.

— Sim... provavelmente. Eu não devia ter dado atenção a elas naquele dia. Eu sei. Sei que decepcionei você. Sei que...

— Se Salim descobrir isso — interrompe Abba —, sabe como ficaria a minha imagem? Fiquei falando para ele, para todo mundo, que minha família vem me apoiado durante a campanha inteira. Eu tenho elogiado muito você, falando de tudo o que fez por mim e pela campanha. Mas você vem mentindo para mim esse tempo todo.

— Só menti sobre isso. Mais nada. E o *Tio* Salim não precisa saber, ninguém precisa. Eu só... eu quis contar porque sei que você está preocupado com o que vai acontecer na eleição e... eu sei que eu devia ter feito mais.

Abba balança a cabeça, como se não pudesse acreditar no que estou dizendo.

— Eu sei que está tendo problemas com suas amigas, Hani, mas pensei que você fosse melhor que isso.

— Isso não é justo. Você também mentiu. — Quando falo isso, Abba enfim olha para mim depressa, franzindo as sobrancelhas enquanto me observa. — Você falou que vai ser ruim se o *Tio* Salim descobrir que *eu* menti, mas... e você? Você passou esse tempo todo mentindo pra ele e fingindo ser outra pessoa. Indo à mesquita quase todo dia, quando você e Amma nunca iam à mesquita antes da campanha eleitoral. Você vem tentando conseguir votos da comunidade muçulmana, mas nem liga pra eles nem pro que eles querem.

Eu nem sei de onde essas palavras estão saindo, mas de repente estão todas ali, expostas. Abba ainda está me olhando, mas não consigo encará-lo. De repente, o carro parece abafado demais, e o silêncio ali é ensurdecedor.

— Eu... pedi *desculpa* — sussurro por fim, embora não pareça grande coisa. A culpa me corrói por dentro, mas também sinto uma onda de raiva que eu desconhecia até então. Afinal, as coisas que falei são verdade, não é mesmo? Eu não sou a única vivendo uma mentira nas últimas semanas. — Estou tentando consertar as coisas, Abba. Mas você... se ganhar a eleição, sua mentira continua. *Tio* Salim e os outros jamais saberão que você não ganhou por eles, e sim por si mesmo.

Vejo Abba respirar bem fundo. Então ele tira as chaves da ignição, abre a porta e sai para a chuva forte. Ele nem me espera sair. Simplesmente segue para a casa e abre a porta, desaparecendo lá dentro.

As lágrimas estão querendo jorrar de meus olhos, mas me contenho. Meu celular vibra no bolso, e quando checo as notificações, vejo que enfim tem outra mensagem no grupo.

> **Dee**
> Meus pais não apoiam as propostas do seu pai, então não.

E de alguma forma, isso faz as lágrimas se dissiparem, desata o nó na garganta que foi aumentando conforme eu conversava com Abba. Porque enfim, enfim, sei exatamente o que tenho que fazer. E talvez eu esteja com raiva o suficiente para fazer mesmo.

41

Ishu

É difícil não pensar em Hani quando parece que a vejo em todos os lugares da escola. Depois das últimas semanas, sei de cor os horários dela. Sei as aulas que faz, quando e onde. Sei todos os momentos em que ela vai ao armário, e até sei seus locais preferidos para almoçar quando não quer ficar com Aisling e Deirdre.

Sei que eu deveria tentar evitá-la, tirá-la da cabeça. Mas não consigo deixar de encarar Hani quando estamos mexendo no armário entre uma aula e outra, nem de observá-la da janela que dá vista para a árvore debaixo da qual ela gosta de almoçar.

Muitas vezes, quase fui até ela para contar tudo o que está acontecendo em relação à Nik e aos meus pais, ou meus planos para a eleição de Líder Estudantil. Mas sempre desisto na última hora.

Porque não importa como me sinto a respeito de Hani, não muda o fato de que ela ainda é amiga de Aisling e Dee. Que nunca vai bater de frente com elas. Que nunca vai me escolher em vez das amigas. E não há nada que *eu* possa fazer para mudar isso.

No fim de semana, acordo determinada a colocar a vida nos eixos. Essa história toda envolvendo Hani, Aisling e Deirdre me fez perder de vista o que realmente importa: ser Líder Estudantil, a prova final, entrar na melhor universidade possível.

Quando ligo para Nik no sábado de manhã, ela atende depois de dois toques.

— Você dorme até mais tarde alguma vez na vida? — reclama em saudação.

— Às vezes, mas não na semana antes da eleição de Líder Estudantil!

Nik suspira.

— Óbvio que não.

— Olha... eu preciso de ajuda. Quero ganhar, beleza? E agora vai ser mais difícil do que nunca. Eu não tenho as garotas populares do meu lado... na verdade, tenho certeza de que o novo objetivo da Aisling é acabar com a porra da minha vida, mas preciso ganhar. Você tem que me ajudar.

Ouço um farfalhar do lado de Nik da linha e o ranger da cama. Tento imaginá-la se mexendo na cama, mas é difícil quando não faço ideia de como é o quarto dela. Nunca fui visitá-la em Londres, e agora não sei se Ammu e Abbu me deixariam ir.

— Ishu... você sabe que eu perdi a eleição de Líder Estudantil, né? Eles nem me deixaram ser vice. Acho que não sou a pessoa certa para te ajudar. — Ela fala isso como se houvesse uma fileira de gente esperando para me ajudar e eu tivesse escolhido justo a ela.

Como se ela não fosse a *única* pessoa agora a quem posso *pedir* ajuda. Só que dizer isso vai me fazer parecer patética... mesmo que Nik seja minha *irmã* e provavelmente já saiba que sou um pouco patética, principalmente quando teve que vir aqui para resolver meus problemas. Definitivamente não quero lembrá-la disso.

Então apenas digo:

— Por favor?

E para minha surpresa, ela concorda em me ajudar, mesmo a contragosto.

— Então, amanhã... precisamos fazer uma apresentação pra nossa turma sobre porque queremos ser Líder Estudantil, e porque nos consideramos a melhor candidata ao cargo — explico. — Eu estava pensando em só ir e... falar.

Há uma pausa do outro lado da linha antes que eu ouça a risadinha de Nik.

— E depois? Você está pensando em conquistar todo mundo com um sorriso e sua personalidade charmosa?

— Eu sei ser legal com a pessoas. Aprendi a suportar minhas colegas de classe. A Hani... me ensinou. Fui a festas com elas. Conversei com elas.

Nik ainda está rindo.

— Tipo... conversou de verdade? Ou só ficou as encarando enquanto tentavam falar com você?

— Não, conversei de verdade! Mesmo que... óbvio que as coisas são diferentes agora que Hani e eu terminamos e... todo mundo acha que colei.

Ao menos isso faz Nik ficar um pouco séria.

— Bem, então essa apresentação é o momento perfeito pra você esclarecer a situação. Diz a verdade pra todo mundo... que não colou! As professoras sabem a verdade... vão te apoiar.

Sei que Nik tem razão, mas também conheço Aisling. Ela vai encontrar um jeito de distorcer tudo para me fazer parecer a errada da história.

— Talvez.

— Olha... eu posso te ajudar a pensar em alguma coisa — afirma Nik. — Podemos fazer uma apresentação virtual. Um PowerPoint explicando como a Aisling é uma escrota.

Tenho que conter uma risada.

— Beleza... um PowerPoint... é uma boa ideia. Posso provar porque eu seria uma boa Líder Estudantil. Posso mostrar todas as coisas que já fiz...

O problema é que estou tendo dificuldade para pensar em algo que já fiz que prova que eu seria uma boa Líder Estudantil. Óbvio que costumo tirar as melhores notas da escola e, com a ajuda de Hani, quase fiz amizade com pessoas com quem eu nunca teria falado de outra forma. Mas... isso mostra que vou ser uma boa Líder Estudantil?

— Ishu? Oi? A ligação caiu?

Balanço a cabeça.

— Não, está tudo bem. Só estou... pensando. Na segunda-feira.

— Não faz sentido pensar na segunda-feira quando ainda não nos preparamos para ela. Bora, abre o notebook. Vamos começar.

Então, segurando o celular na orelha com uma das mãos, abro o notebook com a outra, e Nik e eu vamos à luta.

42

Hani

Entro em casa só para pegar um guarda-chuva e saio na chuva de novo. Pego o ônibus que me deixa na frente da casa de Aisling, e enquanto isso vou pensando em todas as coisas que fiquei guardando para mim e que tenho que dizer a ela e a Dee. Conversas que ensaiei na mente por muito tempo, mas que nunca ousei falar em voz alta para elas.

Quando toco a campainha, estou acelerada, e com uma raiva que não sinto há muito tempo.

Mas então a porta da frente se abre e a mãe de Aisling aparece ali. Seu rosto se alegra ao me ver.

— Humaira — cumprimenta ela, me puxando para dentro. — Eu não sabia que você vinha hoje.

Ela me abraça, como sempre faz quando nos vemos. Sinto a raiva se dissipar devagar. De repente, só consigo pensar no fato de que conheço Aisling desde que eu era bem pequena. Somos amigas desde então. Vou mesmo jogar tudo isso fora?

— Aisling e Deirdre estão lá em cima — informa a sra. Mahoney.

Subo a escada devagar, ouvindo o murmúrio das vozes de Aisling e Dee de detrás da porta fechada e o som do meu coração batendo alto demais.

Quando finalmente bato na porta, Dee abre.

— Ah, você chegou — afirma ela, como se estivesse me esperando esse tempo todo.

Ela dá um passo para o lado, e entro no quarto.

Aisling está sentada na cama de pernas cruzadas com o celular na mão.

— Maira, *até que enfim* — diz ela, como se eu estivesse atrasada. — Se não encontrássemos você neste fim de semana, mandaríamos uma equipe de resgate ou algo do tipo.

Cruzo os braços. Há um milhão de coisas que quero dizer à Aisling e a Dee, mas, de alguma forma, as palavras ficam presas na garganta, não querem sair de jeito nenhum.

— Estávamos aqui comentando sobre como Ishita me *humilhou*. Vamos pensar num jeito de fazer o mesmo com ela. — Aisling mal olha para mim enquanto fala. Em vez disso, ela se levanta e começa a andar um lado ao outro. — Eu vou fazer questão de *garantir* que ela nunca se torne Líder Estudantil. Depois que eu acabar com ela, ninguém vai querer se sentar ao lado da Ishita na aula.

— Ninguém quer se sentar ao lado da Ishita *agora* — respondo.

Aisling me olha, franzindo as sobrancelhas como se tivesse dificuldade de lembrar de mim.

— Quê?

— Ishita não vai ligar pra isso. Ela não *quer* que ninguém se sente ao lado dela na aula. Não se importa com o que os outros pensam. Nunca se importou.

— Ela finge que não se importa. *Todo mundo* se importa.

Balanço a cabeça.

— Ela, não. E como... como exatamente ela humilhou você?

Aisling troca um olhar com Dee, o que me faz ponderar se o que ela dirá em seguida é verdade ou não.

— Então ela ainda não te contou...

— A gente não se fala... há uns dias.

Parece uma eternidade, mas não conto isso a elas.

O sorriso que surge no rosto de Aisling deixa meu estômago embrulhado. Mas lógico... é o que ela quer desde o princípio, não? Ela sempre quis me manter longe de Ishu.

— Bom, você deveria saber que a Ishita e a irmã dela me arrastaram pra diretoria no outro dia, e agora a sra. Gallagher acha que fui *eu* que colei. O que nem é verdade. Foi horrível, e nós vamos nos vingar. Melhor ainda agora que vocês terminaram e...

— Se a diretora Gallagher acha que foi você que colou da prova da Ishita, o que ela vai fazer?

— Mamãe falou com ela. — Aisling dá de ombros. — Eu prometi que não faria de novo, então ela me deu uma advertenciazinha. Nada demais. Só...

— A humilhação — finalizo.

— Ela deu um show na frente da sra. Gallagher, e se o pessoal da escola ficar sabendo...

— Todo mundo acha que foi a Ishita — interrompo. — Porque você não se deu ao trabalho de contar a verdade.

— A *verdade* é que isso tudo aconteceu por causa da Ishita. É culpa dela, então por que tenho que falar alguma coisa pra alguém?

Mas mal consigo ouvi-la. Mesmo que sua voz esteja aumentando pouco a pouco a cada palavra.

— Por que você fez isso?

— Do que você está falando, Maira?

Aisling enfim olha para mim. Finalmente vejo a raiva em seus olhos. Mas ela não está com raiva de terem a acusado injustamente. Ela não está arrasada do jeito que Ishu estava na frente da minha casa na semana passada, convencida de que ninguém acreditaria nela, convencida de que tinha perdido tudo o que havia batalhado para conseguir. Aisling está com raiva porque não estou acreditando na sua versão da história sem questionar, porque não estou oferecendo compaixão pelo seu martírio, porque não estou me oferecendo para ajudá-la a acabar de vez com Ishu.

Por um momento, tudo o que vejo é a Aisling que conheci quando mais nova. A que se sentava ao meu lado no jardim de infância e dividia a merenda especial de sexta-feira toda semana comigo. A que me apoiou quando meu primeiro namorado se revelou um babaca. De repente, fica bem nítido para mim que a Aisling que eu conheci naquela época e a de hoje não são a mesma pessoa. E já faz um tempo. Eu apenas vinha escolhendo não enxergar isso.

— Por que você mentiu pra diretora Gallagher sobre a Ishita colar de você na prova? Por que mentiu pra mim?

— Eu não...

— Aisling. — Fico surpresa com o tom da minha voz, embora meu coração esteja aceleradíssimo.

Tão rápido que não sei como não explodiu do peito ainda.

A expressão dela enfim muda da raiva para algo mais suave.

— Eu não queria perder você. Dee também, não.

— Então vocês planejaram isso? Juntas?

Olho para Dee. Ela, ao menos, tem a decência de parecer envergonhada. Está de cabeça baixa, olhando para o chão em vez de focar o olhar no meu. Aisling está quase com uma postura desafiadora, como se não se arrependesse de nada. Imagino que não esteja arrependida mesmo.

— Nós vimos o que aquela garota estava fazendo com você. Ela é má influência.

— Eu não entendo. — Balanço a cabeça. — O que ela estava fazendo comigo? Como ela foi uma má influência pra mim?

— Bem, tudo começou quando fomos assistir àquele filme juntas e você contou de vocês duas. É óbvio que, se não fosse a Ishita, você não teria decidido ser bissexual — começa Aisling. Fecho as mãos em punhos, tentando conter a raiva e a frustração. — Depois, você estava toda *esquisita* na festa. Passou o tempo todo com a Ishita lá nos fundos e foi embora cedo com ela.

— Desde que ela apareceu, nós mal fizemos coisas juntas — acrescenta Dee. — Era como se você estivesse escolhendo a ela em vez da gente.

— E ela fez você mudar — continua Aisling. — Você parece outra pessoa. Sei lá.

Aperto tanto os dedos que eles se cravam nas palmas de maneira dolorosa. Ainda assim, ajuda a controlar a raiva.

— A Ishita não me fez bissexual... Não é assim que funciona. Eu me assumi pros meus pais há uma eternidade. Não me assumi antes pra vocês porque... porque fiquei com medo de reagissem exatamente assim. E... e fiquei esquisita na festa porque vocês fizeram eu me sentir como se fosse a diferente por não beber. Acho que eu era diferente mesmo. Acontece que... Ishita não me faz ser outra pessoa. Ela me faz ser mais eu mesma do que eu já fui estando com vocês. Vocês nem usam meu nome verdadeiro.

— Quê? Maira é um apelido! — brada Aisling. — Como Dee é de Deirdre, e eu sou Ash às vezes.

— Literalmente ninguém nunca te chamou de Ash. E eu sou Maira porque vocês nunca se deram ao trabalho de aprender a falar meu nome direito. Eu aceitei porque... porque queria ser amiga de vocês. Sabe, meu pai pode acabar perdendo a eleição porque deixei vocês me convencerem a não ajudá-lo. E... vocês nem convenceram seus pais a votar nele.

Respiro fundo, liberando parte da raiva.

— Eu nem sei se isso vale mais a pena.

Não me dou ao trabalho de esperar que elas digam algo. Eu me viro e desço a escada com passos pesados, saindo na chuva outra vez.

Eu não devia ter ido ali.

Não devia ter acreditado em Aisling em vez de em Ishu.

Não devia ter deixado Ishu se afastar.

Espero que não seja tarde demais.

43

Hani

Passo muito tempo matutando se devo ligar para Ishu no caminho para casa. Por um lado, tudo o que quero é contar a ela o que vem acontecendo desde a última vez que nos falamos. Falar a respeito de Abba e nossa briga, de como talvez ele perca a eleição por minha causa, de como me sinto culpada... e de Aisling e Dee.

No entanto, por outro, fico pensando no que Abba me disse ontem. Que preciso achar um jeito de *mostrar* que confio nela. E não sei bem se dar um passa fora em Aisling e Dee significa isso. Não vai ser o bastante para Ishu acreditar em mim.

Abro o guia de namoro falso pela milésima vez, lendo aquelas regras ridículas. Infringimos todas elas. Durante todo esse tempo, pensamos que o plano estava funcionando direitinho, mas em vez disso minhas amigas estavam manipulando a nós duas. Eu me pergunto se teria havido alguma chance de conseguirmos o que queríamos com o plano...

Obviamente, agora percebo que estou feliz por não ter conseguido o que eu queria. O que *quero* é ficar com Ishu. E talvez nem isso mais eu consiga ter.

O que Ishu quer...

Paro de rolar a tela do celular. O que Ishu quer é ser Líder Estudantil. E com todo mundo na escola acreditando que ela colou, com Aisling e Dee totalmente contra ela, ela deve achar que não tem nenhuma chance. Mas talvez *eu* possa ajudá-la a ganhar.

Quando chego em casa, já tenho um plano em mente. Eu não acho que sozinha vou conseguir fazer Ishu ganhar, mas *sei* que posso ajudar. Esse é um dos motivos que fez Ishu e eu começarmos o namoro de mentira, afinal.

Nossa casa está sinistra de tão deserta quando entro, um pouco úmida por causa da chuva. Sacudo a água do guarda-chuva e o deixo perto da porta dos fundos para secar antes de subir. Estou torcendo para Abba não estar em casa, principalmente por não ter ideia do que vou dizer a ele. Sei que tenho que me redimir com ele também, mas ainda não sei como fazer isso.

Abro a porta do quarto e me deparo com Amma sentada em minha cama, com as sobrancelhas franzidas enquanto olha para o celular. Ela levanta a cabeça quando a porta range, e seu rosto se suaviza ao me ver.

— Você não devia ter saído sozinha na chuva. Seu cabelo está todo molhado.

— Eu levei guarda-chuva. Mas... o vento atrapalhou.

Amma passa por mim, pega uma toalha e começa a me secar, como se eu fosse uma criança, não uma adolescente de dezessete anos. Ela faz isso com tanta delicadeza que a sensação é boa, mas sinto o desespero me tomando. Sei que Amma não ficou me esperando no quarto apenas para me ajudar a secar o cabelo.

— Seu Abba me contou o que aconteceu — diz ela devagar, como se escolhesse bem as palavras. — Ele não estava esperando isso. Principalmente não hoje.

— Eu pedi desculpa — respondo, mas as palavras parecem vazias. De que vale um "desculpa" quando talvez ele perca a eleição por minha causa? De que vale um "desculpa" quando logo depois eu o acusei de manipular pessoas como o *Tio* Salim? — Estou me sentindo mal por isso... Sei que não devia ter saído com a Aisling e a Dee e deixado a campanha pra lá. Sei que é importante pro Abba, e é importante pra *mim* por ser importante pro Abba, mas...

— Hani — interrompe Amma. Ela enrola a toalha em meu cabelo e se senta na cama de novo. — Eu sei que tem tido problemas com suas amigas, mas isso não é motivo pra largar todas as coisas importantes pra você. Suas amigas não deviam ter o poder de ditar o que você faz... e como apoia sua família.

— Eu sei. — Apenas abaixo a cabeça, envergonhada. Eu devia ter tido mais bom senso... mas era muito mais fácil ceder às exigências de Aisling e Dee. Sempre foi. — Ele está em casa? Vou pedir desculpa novamente, e o que ele quiser que eu faça pra consertar, vou...

— Ele disse que você tinha razão — interrompe Amma de novo. — O que você falou... de como ele não vem dizendo a verdade também. Ele foi conversar com Salim Bhai.

— Ah. — Fico sem reação. Não sei o que eu esperava, mas não era aquilo. — Ele... O resultado já saiu?

— A votação ainda não acabou, Hani. — Amma ri. — Não vamos saber o resultado com certeza até amanhã de manhã.

— Eu não queria tornar este dia ainda pior pra ele. Mas... Abba ficou falando de todas as coisas que fiz pra apoiá-lo na campanha e... fiquei me sentindo a pior filha do mundo.

Amma segura minhas mãos entre as dela. Então me puxa para me sentar ao seu lado e para dentro de um abraço, e sinto o cheiro de seu xampu de coco. Parece uma eternidade desde que nós duas paramos para conversar sobre o que vem acontecendo em nossas vidas. Fiquei tão imersa nas mentiras que esqueci das coisas importantes também.

— Você errou, e seu Abba também errou — murmura ela. — Isso não faz de ninguém a pior pessoa do mundo. Só nos faz humanos.

Abba está sentado à mesa de café da manhã na manhã seguinte quando desço a escada. Ele está com a boca franzida enquanto digita no notebook. Não nos falamos desde aquela conversa horrível no carro, pois ele só voltou da casa do *Tio* Salim ontem tarde da noite. Agora não tenho certeza de como quebrar o silêncio sufocante entre nós.

Não preciso me preocupar com isso por muito tempo, porém, porque assim que ele me vê, seu semblante se transforma. Sua expressão se suaviza, e ele sorri.

— Hani — cumprimenta Abba, como se me ver fosse a melhor coisa que lhe acontece em muito tempo. — Ficou sabendo da boa notícia?

— Você ganhou?

— Eu ganhei. — Ele parece mais feliz do que nunca ao dizer isso, e me esforço para não dar pulinhos de alegria.

— Você ganhou! Abba… isso é… uau.

Parece que não há palavras o suficiente para expressar o quanto ele ter ganhado é incrível. Porque *Tio* Salim tinha razão: a vitória dele é histórica. O mero fato de ele concorrer à eleição é histórico. Abba é o primeiro muçulmano e bengali a ser eleito vereador na Irlanda. Mas meu entusiasmo logo é ofuscado pela briga de ontem.

— Amma disse que você foi à casa do *Tio* Salim ontem. Você… conversou com ele sobre mim? Sobre o que falei?

Abba desfaz o sorriso e confirma com a cabeça, todo solene.

— Na verdade, estou trabalhando em uma coisa pra ele neste momento.

Ele acena para mim para que eu me aproxime e olhe para a tela do notebook. Chego mais perto e vejo um documento do Word.

"Programa Comunitário do Centro Islâmico" é o que está escrito no topo da página, e há uma foto da mesquita do nosso bairro ao fim do arquivo.

— O que é isso?

— Bom… o que você falou me fez pensar muito nas pessoas que votaram em mim ontem. As pessoas que encontrei na mesquita votaram em mim porque confiavam que eu os representaria… enquanto muçulmano. — Abba suspira. — Hani, sua Amma já lhe contou de como foram as coisas quando viemos pra cá?

Nego com a cabeça devagar. Amma e Abba moram na Irlanda há três décadas. Eles conhecem o país como a palma da mão… é o lar deles. Talvez até *mais* que Bangladesh, considerando que Bangladesh nem era um país independente quando eles nasceram. Só que nem Amma nem Abba têm o costume de falar do passado, a não ser para dizer o quanto as coisas melhoraram.

— Bem, quando nos mudamos para cá, foi… difícil. Quase não tinham pessoas de Bangladesh aqui, e mal havia muçulmanos também.

Não tinha nenhuma mesquita, ninguém das nossas comunidades. Nos primeiros anos, não conseguíamos encontrar nenhuma carne halal. — Abba está com um olhar distante ao dizer isso, como se estivesse recordando de uma época de que tinha praticamente esquecido. — Sentíamos falta de Bangladesh e da nossa família, mas... lutamos tanto para vir para cá. E o dinheiro que sua mãe e eu ganhávamos aqui ajudava a custear os estudos dos seus primos na escola e na faculdade em Bangladesh. Não podíamos desistir.

— Vocês queriam desistir?

Não consigo imaginar Amma e Abba querendo desistir de alguma coisa, sobretudo de algo tão grandioso quanto se estabelecer neste país. Mas também não consigo imaginar como deve ter sido difícil para eles chegarem em um país totalmente diferente em que tudo era desconhecido e começarem uma nova vida.

— Às vezes. — Abba ri. — Mas sua Amma e eu tínhamos um ao outro, e logo Akash nasceu. Isso nos deu mais perspectiva. Akash, Polash, você... vocês tiveram mais oportunidades na Irlanda do que teriam tido em Bangladesh. Mas... estando aqui, é sempre mais difícil se ater a algumas coisas... e acho que uma dessas coisas foi o... islamismo.

— Ah...

Eu nunca tinha pensado em como algo como imigrar para um país diferente poderia afetar a fé de alguém. Lógico que não tinha pensado nisso, porque passei a vida toda nesta casa, com as mesmas amizades. Com *tudo* exatamente igual. Como eu poderia entender as situações pelas quais Abba e Amma passaram para nos permitir ter essa vida?

— Era mais difícil quando não havia uma mesquita para a qual ir às sextas para as orações do Jummah, nem família nem amigos com quem celebrar o Eid, nada que... nos mantivesse próximos ao islamismo. — Abba suspira outra vez, como se fosse doloroso falar disso. — Acho que foi ficando mais fácil simplesmente esquecer de tudo isso, nos... distanciar. Então, quando a mesquita Clonskeagh foi construída, quando uma comunidade começou a se formar... nosso lugar não parecia ser mais ali.

— Eu sinto muito — digo, porque é a única coisa em que consigo pensar.

Foi tão fácil para mim me encontrar no islamismo, me voltar ao Alcorão e ir à mesquita em toda oportunidade que tinha.

— Não sinta. — Abba balança a cabeça. — Sabe, quando você começou a se interessar pelo islamismo, quando perguntou à sua Amma e a mim sobre as orações e o jejum para o Ramadã... isso nos fez sentir mais próximos do islamismo de novo. E agora percebo que você estava certa. Eu não devia ter usado as pessoas na mesquita para conseguir votos quando eu nem me sentia parte da comunidade. Quando nunca fui parte da comunidade.

— Mas não é sua culpa — rebato depressa. A última coisa que quero é fazer Abba sentir como se tivesse algo a provar... para mim, para si mesmo ou para as pessoas na mesquita. — É fácil pra mim porque vocês simplificaram as coisas. Vocês me deram tudo o que eu precisava para estudar o Alcorão, orar e ir à mesquita. Mas... eu não sabia que tinha sido tão difícil pra você e pra Amma.

— Foi, mas também tenho uma parcela de culpa. E... ontem seu *Tio* Salim e eu tivemos uma longa conversa sobre tudo isso. E... tomamos uma decisão juntos. — Abba aponta para a tela do computador. — Esse programa comunitário é para a mesquita sul-asiática local. Com a ajuda do seu *Tio* Salim, vamos trabalhar para melhorá-la. Para transformá-la em um centro islâmico digno, e também mais inclusivo.

Nunca entrei na mesquita local, já que não há um espaço para as mulheres orarem. É um prédio pequeno que parece um conjunto de apartamentos, cinzento e triste, e as únicas pessoas que vão lá são sul-asiáticos, sobretudo pessoas de Bangladesh.

— Como vão fazer isso? — questiono, porque estou tendo dificuldade de imaginar qualquer um ficando entusiasmado com uma oração do Jummah *naquele lugar*.

— Bom, vou entrar em contato com as pessoas certas. Vamos ver como podemos expandi-la um pouco ou até realocá-la. E seu *Tio* Salim sugeriu que, quando a mesquita não estiver sendo usada para a oração, talvez pudéssemos chamar professores para ensinarem árabe, o Alcorão e até a história islâmica. — O rosto de Abba se alegra enquanto diz isso.

Ele parece bem mais feliz do que há muito tempo. Não consigo evitar o sorriso.

— Parece um projeto bem grande.

— É, sim... E provavelmente vai demorar um bom tempo. É por isso que talvez eu também precise da sua ajuda.

Ele foca o olhar no meu, e embora não diga nada sobre estar decepcionado comigo por conta da angariação de votos, dá para ver que é nisso que está pensando.

— Desculpa por não ter... ajudado o suficiente com...

— Hani — interrompe Abba, colocando as mãos em meus ombros. — Essa conversa não foi sobre você não ajudar, foi sobre mentir, sobre não me dizer que não conseguiu fazer o que disse que faria. Eu teria entendido. Mas... eu precisava de você, e você me decepcionou.

— Eu sei.

Abaixo a cabeça e foco no azulejo da cozinha em vez de nos olhos dele.

— Mas nós dois erramos. — Abba aperta meus ombros com gentileza, e quando ergo a cabeça, não vejo mais a decepção em seus olhos. — Estou orgulhoso de você. Eu não estaria trabalhando nesse projeto se não fosse por você, Hani.

Sinto a ardência nos olhos, e pela primeira vez em muito tempo, são lágrimas de felicidade. Tento contê-las quando Abba me dá um abraço quentinho.

Depois da conversa, Amma prepara um café da manhã perfeito para comemorar a vitória de Abba: *bhapa pitha*. Ela faz alguns com açúcar gur entre o arroz cozido no vapor, outros com carne picada e outros com queijo. Como um de cada e, quando termino, estou bem cheia.

Mais do que o café da manhã em si, a melhor coisa é me sentar para comer com Abba e Amma, felizes e animados, o que deixa tudo perfeito. Como se tudo finalmente estivesse entrando nos eixos de novo. Tudo... com exceção de Ishu. Mas também tenho um plano para isso.

Então, depois de comer, pego as assadeiras nos armários da cozinha.

— Está pensando em preparar alguma coisa? — pergunta Amma, arqueando a sobrancelha.

— Eu preciso me redimir com Ishu. Como você e Abba disseram... quero mostrar que estou do lado dela.

— E fazer doces é a resposta?

A pergunta de Amma me faz parar. Não é exatamente a melhor ideia de todas, mas foi no que pensei.

Respiro fundo e respondo:

— Nossa, espero que sim.

44

Ishu

Acordo na segunda de manhã com uma mensagem de Nik que diz "Boa sorte hoje!". Em vez de me fazer sentir melhor, porém, me causa um embrulho no estômago. A ideia de ir para a escola e ficar na frente da turma toda para explicar por que mereço ser a Líder Estudantil do próximo ano parece demais para mim.

Ainda assim, eu me levanto e visto o uniforme. Desço a escada e vejo Ammu me esperando, sentada à mesa. Por um momento, eu me pergunto se ela, de alguma forma, descobriu sobre a apresentação de Líder Estudantil hoje. Talvez tenha descoberto por outros pais, ou a escola tenha mandado uma mensagem. Isso me deixa apavorada. Porque se eu não ganhar (e essa parece ser a maior possibilidade no momento), então vou ter decepcionado meus pais de novo?

— Ishu. — Ammu abre um sorriso rápido ao me ver. — Quer que eu faça café da manhã pra você?

— Hum, não. Vou comer um cereal.

Pego o leite, a tigela e o cereal e me sento em frente à Ammu. Ela nem está mexendo no celular nem nada disso. Só fica me olhando, como se me visse pela primeira vez em um bom tempo.

— A escola ligou — diz ela finalmente quando já comi metade do cereal.

— Ah, é? — Tento manter a voz casual, mas o pavor me corrói.

— Disseram que a acusação que a aluna fez contra você foi retirada. Não estão mais investigando você.

— É. — Contenho um suspiro de alívio. — Eu não... não contei?

Fiquei boa demais em evitar Ammu e Abbu. Como eles estão sempre ocupadíssimos, é bem fácil.

— A diretora disse que foi Nik quem falou com ela e ajudou a limpar seu nome.

Paro com a colher de cereal a meio caminho da boca. Ammu está me olhando olho no olho, com uma expressão questionadora.

— Sim... Nik... Eu... liguei pra ela.

Deixo a colher cair dentro da tigela e faz um barulho. De repente, perdi o apetite.

Ammu balança a cabeça.

— Seu Abbu não ficou feliz com isso. Você devia ter falado com a *gente*. Estamos tentando dar um espaço à Nik. Estamos tentando...

— Excluí-la da família. Eu... falei com vocês. Vocês não acreditaram em mim. Nik... ela acreditou em mim. Ela sabia que eu jamais colaria. Nem precisei pedir ajuda. Não pedi nada a ela, mas ela ajudou, sim. Ela sabia como consertar tudo. Ela me apoiou.

Ammu respira fundo.

— Bem, fico feliz por ela ter ajudado, fico mesmo. Mas você não pode ir correndo falar com sua irmã quando tem um problema. Ela precisa entender que está fazendo algo errado. Nós não apoiamos a decisão dela.

— Mas ela está tão feliz. E está... descobrindo o que quer fazer.

— Ela já sabia o que queria fazer. — A voz de Ammu soa fria e pesada.

Como se já tivesse formado uma opinião a respeito de Nik e nada fosse mudar isso. Por um momento, não sei ao certo se devia perguntar o que quero perguntar. Fico com medo da resposta. Fico com medo de que talvez nossos pais não nos amem como sempre achei que amassem.

Porém, então, as palavras escapam de minha boca:

— E se Nik nunca voltar pra faculdade? Se ela nunca virar médica? Nunca mais vão falar com ela?

A pergunta paira ali, pesada, entre nós duas, e o rosto de Ammu muda. O semblante frio e duro vira uma expressão de desespero.

— Isso não vai acontecer. — O tremor em sua voz me faz perceber que ela pensa que talvez aconteça, sim.

Talvez a última vez que minha família esteve reunida tenha sido aquele dia que Nik veio aqui. No dia em que nos sentamos à mesa, comendo *biryani*. O dia em que tudo mudou.

E eu nem desfrutei do momento direito.

A diretora Gallagher me chama na sala dela assim que entro na escola. Estou com um pouco de medo de Aisling ter feito outra acusação contra mim. Entro no escritório, hesitante, me perguntando se serei vítima de outra emboscada. Mas ela pede que eu me sente e abre um sorriso agradável, o que meio que a faz parecer estar com prisão de ventre.

A *minha* cara deve ficar assim quando tento fingir que gosto de pessoas que detesto... pelo menos de acordo com Hani.

— Como estão as coisas hoje? — indaga a sra. Gallagher, juntando as mãos.

Como se fôssemos velhas amigas. Como se da última vez em que estive naquela sala, minha irmã mais velha não tivesse tentado limpar meu nome, e Aisling não tivesse estado sentada nesta cadeira chorando as lágrimas de mulher branca para se safar impune.

— Estou bem.

— Que maravilha. E está pronta para a apresentação de Líder Estudantil?

— Uhum... Nik me ajudou a preparar tudo.

Ergo o *pen drive* com o PowerPoint.

— Ótimo... ótimo. — O sorriso da sra. Gallagher não faz parecer que nada está ótimo. — Acontece que... falei com os pais de Aisling Mahoney. Ela vai ser punida, lógico.

— Lógico — repito, embora eu saiba que o que quer que saia da boca da sra. Gallagher não vai me deixar nada feliz.

— Mas... acho que vai ser melhor para todo mundo se mantivermos a discrição sobre o assunto. Ninguém precisa saber o que aconteceu entre você e Aisling. Não faz sentido ficar remoendo isso. Com certeza você entende.

— Aconteceu na semana passada. — As palavras saem de minha boca antes que eu possa impedir. Mas não me arrependo. — Todo mundo na escola acha que colei. Que tiro notas altas porque colo, e isso não é verdade. E você quer que eu continue fingindo que é?

— Vamos dizer a todo mundo que isso não é verdade. De todo modo, ninguém acha que...

— Acham, sim! — Levanto a voz. Então fecho os olhos e respiro fundo. Perder o controle da última vez não ajudou. — Diretora Gallagher. — Tento usar o tom calmo e controlado que ouvi Hani usar quando falava com as amigas brancas. — As pessoas já pensam o pior de mim. E Aisling colou, *sim*. Qual é o problema se descobrirem a verdade? Só porque os *pais* dela pediram pra você não dizer nada?

— Porque nesta escola não concordamos com macular a imagem das pessoas, Ishita. E não é da conta de ninguém o que aconteceu neste escritório. Sinto muito, Ishita, mas principalmente na apresentação de hoje, não vamos falar sobre Aisling. Ela não está concorrendo à Líder Estudantil nem a monitora, então não deveria ser um problema. Estamos entendidas?

Tenho tantas coisas que quero dizer à diretora Gallagher. Em vez disso, ranjo os dentes e respondo:

— Estamos entendidas.

45

Hani

Quando chego à escola na segunda, estou focada em uma única coisa: encontrar Ishu. Conversar com ela. Consertar tudo.

Ignoro meu próprio armário, que fica bem do lado do de Aisling e Dee... e sigo para o dela. Eu a encontro com o armário aberto, olhando lá para dentro com um olhar distante.

Ela deve estar mais nervosa com a apresentação do que eu esperava.

— Ishu?

Eu a cutuco no ombro.

Ela se vira e me lança um olhar duro. Ignoro a pontada de dor causada por aquele olhar.

— O que você está fazendo, porra?

Então se afasta de mim como se o fato de eu ter cutucado o seu ombro fosse demais para ela aguentar.

— Eu só... queria desejar boa sorte na apresentação. E... — Saco a caixa de *cupcakes red velvet* que Amma me ajudou a preparar ontem. — Eu fiz esses *cupcakes*. — Abro a caixa para que Ishu possa ver as coberturas coloridas com os dizeres "VOTEM NA ISHITA #1" escrito em rosa-choque. Imaginei que o melhor jeito de conquistar as pessoas fosse com açúcar... o ponto fraco de todo mundo. — Pra eu ajudar as pessoas a...

— Eu não quero sua ajuda. — Ishu fecha a porta do armário com um baque, como se o objeto a tivesse feito algum mal. — Eu não *preciso* da sua ajuda.

— Ishu, eu só...

— Ishita — corrige ela. — E me deixa em paz.

Ela me empurra para passar e desaparece em meio a um grupo de meninas da nossa turma. Sinto o coração apertado. Fui rebaixada a chamá-la de Ishita, como alguém que não a conhece, que não passou um tempo com ela, que não segurou sua mão nem pensou nela até altas horas da noite sentindo um frio na barriga.

Como se não fôssemos nada uma para a outra.

Quando o sinal toca às oito e meia, todo mundo, com exceção do segundo ano, segue para as respectivas aulas. Acompanho minhas colegas de classe para o auditório principal, que estava arrumado para as candidatas à Líder Estudantil fazerem as apresentações.

Há várias fileiras de cadeiras pelo espaço, e montaram um palco lá na frente. Tem até um pequeno pódio com um microfone e um projetor na parte de trás voltado para a tela no palco. De algum modo, parece mais oficial do que todos os eventos de campanha de Abba.

As fileiras de cadeiras ficam logo cheias, e vejo Aisling e Dee sentadas lá na frente. As duas estão largadas no assento, como se fosse o último lugar em que queriam estar. E estão sussurrando. Meu estômago fica embrulhado ao vê-las, e logo desvio o olhar.

Resolvi escolher um assento no fundo... o mais longe possível de Aisling e Dee. Só que não vou ficar aqui me sentindo mal pelo que aconteceu com elas ontem. Só porque Ishu me odeia agora não significa que eu não deveria ajudá-la o máximo possível.

Prometi ajudá-la a se tornar Líder Estudantil, e é o que vou fazer.

Então, saco a caixa de *cupcakes* da mochila e me viro para as meninas ao me lado: Hannah, Yasmin e Sinéad.

— Oi — cumprimento com a voz mais alegre possível. — Estão considerando votar na Ishita?

Entrego os *cupcakes* para que elas vejam que são para as apoiadoras de Ishita.

Elas se entreolham e então Sinéad se vira para mim, franzindo a testa.

— Hum... a Ishita não estava colando? Eu não sei se devemos votar em alguém assim.

Não deixo o sorriso oscilar... embora seja difícil.

— Se a Ishu tivesse colado mesmo, vocês acham que ela ainda estaria concorrendo na eleição pra Líder Estudantil?

Hannah dá de ombros.

— Bom, se ela é de colar, quem sabe o que mais pode fazer? Tipo... ela sempre foi ambiciosa. — Hannah fala a última palavra como se "ambiciosa" fosse a pior característica que alguém pode ter.

— Ishita não colou — afirmo com o tom mais assertivo possível... enquanto ainda mantenho a voz agradável. — A situação já foi esclarecida. Foi... foi... — Lanço um olhar à Aisling lá na frente. Ela está de braços cruzados e olhando para Ishu, que está no palco, de cara feia. — Foi a Aisling que colou.

Hannah fica me encarando, sem reação. As três fazem isso. Como se fosse impossível que Aisling tivesse colado. Embora eu tenha certeza de que foi ela que contou para todo mundo de Ishu.

— Vocês deviam votar na Ishita — declaro, estendendo os *cupcakes* a elas mais uma vez antes que possam falar outra coisa. — Ela é a melhor pessoa pra ocupar o posto, confiem em mim.

Nenhuma delas parece convencida, mas aceitam os *cupcakes*.

Consigo entregar só mais alguns *cupcakes* (e dizer a algumas outras pessoas que *não* foi Ishu que colou) antes que a diretora Gallagher suba no palco. Volto para o assento enquanto ela observa o palco, com um sorriso.

— Bem-vindo, segundo ano — cumprimenta ela no microfone. — Este ano vocês têm a oportunidade de tomar uma decisão muito importante nesta escola. Podem escolher qual aluna entre essas quatro vai representar vocês, e a escola toda, como nossa Líder Estudantil no ano que vem. E podem decidir quem vai ser a vice-líder. Dois postos de muita importância nesta instituição de ensino.

Ela mantém o olhar no nosso por um momento longo e tenso. Está agindo como se estivéssemos prestes a escolher a próxima presidente da Irlanda, não apenas duas pessoas que vão passar a maior parte do ano organizando fotos do anuário e planejando a festa de formatura.

— Então, esta é a oportunidade de ouvir o que cada uma das alunas tem a oferecer e tomar uma decisão consciente.

A sra. Gallagher olha para as quatro meninas sentadas no fundo do palco. Alex, Siobhán e Maya sorriem para nós. Mas Ishu fica só sentada ali na ponta, com um olhar perdido. Está franzindo as sobrancelhas, bem pensativa. Sinto arrepios ao olhar para ela.

— Vamos começar com Alexandra Tuttle.

Todo mundo aplaude, e a sra. Gallagher se senta do outro lado do palco.

Todas nós ouvimos com atenção enquanto Alex conta da experiência com liderança e como ela estuda ali desde o primeiro ano do primário e quer que nosso último ano letivo seja o melhor possível. Em seguida, Siobhán quase repete o discurso de Alex, porém mais sorridente. Maya passa mais tempo falando da festa de formatura e como ela vem sonhando com o próprio vestido desde que viu o da irmã mais velha uns anos antes, então vai se dedicar muito para organizar o melhor baile possível. Ela tem até uma apresentação de PowerPoint com algumas das ideias para nossa festa. Quando ela se afasta do microfone, muitas pessoas celebram e aplaudem.

Lógico que as habilidades de liderança e o amor pela escola não são o que as meninas buscam em uma Líder Estudantil.

Finalmente chega a vez de Ishu.

— Oi, pessoal — cumprimenta ela devagar. — Eu sou... Ishita Dey. — Ela respira, trêmula, de forma que reverbera pelo auditório. — Acho que vocês deviam votar em mim como Líder Estudantil porque... sou a melhor pessoa para o posto. Eu costumo tirar as maiores notas da classe, o que mostra que sou esforçada, e...

O discurso de Ishu é interrompido por uma tosse baixa que parece muito alguém dizendo "trapaceira". Depois do barulho, surge outro que com certeza é alguém murmurando "mentirosa". Olho para a frente, para Aisling e Dee, mas nem tenho certeza se foram elas. Poderia ser qualquer uma... Todo mundo acha que Ishu trapaceou na prova.

Ishu para de falar e olha para a diretora Gallagher. Fico torcendo para a sra. Gallagher se levantar e contar a verdade a todo mundo. Que foi Aisling que colou, não Ishu. Só que a diretora nem está olhando para ela. Olha ao longe, com o rosto inexpressivo.

Ishu pigarreia.

—... E, com isso, estou oficialmente me retirando da disputa para Líder Estudantil.

Agora a diretora Gallagher se remexe no assento.

— Ishita... — começa ela, mas Ishita já desceu do palco e segue para a saída.

O silêncio no auditório vira uma explosão de sussurros e risadinhas enquanto todas a observam deixar o local. Ishu está de cabeça erguida, embora todo mundo pense o pior dela.

Não sei de onde vem a motivação, mas em um momento estou sentada, observando a saída de Ishu, e no outro estou correndo para o palco.

— A Ishita não colou na prova — declaro. Todo mundo fica em silêncio de novo, olhando para mim, mas não posso parar agora. — Vocês só podem ser estúpidas pra acreditarem que ela *realmente* colou. Acreditam mesmo em todas as coisas que a Aisling contou? — Olho para Aisling, que está me fuzilando com os olhos. Fico desconfortável com o olhar dela. Somos *melhores amigas*. *Éramos* melhores amigas, lembro a mim mesma quando desvio o olhar dela e foco na diretora. — Sra. Gallagher, a senhora sabe que foi a Aisling que colou. Ela me *contou*. Por que está deixando a Ishita levar a culpa?

A diretora enfim se levanta e segue para o pódio. E como se não tivesse ouvido nada que falei, diz no microfone:

— Obrigada às *três* candidatas à Líder Estudantil pelas apresentações. A votação será na semana que vem. Podem voltar às salas.

Todo mundo se levanta e sai pelas portas duplas no fim do corredor, lançando olhares para mim. Minha coragem de momentos antes sumiu, restando apenas a sensação iminente de desgraça no peito.

— Humaira. — A diretora se vira para mim enquanto o auditório vai se esvaziando. — Você não pode simplesmente chegar e dizer isso na frente da turma toda.

— Mas é a verdade.

— Ishita e eu já chegamos a um acordo sobre a situação com Aisling.

Por alguma razão, não acredito nadinha nela.

— Um acordo em que a Aisling faz o que quiser?

— Ela vai ser punida. Mas... jogar o nome dela na lama na frente da escola toda? Não toleramos nenhum tipo de bullying aqui, então eu teria mais cuidado. Agora, por que não volta para a aula?

Há um milhão de pensamentos girando em minha mente, mas sei que falar com a diretora não adianta de nada. De alguma forma, ela acha que Aisling é a vítima e Ishu, a culpada, então não sei se algo que eu disser vai mudar a forma que ela enxerga a situação. Desço do palco, tentando ao máximo evitar que a raiva transborde.

46

Ishu

> Desisti da eleição à Líder Estudantil.

Envio a mensagem e suspiro. Tem a letra de uma música da Ariana Grande rabiscada de canetinha preta na porta do banheiro em que resolvi me esconder. Isso me faz sorrir, pensando em todas as meninas na escola rabiscando letras de música na porta do banheiro em vez de assistirem às aulas.

Meu celular vibra com mensagens de Nik alguns minutos depois.

> ????

> POR QUÊ???

> Porque as meninas ficaram me chamando de...

Hesito e apago a mensagem. Não é esse o motivo *em si*.

> Porque eu não sabia o que dizer... |

Paro de novo, olhando para o celular, sem saber ao certo como explicar para minha irmã por que tomei a decisão quando nem eu entendo direito.

Não tenho muito tempo para pensar sobre isso, porém, porque logo meu celular vibra com uma ligação.

— Alô? — sussurro, torcendo para nenhuma professora entrar ali me procurando.

— O que houve? — questiona Nik. — Eu preciso ir aí de novo? — Ela fala como se fosse uma piada, mas sei que ela realmente viria até aqui se precisasse.

— Não... — Paro de falar, sem saber por onde começar. — Eu só... subi lá e não tinha nada pra dizer, Nik. Por que eu quero ser Líder Estudantil? As outras candidatas ficaram falando de moletons da turma e de baile de formatura, e como elas têm experiência de liderança. Eu não quero ser a líder dessas garotas, droga; na maior parte do tempo, nem gosto de falar com elas. Definitivamente não quero passar metade do último ano da escola planejando um baile que provavelmente vai ser um porre pra mim.

— Bem, se você for com a Hani, tenho certeza de que...

— Nik.

— Desculpa. — Ela ri. — Olha... eu podia ter te dito que seus motivos pra virar Líder Estudantil eram uma bobagem, mas respeitei sua vontade.

— Eu nunca nem considerei ser Líder Estudantil antes... antes de você contar que ia sair da faculdade.

— Então você quer ser Líder Estudantil pra... ser melhor que eu?

— Pra... mostrar pra Ammu e Abbu que não sou... você.

Quando contei a Abbu e Ammu que eu seria Líder Estudantil, a decisão de competir pareceu fazer sentido. Mas agora, meus motivos me deixam de estômago embrulhado.

— Confia em mim, Ishu... Ammu e Abbu não acham que você sou eu. Eles já me descartaram, mas ainda têm fé em você. — Nik diz isso com casualidade, mas percebo a mágoa nas palavras.

— Eles não te descartaram — contraponho, embora eu não saiba se é verdade mesmo.

— Não importa. — Nik suspira. — Olha... se quer ser Líder Estudantil por causa de Ammu e Abbu, eu entendo. Mas... você não *precisa* fazer isso.

— Eu acho que... não quero ser Líder Estudantil. E mesmo que eu quisesse, isso nem seria possível. Todo mundo acha que eu colei. — Suspiro. — Ao que parece, estão tentando proteger a Aisling.

— Pelo amor de Deus, essa escola maldita — murmura Nik baixinho. — Sempre foi um pesadelo do caralho, mas de alguma forma piorou.

— Hani me defendeu. — Não sei por que conto isso à Nik quando estou tentando me ater à raiva que sinto de Hani.

Só que está ficando cada vez mais difícil com ela preparando *cupcakes* e correndo para o palco para me defender na frente da turma toda.

— Ah, Deus, eu me pergunto o porquê — responde Nik com a voz exagerada de tão sarcástica.

— Cala a boca.

— Olha... Ishu, você nunca tem que fazer nada que não queira. Não precisa concorrer à Líder Estudantil se não quiser. E não precisa perdoar Hani se não quiser. Só... quero ter certeza de que está fazendo as coisas pelos motivos certos. Não por causa de Ammu e Abbu, e não porque não quer dar uma chance real pra relação entre você e Hani dar certo.

— Não é esse o motivo. — Minha voz soa mais defensiva do que desejo e quase *vejo* o sorrisinho sabichão de Nik.

— Beleza, Ishu... você que sabe. Tenho que desligar. Vai ficar bem?

— Vou... vou ficar bem. — E faço o possível para transmitir verdade na voz, como se eu não estivesse em um banheiro verde feioso questionando tudo em minha vida.

47

Hani

Pelo resto do dia, fico ouvindo sussurros enquanto passo. Não sei se realmente consegui ajudar Ishu ou se só piorei as coisas. Mas o pior de tudo é que não consigo encontrá-la em lugar nenhum. É óbvio que ela ainda está me evitando e não sei se posso culpá-la. Passo o resto do dia de cabeça baixa, com a cara enfiada nos livros.

Quando o sinal de saída toca, eu não poderia ficar mais feliz. Corro para o armário antes de seguir para os portões depressa, como se me distanciar da escola fosse resolver todos os meus problemas.

Ainda assim, de alguma forma, Aisling e Dee conseguem chegar aos portões antes. Estão me esperando, com os olhares focados em mim.

— Maira, o que diabos foi aquilo no auditório? — pergunta Aisling quando me aproximo.

— Eu não acredito que você foi lá na frente da turma toda e acusou a Aisling de...

— Da verdade? — interrompo Dee antes que possa terminar. — Não é uma acusação se for a verdade.

Lançando um olhar duro para elas, tento passar, mas são duas contra uma.

— Você vai mesmo fazer isso por causa de *uma* briga? — pergunta Dee.

— Não foi uma... — começo a falar, mas Aisling me corta.

— Desculpa. — A palavra que achei que nunca ouviria de Aisling sai de sua boca.

EU paraliso e a observo. Ela está de cabeça baixa e fala devagar, como se dizer aquilo fosse muito doloroso. Até Dee está a encarando com os olhos arregalados, então não deve ter sido planejado.

— Está pedindo desculpa? — Faço um som de escárnio. — Pelo quê?

— Desculpa por... bem, por tudo, acho. Eu não devia ter... — Aisling suspira. — Eu não devia ter ficado te julgando por ser gay...

— Bissexual.

— Bissexual, é. E... eu não devia ter ficado com... ciúme da Ishita.

— Então esse é o motivo de ter feito tudo isso? Ciúme?

Aisling dá de ombros.

— Nós somos amigas desde o primário. Eu não queria te perder.

Balanço a cabeça devagar.

— Vai pedir desculpa pra Ishu?

— Somos amigas de novo?

Aisling enfim olha para mim. Há tanta esperança em seus olhos, mas isso não me faz sentir nada. Como posso confiar nela de novo, depois de todas as mentiras que contou? Depois de tudo o que fez?

Sacudo a cabeça outra vez.

— Não sei. Eu preciso de... tempo.

Ela olha para Dee em vez de olhar para mim.

— Eu não acredito que você não vai nem aceitar meu pedido de desculpas. Não sei o que você *quer* que eu faça!

— Eu quero que você me dê um tempo. Você fez... muita coisa, Aisling. É muita coisa pra desculpar.

— Foi um erro — argumenta Dee. — A Aisling está arrependida.

— Mentir e manipular são erros? E não é só pra mim que devia pedir desculpa. Você sabe disso.

Aisling morde os lábios. Acho que essa é a expressão mais nervosa que já vi em seu rosto. A mais humana que vejo em um bom tempo. Então ela balança a cabeça.

— Você pode me desculpar, ou não. Mas nem ferrando que vou pedir desculpa pra Ishita Dey.

Ela espera por um momento, como se me aguardando dizer algo... retirar o que falei. Aí ela dá meia-volta e começa a subir os degraus e sair pelos portões principais. Dee reveza o olhar entre ela e eu por um momento, como se tentasse definir quem vai escolher. Como se já não tivesse feito isso. Logo depois, some também.

E eu fico sozinha ali.

48

Ishu

Eu sei que devia me sentir mal por bisbilhotar a conversa de Hani com as amigas, mas enquanto Aisling e Deirdre largam Hani ali como se ela não tivesse valor algum, eu não poderia ficar mais feliz por ter resolvido espiar.

Fico observando as outras pessoas passarem por Hani, lançando olhares curiosos em sua direção. Não tenho dúvidas de que daqui a algumas horas Aisling já vai ter enchido o ouvido de todos com coisas horríveis sobre Hani... mesmo que sejam amigas. Embora eu não saiba mais se essa amizade continua. Não depois do que aconteceu.

Enquanto observo Hani ali sozinha, olhando para as amigas horríveis se afastando, é como se toda a incompreensão que sinto, todas as dúvidas que tenho desaparecessem. Porque Nik tinha razão. Estou pronta para perdoá-la, mas talvez não esteja pronta para saber se nós duas realmente podemos dar certo.

Saio do canto isolado da escola e me aproximo de Hani.

— Uau — murmuro.

Hani se vira para mim com lágrimas nos olhos. Ela tenta afastar as lágrimas assim que me vê.

— Oi... O que você... — Ela para de falar e engole em seco, como se precisasse fazer um esforço para conter o choro.

Aisling e Deirdre definitivamente não valem as lágrimas dela. Acho que Hani ainda precisa aprender isso.

— Eu estava indo pra casa quando vi o que aconteceu entre vocês, então... resolvi ficar e ver como ia acabar. — Dou de ombros. — Você aguentou firme.

Hani dá uma fungada, e as lágrimas escorrem por suas bochechas devagar. Ela enxuga o rosto de um jeito quase agressivo. Talvez sejam lágrimas de raiva, não de tristeza, mas por algum motivo não acredito muito nisso.

— Eu... me sinto... uma tonta.

Dou uma risada. E então um passo para a frente. Enxugo outra lágrima em sua bochecha. Faço isso com mais delicadeza do que ela. Sua pele está quente. Tudo o que mais quero é tocar em Hani de novo, mas não faço isso.

— Elas não te merecem. Nunca mereceram — afirmo.

— A gent-te é amig-ga... desde semp-pre.

Enxugo outra lágrima de sua bochecha e afasto uma mecha de cabelo de seu rosto. Então, seguro o rosto de Hani entre as mãos, de modo que ficamos cara a cara. Ela fica sem reação. Depois solta um soluço. E funga de novo.

— Você vai fazer novas amizades. Com outras pessoas. Que... vão te valorizar. Que vão se desculpar com sinceridade. Que vão conseguir falar "bissexual" sem fazer careta.

Hani solta uma risada suave, e o vislumbre de um sorriso em seu rosto me faz sorrir também.

— Desculpa — sussurra ela. — Eu não devia ter...

Mas, quando noto, estou a beijando, então as palavras ficam presas entre nós. O pedido de desculpa fica dançando entre nossas bocas e línguas, e as mãos dela estão no meu cabelo, e minhas mãos em suas costas. Só nos separamos quando ouvimos o barulho da chuva no concreto, mas não sei dizer quanto tempo faz desde que a chuva começou. A julgar pela expressão de Hani, ela também não sabe. Nós duas estamos sorrindo (sorrisos bem abertos, na real) e apertando as mãos uma da outra como se fosse um colete salva-vidas e que, se soltarmos, morreremos afogadas. Estamos encharcadas por causa da chuva, mas chegamos pertinho de novo, encostando a testa uma na da outra, e Hani acaricia minha nuca com a ponta dos dedos.

— Então... você me perdoa? — pergunta ela, com os olhos brilhantes cheios de esperança.

Em vez de responder, eu me inclino e a beijo de novo.

— Vamos.

Seguro sua mão na minha e a puxo portão afora. A chuva está gelada, mas também traz uma sensação purificadora e maravilhosa.

— Para onde estamos indo? — questiona Hani, me deixando puxá-la.

— Para qualquer lugar que possamos ficar juntas.

49

Hani

É o dia mais quente do verão, e fico feliz pelas aulas terem acabado na semana passada. Sem chance que teríamos aguentado ficar presas na sala de aula naquele calor escaldante.

Com certeza a maioria dos irlandeses está na praia ou tomando banho de sol no parque. Mas Ishu e eu estamos do lado de fora da minúscula mesquita local... em um churrasco.

— Eu me sinto esquisita — sussurra Ishu em meu ouvido enquanto repuxa o *salwar kameez*.

É um *kameez* de algodão na cor amarela clara. Ninguém deveria ficar bonita de amarelo... mas Ishu fica.

— Por quê?

— Todo mundo aqui é muçulmano. — Ela olha ao redor, como se uma tragédia fosse acontecer caso alguém a ouvisse confessar não ser muçulmana. — Eles ficam dizendo *"salaam"* pra mim e não sei se devo responder isso também ou não.

— Sabe que quando alguém diz *"salaam"*, significa só "oi" em árabe?

— Sei, mas...

— Se alguém diz *"Dia dhuit"* pra você, que aliás significa "Que Deus esteja com você", você diz *"Dia is muire dhuit"* ou só...

— Está bem, está bem — concorda Ishu, revirando os olhos. — Eu só... queria dizer que: tem certeza de que tudo bem eu estar aqui?

— Tenho, óbvio.

Entrelaço os dedos aos dela por um momento, apertando de leve. Ishu respira fundo, e isso parece acalmá-la um pouco.

— Hani?

Abba acena para mim de lá da churrasqueira. Está cercado por homens muçulmanos da mesquita a qual ele vem desbravando mais e mais nas últimas semanas. Na verdade, tenho encontrado mais o *Tio* Salim hoje em dia do que encontro Ishu. Parece que ele vive lá em casa.

— Já volto — digo à Ishu antes de me afastar e seguir para perto de Abba e dos amigos.

— Oi, Abba.

Enquanto me aproximo, lanço um olhar desconfiado para o *Tio* Salim.

— Queríamos apresentar uma pessoa a você — declara Abba, apontando para uma menina ao lado do *Tio* Salim.

Ela tem um cabelo preto comprido e ondulado e usa um vestido de verão azul-claro que vai até os tornozelos. Tem quase a mesma altura do próprio *Tio* Salim.

— Essa é minha filha — informa o *Tio* Salim.

— Oi, meu nome é Aisha.

Ela acena para mim.

— Meu nome é Hani.

— O *bhalo nam* dela é Humaira — conta *Tio* Salim, todo feliz, como se não pudesse estar mais orgulhoso de me chamarem de Humaira.

— Ah... como o apelido que o profeta Maomé deu à Aisha! — exclama Aisha.

— Mas ninguém me chama de Humaira, na real.

— A namorada dela está ali. — *Tio* Salim aponta para onde Ishu está parada sozinha, parecendo um pouco perdida e deslocada. — Eu achei que talvez Aisha pudesse ficar lá conversando com vocês.

— Ah... claro — concordo. — Vamos lá.

Eu me viro e começo a conduzir Aisha na direção de Ishu.

— Então... namorada — comenta ela, pensativa. — Você é muito corajosa por trazer ela pra cá.

— Na verdade, eu não sabia que nós íamos contar isso para as pessoas. Tipo... não que fôssemos esconder, mas também não pretendíamos sair anunciando. Meu pai deve ter contado para o seu.

— Sabe, quando Leo Varadkar se tornou *Taoiseach*, eu pensei que meu pai teria um infarto... um primeiro-ministro gay. Ele não conseguia aceitar. Mas acho que ele vem entendendo mais as coisas desde então — conta Aisha. — Tipo, meio que foi obrigado a entender, porque meu irmão é gay.

— É?

Saber da existência de outro muçulmano queer na comunidade me alegra de um jeito que eu não esperava.

— É! E, tipo, a gente não sairia contando pra todo mundo, sabe. Mas meu pai gosta muito do *seu*... e ele deve gostar de você também. — Aisha me lança um olhar de aprovação. — Meu irmão é mais ou menos da sua idade, acho. Ele vai fazer o exame final ano que vem.

— Vou fazer o meu no ano que vem também!

Ela abre um sorriso.

— Bom, eu apresentaria vocês se ele estivesse aqui, mas deu um jeito de escapar de vir hoje. Acho que ele se sente meio esquisito às vezes... ainda está assimilando as coisas, sabe, sendo muçulmano e gay.

— Ah... bem. Talvez a gente consiga conversar um dia. Tipo, eu... — Paro de falar, incerta sobre querer completar a frase. A última vez que contei para alguém que era bi, não acabou muito bem. Só que na época, com minhas amigas, eu tinha muito a perder. Diferente de agora, que acabei de conhecer Aisha. — Eu sou bissexual, então talvez não seja a mesma coisa, mas...

— Pra ser sincera, quando eu contar de você, ele vai pirar. E vai ficar irritado por não ter vindo hoje.

— Oi... — cumprimenta Ishu, hesitando, quando nos aproximamos.

Ela abre um sorriso para Aisha... e nem parece estar com prisão de ventre. Ishu vem melhorando nisso.

— Ishu... essa é a Aisha, filha do *Tio* Salim. Essa é a Ishu.

— Prazer — cumprimenta Aisha, sorrindo para Ishu. — Então, faz quanto tempo que estão juntas?

Ishu olha para mim, como se pedisse permissão para falar de nós. Acho que ninguém nunca nos fez essa pergunta antes... Todo mundo na escola acha que estamos juntas desde que começamos o namoro de mentira. Abba e Amma enfim sabem a verdade agora, e os pais de Ishu ainda acham que somos só amigas.

— Bem... — Hesito, sem saber ao certo como responder. — Acho que estamos juntas faz só três semanas, mas... *tecnicamente*, talvez estejamos juntas há muito mais tempo.

Aisha ergue a sobrancelha.

— Eu não sei se entendi.

— Pera, vamos lá — murmura Ishu, sacando o celular do bolso. Ela toca na tela por alguns instantes, e vejo o guia do namoro falso aparecer ali. — Tecnicamente a gente começou a namorar faz seis semanas. — Ela olha para a primeira foto que tiramos no "primeiro encontro". Nós estamos muito estranhas na imagem. — Mas foi um namoro de mentira.

— Mas o namoro de mentira fez a gente perceber que gostava uma da outra de verdade — acrescento. — E... resolvemos ficar juntas pra valer faz umas três semanas.

Ishu reveza o olhar entre o celular e eu, focando o olhar no meu. Ela abre um sorriso sincero... o sorriso que fez eu me apaixonar por ela. Aquele sorriso raro que ela parece destinar só às pessoas importantes em sua vida.

— Uau. — Aisha começa a rir. — Eu pensei que esse tipo de coisa só acontecia em filme.

— Nos filmes e com a gente, acho.

Entrelaço o braço no de Ishu e a puxo para pertinho.

50

Ishu

Namorar Hani de verdade é esquisito. É diferente do nosso namoro de mentira.

Talvez porque sei que quando Hani segura minha mão agora, é porque *quer*, não porque está tentando se provar para as amigas. Porque sei que Hani gosta de mim do mesmo jeito que gosto dela. Ela também vem me forçando a passar menos tempo trancada no quarto, com a cara enfiada nos livros e simulados ao longo do verão (embora eu fique a lembrando de que é o *último* verão antes do exame final) e a passar mais tempo indo com ela a lugares que nunca fui.

É assim que me pego em eventos como o churrasco dos pais dela na mesquita, e hoje estou no parque St. Stephen Green com um chá de bolhas gelado na mão. Estamos passando por uma onda de calor, e há muita gente sem camisa ao redor. No geral, isso me deixaria irritada pra cacete, mas com Hani nos braços, nem ligo. Não quero voltar para casa e ficar na companhia dos livros.

— Devíamos tentar aprender a fazer crochê! — exclama Hani, como se descobrisse a solução para a paz mundial. — Amma faz e disse que é muito relaxante. Além disso, ela fez umas peças de crochê *incríveis* pra mim.

— Eu não acho que fazer crochê seja muito... a minha cara.

Nas últimas semanas, Hani vem tentando me convencer a escolher um hobby. Concordei, principalmente porque Hani disse que seja lá o que eu decidir fazer, ela vai fazer a atividade comigo. Mas com certeza não será *crochê*.

Hani solta um arquejo, como se tivesse acabado de receber a melhor notícia da vida. Então aponta para a entrada do parque, onde grupo de músicos está se preparando para uma apresentação.

— O que será que vão tocar? — sussurra ela.

Ela está maravilhada... como se não houvesse um zilhão de artistas de rua por Dublin a qualquer hora tocando várias músicas diferentes.

O grupo coloca uma caixa de violão vazia na frente e começa a tocar uma melodia folk alegre. Hani inclina a cabeça para o lado, como se fosse a melhor música que já tinha ouvido.

Contenho um grunhido e um revirar de olhos. Tipo, até que a música não é *horrível*.

— E se montarmos uma banda? — sugere Hani.

— Você sabe tocar alguma coisa?

Hani olha para mim, franzindo a testa.

— Não...

— É meio que importante ter um talento musical pra montar uma banda. Tipo... eu sei tocar violão, mas...

— Mentira!

Hani se vira para mim, de boca aberta.

— Eu sei tocar violão... bem mal — acrescento. — Aprendi faz muito tempo, quando era criança. Minha irmã e eu queríamos montar uma banda. Eu nem sei se ainda sei tocar. Além disso... óbvio que Nik era um milhão de vezes melhor que eu.

— Então você queria montar uma banda com sua irmã, mas *comigo* não? — Hani parece ofendidíssima.

— É, quando eu era *criança*, Hani.

Suspiro, me recostando enquanto a banda começando a tocar uma nova música. Uma mulher com cabelo cacheado joga uma moeda para eles ao passar.

— E você gostava? — pergunta Hani.

— Acho que sim...

Tento me lembrar da sensação. Faz muitos anos. Desde então, deixei de lado qualquer fascínio que pudesse ter tido pelo violão, e por música no geral.

Meu celular vibra com uma mensagem. Tiro o aparelho do bolso, leio a mensagem de Nik e automaticamente solto um grunhido.

— Preciso contar pra ela — falo à Hani.

Ela abre um sorriso.

— Bom, você está adiando faz tempo. Não vai ficar mais fácil... talvez fique até mais difícil, na real.

Eu me deito na grama, sentindo o calor do sol na pele. Hani se deita ao meu lado. Nem preciso me virar para ver o cabelo longo se espalhando ao redor dela.

— Imagina você contando pra Nik que começou a tocar violão de novo... — comenta Hani depois de um tempão. — Você vai ser melhor que ela.

Sorrio.

— Você não vai largar o osso, vai?

Hani entrelaça os dedos nos meus até eu sentir o calor de sua pele na minha.

— Não, pelo menos até eu descobrir se você realmente toca tão mal assim.

Ammu está na cozinha fazendo o jantar quando chego em casa. O cheiro da comida (curry de frango e arroz) enche a casa toda.

— Ammu...

Ela levanta a cabeça, arqueando a sobrancelha.

— Você voltou. Estava com Hani de novo? — Ela não soa brava, mas há um tom cortante na voz.

Acho que ela não gosta de me ver passando tanto tempo com minha "amiga" quando eu poderia estar estudando. Mas não deixo isso me abalar.

Respiro fundo e vou direto ao ponto:

— Ammu, sabe que a Nik vai se casar em duas semanas, né?

Ela franze as sobrancelhas ainda mais ao ouvir o nome de Nik. Acho que faz meses que elas não se falam.

— Sei — responde com um tom definitivo.

E volta a cozinhar.

— Vocês não vão mesmo ao casamento? Ela é filha de vocês... Depois vão se arrepender.

Ela continua mexendo o curry de frango, embora eu duvide muito que a comida ainda precisa ser mexida. Mordo os lábios, tentando encontrar a melhor maneira de continuar a conversa, quando Ammu para e se vira para mim.

— Se eu pudesse ir, eu iria — afirma ela devagar. — Nem sempre podemos fazer o que queremos. Seu Abbu... — Ammu balança a cabeça. — Enfim, ele tem razão. Se formos agora, se a apoiarmos em decisões ridículas como essa, ela vai pensar que está tudo bem. Nunca vai voltar para a faculdade e terminar o curso.

— Punir Nik por seguir o próprio caminho não vai fazer com que ela volte para a faculdade — argumento. — Ela só está... fazendo o que a deixa feliz.

Ammu balança a cabeça de novo.

— Nem sempre podemos fazer o que nos deixa felizes. Se fosse assim, o mundo não funcionaria. Acha que nos mudamos para este país porque era o que nos deixaria feliz?

Suspiro.

— É diferente, Ammu... Você sabe que é diferente... E eu vou ao casamento.

Ammu me lança um olhar duro.

— Não vai, não.

— Nik já comprou uma passagem pra mim... e pra Hani. Vamos juntas. Se vocês não querem ir... tudo bem. Mas não vou deixar de ir ao casamento da minha única irmã, Ammu. E você não devia me pedir isso.

Ela ainda está me lançando um olhar duro. Estou ensaiando todos os argumentos na cabeça. Hani e eu ficamos praticando por semanas... desde que decidimos que eu não poderia perder o casamento de Nik só porque meus pais fizeram de tudo para excluí-la da família.

Porém, Ammu responde:

— Tudo bem. — E se vira para a panela de curry outra vez. — Você comeu na rua? Ou quer comer com a gente?

— Hum... eu... eu comi — digo, sem saber se a ouvi direito.

— Quando é seu voo? — Ela não olha para mim enquanto pergunta isso, como se tivesse medo de ser vista aprovando a minha decisão.

— Na sexta... de noite.

— Eu levo você ao aeroporto — afirma. — Eu lido com seu Abbu.

Não consigo conter o sorriso, nem as lágrimas ardendo nos olhos. Sinto que peguei isso de Hani... esse monte de sentimentos. Nunca fui de chorar, mas desde que me aproximei dela...

— Você também pode ir, sabe — opino. — Se quiser. Nik quer você lá. Ela quer *muito*.

Ammu apenas sacode a cabeça. Não sei se isso parte dela ou de Abbu, mas sei que não há nada que eu possa dizer nem fazer para que mude de ideia.

51

Ishu

A casa de Nik está toda iluminada como uma árvore de Natal. É um apartamento minúsculo nos arredores de Londres, e está brilhando com luzinhas pela fachada e nos fundos. Na verdade, é um pouco difícil ficar olhando diretamente para qualquer parte do imóvel.

— Que apartamento bonito — elogia Hani, embora esteja estreitando tanto os olhos que não sei se ela sequer enxerga alguma coisa.

— Obrigada... — Nik suspira. — Pretendemos nos mudar pra um lugar mais barato em breve. Depois que acabarem os eventos do casamento.

Ela nos ajuda a colocar as malas dentro da casa e então abre um sorrisão para nós.

— Estou tão feliz por vocês terem vindo — afirma ela. — É bom ter... a família aqui pro casamento. Rakesh tem uma família tão grande em Londres, e é bom ter...

— Beleza, não precisa ficar toda emocionada — interrompo, revirando os olhos. — Vamos dormir no sofá?

— O sofá vira cama, na verdade. — Ela dá dois passos ágeis na direção do móvel e mostra como vira uma cama em que cabem duas pessoas. — Viu?

— Maneiro.

Confirmo com a cabeça. É bem mais espaçoso do que parece à primeira vista.

— Mas vocês não vão dormir aqui juntas. Só a Hani — explica Nik. — *Você* vai dormir na cama comigo.

— Quê? Por quê? — Eu me viro para Nik, franzindo a testa. — Eu não imaginei que logo *você* ficaria toda esquisita em relação a isso.

Nik suspira.

— Não estou esquisita. É só que... eu queria conversar e passar um tempo com você depois de ficar tanto tempo sem te ver! Mas se...

— Beleza, beleza.

Acabo cedendo. Principalmente porque sei que se eu não ceder, Nik vai continuar insistindo até eu ceder, *sim*. Ela tem me ajudado muito nos últimos meses, o mínimo que posso fazer é dormir na cama ao lado dela. Assim como foi quando nos mudamos para Dublin quando crianças e vivíamos em um apartamento minúsculo de um quarto.

— Tudo bem pra você dormir no sofá sozinha? — pergunta Nik à Hani.

Porque óbvio que *ela* tem o direito de escolher.

— Lógico, sem problemas. Parece confortável, na verdade.

Hani é só sorrisos, e preciso me segurar novamente para não revirar os olhos.

Eu me acomodo no sofá, e quando Hani se senta ao meu lado, passo o braço em volta dela. Esse gestou já virou algo natural para mim. Antes de toda essa história começar, eu nem sabia o que era estar em um relacionamento, mas agora tenho certeza de que conseguiria escrever um guia do namoro *de verdade*. Provavelmente Hani diria que não consigo, mas tenho certeza absoluta de que já sou uma especialista em namoro a essa altura.

— Então... quando é seu *holud*? — pergunto à Nik.

Na Índia, sempre que havia um casamento, o *holud* era minha parte favorita. Era sempre íntimo e divertido. Um monte de familiares, comida e uma onda de amor. Também há muita música e dança.

— Eu não vou fazer um *holud*. — Nik suspira. — Não ouviu o que acabei de dizer? Vocês duas são as únicas pessoas da minha família presentes!

— Mas seus amigos vêm.

— Tipo... só alguns. Uma meia dúzia. Vai ser um casamento tão pequeno que parece... não ter sentido fazer um *holud*.

— Você tem que fazer um *holud* — concorda Hani. — *Holuds* devem ser pequenos mesmo. Com família e amigos próximos... Vai ser divertido. Em que outro momento você faria a *mehndi*, afinal?

— Eu e Hani podemos organizar! — exclamo, embora eu nunca tenha organizado uma festa na vida. Acho que tem uma primeira vez para tudo. — Podemos fazer um amanhã. Apenas convide seus amigos, e Hani e eu vamos cuidar de todo o resto.

Hani me lança um olhar hesitante, como se não soubesse ao certo se damos conta de fazer isso, mas sei que vamos conseguir. Então ignoro o olhar.

— Vocês têm certeza? — questiona Nik, estreitando os olhos para nós.

— Aham, temos. Não vou deixar você se casar sem ter um *holud*, Nik. Sobretudo quando ela já está se casando sem Ammu e Abbu.

Nik enfim sorri.

— Valeu, Ishu.

Passamos o resto da manhã seguinte nos preparando para o *holud*. Hani pendura flores nas paredes da sala de Nik. Nik e eu encostamos o sofá e colocamos uma manta, travesseiros e almofadas no chão para formar uma área de estar. Com o colchão e uma colcha velha, Hani e eu criamos um palco improvisado bem em frente à essa área. Decoramos a parede dos fundos do palco com flores, glitter e balões.

Enquanto Hani prepara a pasta de cúrcuma e a *mehndi*, e cria uma playlist para o *holud*, Nik e eu preparamos um panelão de *biryani*.

— Você tem que ir se arrumar — falo para Nik quando o *biryani* fica pronto. — Os convidados vão chegar daqui a pouco... Lembre-se de usar o sári amarelo típico do *holud*, beleza?

— Vocês também precisam se arrumar — responde Nik.

— E *vamos*. Mas você é a noiva... Acho que é um pouco mais importante, né?

— Tudo bem, tudo bem — cede Nik, enfim desaparecendo dentro do quarto.

Hani entra no banheiro para se aprontar, e eu pego minha roupa: uma *lehenga* amarela e verde delicada. *Lehengas* não são muito minha praia..., mas é uma peça coringa para um casamento. Até coloco uns *churis* verdes que tilintam quando movimento os braços.

Quando Hani sai do banheiro, sinto que minha *lehenga* não chega aos pés do que ela está usado. Ela está com um *kameez* vermelho-escuro bem comprido e amplo como um vestido de baile. Há vestígios sutis de verde no traje. As duas cores não deviam combinar... mas combinam. E faz a pele com subtom bronze de Hani ficar ainda mais bonita, embora também possa ter uma forcinha da maquiagem.

— Você está linda! — exclamo.

Dando um passo à frente, eu a puxo para um abraço. Nós duas estamos com *churis* nos braços. O som nunca me soou melhor.

— Você também — responde Hani.

Afasto uma mecha de cabelo de seu rosto antes de me inclinar e encostar a boca na de Hani. Ela se inclina em minha direção, e enfio a mão em seu cabelo e...

— Ai!

Eu me sobressalto.

— Seu *churi*...

As pulseiras ficaram presas nos fios do cabelo dela. Começo a tentar soltar o churi.

— As roupas bengalis não foram feitas pra beijo, né? — comento, com um suspiro.

Não é a primeira vez que nos atrapalhamos enquanto usamos roupas desi. Era de se esperar que já teríamos aprendido, mas acho que somos muito determinadas.

— Como que Bollywood faz tudo parecer tão romântico e fácil? — pergunta Hani, puxando as mechas de cabelo.

— Acho que não somos Deepika e Ranveer, né?

Por sorte, não precisamos ser Deepika e Ranveer para tirarmos uma foto na frente do palco que decoramos. Uma foto em que estamos um pouco perto demais e Hani está beijando minha bochecha. Depois de todas as fotos falsas que tiramos, nos aperfeiçoamos em tirar as fotografias mais bregas possíveis de casal de verdade.

Os convidados de Nik começam a chegar mais ou menos às sete da noite. No geral, são amigos da faculdade, mas alguns são de fora da faculdade também. Fazem "ahs" e "ohs" com a decoração, e não consigo evitar sentir uma satisfação por tudo o que nós três fizemos em poucas horas.

Quando Nik sai do quarto, trajando um *salwar kameez* de um amarelo vivo que faz a pele cintilar, o cômodo todo fica em silêncio. Ela fica toda vermelha e vai cumprimentar as pessoas com abraços apertados, agradecendo a presença de todos.

— Tudo bem, tudo bem. — Eu intervenho quando os abraços vão se prolongando demais. — Precisamos começar. Vamos, Nik. Pro palco.

Conduzo Nik para o colchão. Alguém diminui a intensidade da luz, e uma espécie de aura de contos de fadas toma o espaço. A música começa, e os alto-falantes emitem uma música de Bollywood: "Mehndi Laga Ke Rakhna". Não consigo evitar o sorriso... Hani não tinha como escolher uma música mais perfeita para começar a noite.

Só horas depois consigo encontrar Hani com calma outra vez. Ela está lá encostada na parede, observando os amigos de Nik dançarem "Bole Chudiyan".

— Oi — cumprimenta Hani, apoiando a cabeça em meu ombro enquanto envolvo sua cintura com o braço.

— Ficou legal, né?

— Ficou. A Nik parece... feliz.

Observo minha irmã sorrindo e gargalhando com os amigos. Ela parece bem mais feliz do que já a vi em muito tempo. Eu queria que Ammu e Abbu também estivessem aqui para ver isso.

— Esses últimos meses foram difíceis pra ela — falo baixinho. — Eu só... queria ter conseguido convencer Ammu e Abbu a virem, sabe?

Hani levanta a cabeça de meu ombro e vira o rosto para mim, franzindo a testa.

— Você não pode ficar pensando nisso hoje. Nem... bem, durante toda esta viagem. Estamos aqui pra celebrar sua irmã e o casamento dela. Não pra pensar em tudo que deu errado.

— Eu apenas...

— Shh. — Hani coloca o dedo em meus lábios. — É fácil focar nos pontos negativos. Mas isso *aqui*... é um dia *bom*. A gente merece aproveitar.

— Você tem razão. — Concordo com a cabeça, porque ela tem *mesmo*. Merecemos aproveitar o dia. Hani entrelaça os dedos aos meus e, pela milésima vez, fico surpresa por como combinamos de tantas maneiras diferentes. Todas as maneiras que nunca, em um milhão de anos, imaginei que combinaríamos. — Fico feliz por você estar aqui comigo pra dividir tudo isso.

— As alegrias e as tristezas — afirma Hani.

— As alegrias e as tristezas — concordo.

Ela aperta minha mão, e sinto um arrepio pelo corpo todo.

Aconchegada ali nos braços dela com a melodia da música de Bollywood ao fundo, tudo parece estranhamente certo. Como se nenhuma das coisas ruins importasse mais. Porque enquanto Hani e eu estivermos uma ao lado da outra, vai ficar tudo bem.

Agradecimentos

Existe uma lista infinita de pessoas que ajudaram a tornar este livro possível. Obrigada a cada um e a todos vocês.

Primeiro de tudo, obrigada ao meu agente maravilhoso, Uwe Stender, pelo apoio incondicional e a crença em meu trabalho. Espero que ainda possamos pôr vários outros livros no mundo juntos.

Obrigada à minha editora, Lauren Knowles, que fez com que este livro fosse o melhor possível e sempre compreendeu minha visão. Posso escrever livros cem por cento bengalis, muçulmanos, queer, e muitas outras coisas, tudo graças a você.

Obrigada a todo mundo na Page Street que ajudou para que este livro fosse a melhor versão possível. Obrigada à Tamara Grasty, Franny Donington, Hayley Gundlach, Elliot Phillips, Aïcha Martine Thiam e Marissa Giambelluca por ajudarem a transformar este livro em um algo muito especial. Obrigada à Meg Baskis e Julia Tyler pelo design do livro, que ficou lindo por dentro e por fora. Obrigada à Lizzy Mason e Lauren Cepero pela dedicação na divulgação desta publicação.

Um grande obrigada a Nabigal-Nayagam Haider Ali. Eu não poderia ter imaginado nem em sonho uma capa mais condizente para este livro. Obrigada por dar vida às personagens.

Obrigada ao meu grupo bengali, Tammi e Priyanka, por sempre me apoiarem quando preciso de alguém para me ouvir ou (com mais frequência) para responder sobre uma dúvida de Bangladesh ou do bangla. A história de Hani e Ishu não existiria sem vocês.

Muito obrigada pela amizade, Gabhi. Passei inúmeras horas reclamando com você sobre este livro, a escrita, as revisões... e você sempre esteve ao meu lado. Não acredito como sou sortuda por ter você.

Obrigada a minhas amigas Aleema e Faridah. Vocês basicamente seguraram minha mão enquanto eu criava o primeiro rascunho da história de Hani e Ishu, e me ouviram por muitas horas enquanto eu tentava acertar no enredo e nos problemas das personagens. Nunca reclamaram e ajudaram a formar o que este livro é hoje. Este livro não seria o mesmo sem vocês.

Um grande obrigada a minha colega de estreia, Anuradha. Você foi uma grande fonte de luz e apoio enquanto eu lançava o primeiro livro em um período muito difícil, e sempre serei grata por isso.

Obrigada a todos os amigos que me apoiaram muito ao longo dos anos: Amanda, Gavin, Lia, Ramona, Alyssa, April, Kristine, Shaun, Timmy, Alechia, Maria, London. Agradeço demais a todos vocês.

Obrigada ao meu irmão e à minha cunhada, Biyut Apu, por me deixarem ficar na casa de vocês por duas semanas enquanto eu escrevia a maior parte deste livro. Obrigada, em especial, por me levarem para comer um *biryani* delicioso na Dum Biryani and Dishoom. Se as cenas de *biryani* no livro foram escritas como consequência disso? Não posso confirmar nem negar.

Meu livro de estreia saiu em uma época estranha, e fico muito grata a todo mundo que me ajudou a lidar com tudo em um período difícil. Obrigada a minhas duas amigas muito talentosas, Fadwa e Vanshika. Tenho muita sorte por conhecer vocês. E um grande obrigada a Saajid e Carmen por todo o apoio. Foi um prazer enorme trabalhar com vocês.

Obrigada a cada um que apoiou meu livro de estreia, que compareceu a eventos virtuais, que me mandou mensagem ou um e-mail para contar como se sentia conectado ao meu trabalho, que postou no X em apoio, que fez *fanarts*, quadros de *aesthetics* ou *edits* da história. Tudo isso me ajudou a continuar e me manteve motivada para trabalhar e trazer este segundo livro ao mundo.

Se eu escrevesse os nomes de todo mundo, seria mesmo uma lista infinita. Mas preciso citar algumas pessoas que me apoiaram demais, demais; seria injusto não destacar os nomes delas aqui. Então, um muito obrigada à Fanna, Gargee, Mis, Lili, CW, não apenas pelo apoio ao meu trabalho, mas por tudo o que fazem para enaltecer livros e vozes diversas. A comunidade literária tem muita sorte por ter vocês.

Por último, e mais importante, obrigada a você, leitor, por escolher esta obra e dar uma chance à história.

Sobre a autora

Adiba Jaigirdar nasceu em Daca, Bangladesh, e mora em Dublin, na Irlanda, desde os dez anos. Ela tem um diploma de Bacharelado em Artes com dupla especialização em Língua Inglesa e História pela University College Dublin, e um de Mestrado em Estudos Pós-coloniais da Universidade de Kent. É a autora de *Pegas de surpresa*. Trabalha à base de muitas xícaras de chá e uma dose generosa de Janelle Monáe e Hayley Kiyoko. Quando não está escrevendo, Adiba gosta de ler, jogar videogame e conversar sobre as mazelas do colonialismo. Adiba pode ser encontrada no site adibajaigirdar.com ou pelo @adiba_j no X e @dibs_j no *Instagram*.

Este livro foi publicado em fevereiro de 2025,
pela Editora Nacional, impresso pela Leograf.